JN114886

ユーラシアの女性神話

——ユーラシア神話試論Ⅱ——

Mythes féminins d'Eurasie.
Essais de mythologie eurasiatique II

フィリップ・ヴァルテール
Philippe Walter

（渡邉浩司・渡邉裕美子訳）
trad. par Kôji et Yumiko Watanabe

中央大学出版部

目　次

第2部　女神の変身

第3章　雁とペドーク

第4章　ソルグンナ――アイルランドから来たアザラシ女

第5章　鮭女と9番目の波（『カレワラ』第5章）

第4部　人間界でのかりそめの暮らし

第9章　羽衣とケルト人の「白い女神」

第10章　アマテラスと笑ったことのない娘 ——民話の国際話型 ATU571 をめぐって

第11章　発見された観音像と聖母マリア像 ——ユーラシアの大女神を祀る聖殿の創建譚をめぐって

第12章　メリュジーヌとトヨタマヒメ

訳者前書き

ユーラシア大陸の両端に位置する日本とヨーロッパには、よく似た神話伝承が見つかります。日本神話には、女神アマテラスが天の岩屋に閉じこもり天地が闇に包まれた時、女神アメノウズメが胸や陰部を露わにして踊り、男神たちが賑やかに笑ったため、アマテラスを岩屋の外へ引き出すのに成功したという話があります。これと同工異曲の話がギリシア神話にもあり、女神デメテルのエレウシス訪問に出てきます。娘のペルセポネが冥界の神ハデスに誘拐された後、デメテルはゼウスの加担を知って激怒し、神々の住むオリュンポスを去り、老婆に姿を変えて、アテネ近郊のエレウシスにある王の館に迎えられます。そして飲食を拒んで沈黙し続けていたところ、バウボという侍女が自分の性器を露出してデメテルを笑わせたという話です。アマテラスが岩屋に隠れると天地は真っ暗になりましたが、穀物の豊穣をつかさどる女神デメテルがエレウシスの神殿に引きこもると、地上は深刻な飢饉に襲われたとされています。

日本神話とギリシア神話は、冥界下りの話も共通しています。日本神話のイザナキは、火の神カグツチを産んで焼け死んだ妻イザナミのいる黄泉の国を訪ね、決して姿を見ぬようにという妻の願いをきかずに変わり果てた姿を見てしまい、妻の追跡を振り切って黄泉の国からの脱出に成功します。これに対応するのが、ギリシア神話のオルペウスの話です。オルペウスは毒蛇にかまれて死んだ妻エウリュディケを取り戻すために冥界を訪ね、冥界の王ハデスから冥界を出るまでは決して後ろを振り返ってはいけないという条件つきで、妻を返してもらいます。しかし、地上に戻る直前に後ろを振り向いて妻の姿を見てしまい、2度と妻に会えなくなります。

こうした日本神話とギリシア神話の類似は偶然でないとし、両者の間に伝播経路があると想定されたのが吉田敦彦氏（学習院大学名誉教授）です。フランスの比較神話学者ジョルジュ・デュメジルの高弟にあたる吉田氏は早くも 1970 年代に、ギリシア人がイラン系遊牧民のスキタイ人に神話を伝え、それが朝鮮半島を経由して日本に持ちこまれたと推測しました。遊牧民族が伝えていた神話が文字によって残されていないため、この説にはさらなる傍証が必要です。

日本神話とギリシア神話のように日本とヨーロッパに重要なモチーフ群を共有する類似した神話伝承が見つかる場合、その類似を説明するための別の可能性を模索し始めたのが篠田知和基氏（名古屋大学元教授）とフィリップ・ヴァルテール氏（フランス・グルノーブル＝アルプ大学名誉教授）です。篠田氏とヴァルテール氏は、日本とヨーロッパに見つかる神話伝承の祖型がインド＝ヨーロッパ語族の時代以前にユーラシア大陸に存在したと思われる神話的信仰あるいは想像世界（イマジネール）の体系にあると考え、1990年代後半から「ユーラシア神話」プロジェクトを開始しました。このプロジェクトは、1998年9月に名古屋大学で「荒猟（ワイルド・ハント）」をテーマに開催された第1回シンポジウムを皮切りに、2013年8月に「文明の発生（農耕・金属・繊維）」をテーマに開催された回に至るまで、15年間にわたり行われました。篠田氏の主宰する国際シンポジウムには吉田敦彦氏や松村一男氏（和光大学教授）を始めとする日本の代表的な神話学者が参加し、活発な議論が行われました。

ヴァルテール氏は国際シンポジウムで貴重な報告をされただけでなく、大の親日家として日本各地の大学での講演を何度も快く引き受けて下さいました。本書はこうしたシンポジウムでの報告や大学での講演、さらには日本で刊行された論集に掲載された数多くの論考の中から、女神や女神的存在をめぐる「女性神話」をテーマにした論考を厳選したものです。さらに、ルーマニアの学術誌『カイエ・ド・レキノクス』に掲載された「『薔薇物語』におけるアボンド夫人と亡霊」をめぐる論考を加えました。この邦訳掲載を快諾して下さった編集長コリン・ブラガ氏、さらには訳稿の転載を許可して下さった『流域』（青山社）と『中央評論』（中央大学）の編集部に心より感謝いたします。

本書でヴァルテール氏が特に注目しているのは、「メリュジーヌ型」物語のユーラシア的展開です。これは、人間に恋をした超自然的な存在が人間界にやってきて禁忌を守ってもらう条件で人間と結婚するものの、人間が禁忌を犯したために子孫を残して1人で異界へ戻っていくタイプの物語です。メリュジーヌという妖精の名が初めて登場するのは、ジャン・ダラスとクードレットがそれぞれフランス語の散文（1392年頃）と韻文（1401年頃）で著した『メリュジーヌ物語』であり、いずれも11世紀から13世紀にかけて興隆を見せ、フランス西部ポワティエに住んでいたリュジニャン一族の始祖譚となっています。このうち、クードレットによる韻文版には2種類の邦訳があります（森本英夫・傳田久仁子訳『妖精メリュジーヌ伝説』現代教養文庫、1995年；松村剛訳『西洋中世奇譚集成　妖精メリュジーヌ物語』講談社学術文庫、2010年）。またクードレットの韻文版は、テューリング・フォン・リンゴルティンゲンによって1456年にドイツ語版『メルジーナ』として発表されましたが、その民衆本にも邦訳があります（『ドイツ民衆本の世界Ⅰ』（国書刊行会、1987年）所収、藤代幸一訳『麗わしのメルジーナ』）。

『メリュジーヌ物語』によると、騎士レイモンダンが森での狩りの最中に誤ってポワティエ伯を殺め、傷心のまま騎行を続けるうちに、泉で美しいメリュジーヌと出会い、結婚して富裕になります。メリュジーヌは開墾と灌漑を行い、多くの町も建設したほか、彼女のもうけた息子たちはヨーロッパ各地へ遠征に出かけ、他国の王や君主になります。結婚にあたりメリュジーヌはレイモンダンに、毎週土曜日には彼女の姿を決して見てはならないという禁忌を課していました。ところが実の兄から悪い噂を聞かされたレイモンダンは、ある土曜日、妻の部屋に穴をあけて中を覗いてしまいます。水浴びの最中だったメリュジーヌは、腰から下が蛇の姿になっていました。その後、息子のジョフロワが僧職を選んだ弟フロモンを許せず、僧院ごと焼き払った事件を契機に、逆上したレイモンダンが皆の前で妻を「蛇」呼ばりします。こうして決定的に禁忌が破られると、メリュジーヌは蛇に姿を変え、叫び声をあげて鳥のように空へ飛び去ります。

メリュジーヌという固有名を持たなくとも、同じような妖精が12世紀のラテン語による著作に登場します。なかでも最初期の例を提供してくれるのが、シトー会士ジョフロワ・ドーセールの『黙示録注釈』（1188～1194年）に収録された2つの物語です。本書では、「序章」の直後のコラムで紹介しています。このように、ヨーロッパでは12世紀以降にメリュジーヌ的な妖精への言及が現れますが、日本では8世紀にまとめられた日本最古の歴史書『古事記』によく似た存在が見つかります。ホオリ（別称ヒコホホデミ、異称は山幸彦）と結婚した海神の娘トヨタマヒメの話では、夫の子供を出産するため海から地上にやってきたトヨタマヒメが、夫に出産中の彼女の姿を決して見ないよう頼みます。しかしホオリが産屋の中を覗くと、トヨタマヒメは八尋（やひろ）ワニの姿でのたうちまわっていました。本来の姿を見られたことを恥ずかしく思ったトヨタマヒメは、生まれた子供を置き去りにし、海と陸の境を塞いで海に戻っていきます。トヨタマヒメの話とメリュジーヌの話は、筋書きやモチーフの点で酷似しており、「ユーラシア神話」研究にとって大変重要な事例となっています。

「妖精」は、いわば運命の女神の化身であり、普段は人間界のパラレルワールドにあたる「異界」に住んでいます。メリュジーヌもその1人ですが、こうした妖精は12世紀から13世紀にかけて中世フランス語で書かれた「短詩」と呼ばれるジャンルに数多く登場しています。「短詩」は、中世期にブリテン島から大陸へ渡ってきた詩人や語り部たちが演目として扱っていた、韻文形式の短い物語のことです。このジャンルの典型例が「フランス文学史上最初の女流詩人」と称されるマリー・ド・フランスが残した12編の短詩であり、他にも作者不詳の短詩がかなり多く現存しています。このうち、マリー・ド・フランス作『ランヴァルの短詩』、作者不詳の『グラアランの短詩』および『ガンガモールの短詩』では、主人公に会うために異界の姫君（妖精）が森の中の水辺にやってきます。このように、短詩群の中に「羽衣伝説」や「浦島伝説」との接点が見られることも、「ユーラシア神話」研究を後押ししてくれるように思います。今後、比較神話学を中心とした学際的な研究がさらに進み、「絹の道（シルクロード）」に匹敵する「神話の道」がユーラシア大陸で発見されることを期待しましょう。

序　章

図１《ローセルのヴィーナス》
（フランス、ドルドーニュ県出土）

考古学者やそれに続く宗教学者は、時の経過とともにあらゆる文明に古い女性像を発見したが、これらはすぐに女神として解釈された。考古学者によると、こうした女性像は豊穣と人類の存続を保証する女性的なものに対する神聖な信仰を具現するものだった。この信仰の永続性を強調するかのごとく、考古学者はこうした女性像に、その作成時期よりもはるかに後の古代ギリシア・ローマの神名をつけることが多かった。たとえば、《ローセルのヴィーナス》(図1)、《ヴィレンドルフのヴィーナス》(図2)、《レスピューグのヴィーナス》(図3)はいずれも、旧石器時代(紀元前2万5千年頃)に作られている。こうした彫像では必ずふくよかな胸が描かれていて、その中に入っている乳の重みで垂れ下がっている。しかしまた、こうした女性像の丸みを帯びた美しい姿により、生命力と豊かな創造力が際立っている。

こうして《大女神》や《母神》が生まれたが、これらの呼称は、いわゆる《原始》宗教をもっぱら豊穣儀礼によって説明する必要が生じたために、それ以降典型的な表現の1つになった。人類の始まりから命を生み出す特権は女性にあり、人類の存続が女性に依存していることから、女性が神格化されたのだろうと神話学者は推論している[1)]。そして、こうした豊穣が農耕儀礼によって永続的に保たれる必要があり、大女神は「母なる大地」を具現するようになったとしている[2)]。しかし、この見方はあまりにも単純であるばかりか、一面的ではないだろうか？　誰もが知っているように(またいわゆる原始人ですら知っていたように！)、女性1人で子供を産むことはできない。命を生み出すには、男性のパートナーが絶対に必要である。女性の妊娠に男性のパートナーが欠かせないのと同じように、《母なる》大地には種が必要なのである。

図2 《ヴィレンドルフのヴィーナス》(オーストリア、ヴィレンドルフ出土)

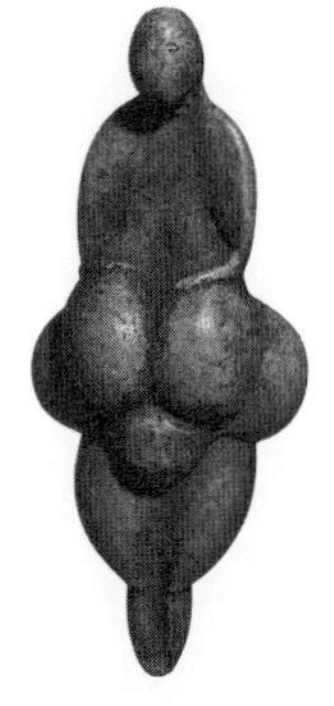

図3 《レスピューグのヴィーナス》(フランス、オート=ガロンヌ県出土)

こうして、「大女神」信仰は見直しを迫られることになった。先史時代のこうした（仮定上の）メッセージをすべての文明やすべての時代に一般化するのは、あくまでも《仮定上の》メッセージであるため単純すぎる。これが《仮定》にすぎないのは、（明らかに）こうしたいわゆる原初の女性神話を裏づけてくれる文献も証言も見つかっていないからである。すべての文明の起源であり、さまざまな女性像の形を取って生きながらえ、古代と中世、さらには現代の神話をも席巻した不変で比類なき「単独の」大女神が、これまでずっと存在したとはもはや考えにくいのではないだろうか？　むしろこうした諸神話に出てくるさまざまな姿の女神には、豊穣だけではなく、もっと多様で複雑な機能があると思われる。豊穣は、すべてを表すようでいて結局何も表さない用途の広い概念の１つであるため、女性神話の不正確で単純化された見方を我々に与えかねない。旧石器時代の影像について記された同時代の神話がまったく知られていなかったために、そうした神話がそのまま創り出されてしまったようである。

歴史時代になって文字が使われ始め、原初の神々についての詳しい物語が書かれるようになると、考え方に変化が生じた。こうしてようやく、古代の《女性神話》[3]を理解し復元するために必要なより詳しい証言が集められるようになった。そのためには、神話という概念をはっきりさせておかねばならない。ヨーロッパで《神話》という言葉が現在の意味で使われるようになったのは、19世紀末のことである。碩学は多様な文学作品を数多く研究した結果ある現象に気づき、それに名称を与える必要を感じた。つまり、さまざまな言語や文化の中によく似た物語が相互に直接の影響関係がないまま繰り返し現れることに気づき、物語を構成するモチーフ群が繰り返し見られ、それが直接の模倣によるのではなく実に広範な文化現象から説明できる場合、そうした物語を《神話》と呼ぶことにしたのである。

諸言語の研究により、さらに詳しい仮説を立てることができる。（語彙、形態、統辞の類似から）よく似た言語が複数存在したのであれば、まさしくそうした言語群を介して、よく似た物語も繰り返し認められるのではないだろうか？　つまり、よく似た神話群に共通の文化は、言語によって仲介されているのではないだろうか？　ジョルジュ・デュメジル［1898～1986年、フランスの比較神話学者］の労作は、こうした研究の正当性を証明し、個別に研究されることの多かったユーラシアの諸文化について検討する新たな視点を切りひらいた。デュメジルの高弟である吉田敦彦教授は、さらに先へ論を進めた。吉田教授は《インド＝ヨーロッパ》研究を日本神話まで拡大し、日本神話にはヨーロッパとインドの諸神話と共通する神話構造があることを証明した[4)]。しかし、日本語はインド＝ヨーロッパ語族に属していないため、日本神話がインド＝ヨーロッパの言語上の基盤を完全な形で引き継いでいるわけではない。もちろんインド＝ヨーロッパ神話の大半は日本神話とは無関係である[5)]。しかし、日本神話には、その役割がデメテルと響きあうであろうアマテラスのような女神が登場することから、インド＝ヨーロッパ世界に由来する（限定的で特殊な）基層が存在するのかもしれない。本書を通じて[6)]、インド＝イラン＝ヨーロッパの神話の核が極東へ運ばれる際に、別の仲介役が存在したに違いないことを分かっていただけるだろう。その仲介役とは、ヒンドゥー教の影響を強く受けた仏教文化のことである。

ここで、本書の構成について一言述べておきたい。広大なユーラシア大陸には無数の女神が存在した。もちろん1冊の書物だけでそのすべてを網羅することはできない。したがって、この研究のために用いた原則は、観測である。つまり、ユーラシアのしかじかの地域に目を向け、代表的な女神を文献や（時には図像から）浮かび上がらせるという方法である。

このように、本書はユーラシア大陸を西から東へ、すなわち西ヨーロッパから日本へ向かう試みとして構想された。さまざまな女神を中心に据えた神話群の光をたどり、日が昇るほうへと向かう道筋である。この遍歴の各行程で、女神の神話的な姿の主な特徴をとらえることにより、ユーラシアの西端に見つかるよく似た別の女神の姿が（対比と対立により）より深く理解できるようになっている。確かに、地球で最も広大なユーラシア大陸のある地域を別の地域と比較すればさまざまな違いが浮かび上がってくるが、同時に驚くほどの類似も明らかになる。こうした類似は、共通する文化的な古層から説明が可能である。先史時代から中世に至るまで続くこの歩みを、いつの日か人類学者や考古学者が解明してくれるだろう。

本書では先史時代まで遡るつもりはなく、中世期の文献に基づいて調査を行っている（紀元800年から1500年の文献を扱うが、例外として中世期よりもはるかに古い、紀元前5世紀のギリシア世界へも手短に踏みこむことにする）。この中世という時期に、重要な神話文献が登場している。紀元前に起きたユーラシアの諸神話の伝播を考えるうえで、中世は極めて重要である。

本書は12章からなり、以下のような構成となっている。

第1部　1柱でありながら多重化した女神
　1　3者1組の至高女神（極西のケルト）
　2　アボンド夫人（フランス）
第2部　女神の変身
　3　ペドーク（フランス）
　4　ソルグンナ（アイスランド）
　5　鮭女（フィンランド）
　6　スキタイのメリュジーヌ（カフカス）
第3部　異界にある女神の住処
　7　機織り場（ギリシア、フランス、日本）
　8　異界の王妃（カシミール、フランス、日本）
第4部　人間界でのかりそめの暮らし
　9　羽衣（日本、フランス）
　10　アマテラス（日本、ロシア）
　11　観音と聖母マリア（日本の仏教、西ヨーロッパのキリスト教）
　12　トヨタマヒメとメリュジーヌ（日本、朝鮮、フランス）

第1部　調査の行程を、極西のケルト文化の影響が強い地域から始めることにする。この地域に現れる至高女神は、3者1組の姿を取ることが多い。こうした神話的存在は、前ケルト時代や先史時代の神々から、その特徴を受け継いでいる。女神が1柱でありながら複数でもあるのは、普通の人間としての特徴を手放すかわりに、富、権力、豊穣をもたらすからである（ちなみに、こうした女神の１人である「アボンド」夫人の名前は「豊穣」に由来する）。

第２部　さらにここでも、普通の人間女性ではなく、女神を取り上げる。女神は変身能力により、まさに神としての性質を表している。ケルト人にとって妖精の雁足（オック語［フランス南部で話されていた方言の総称］では「ペ・ダウカ」）は、妖精が鳥の世界と人間界に同時に属している証である。こうした女神は、アイスランドではアザラシ女、フィンランドでは鮭女、カフカス地方では鹿女や野ウサギ女の姿をしている。動物は多くの場合で女神の仮面である。

第３部　女神の住処は、（天空や海底の）「異界」以外のどこにあるというのだろうか？　神話群に、女神の住む異界を表すものが認められる。その１つが女性の機織り場である。そこは人々の運命を支配する、まさに女性の力が集まる場所である。糸仕事（糸紡ぎや機織り）がギリシア神話の有名な運命の女神（モイライ）を想起させるのは、すべての人間の生命がこの糸に左右されるためである。どの人間も生まれた時から運命の糸（時間の糸）と結びつけられているが、この糸は生命を支配する妖精によっていつでも断ち切られる可能性がある。この重要なモチーフは、ケルトの妖精、ギリシアのニンフ、日本の女神を結びつける。またこうした「異界」には、富、豊穣、永遠が支配する逸楽の園という特徴もある。女神はこうした異界を支配している。11 世紀のカシミールの民話に完璧な異界の元型が見つかるが、同じ形の異界がヨーロッパと日本にも存在している。

第４部　本書の最終部では、日本の大女神があえて人間界へやってくるエピソード群がまとめられている。羽衣、アマテラス、観音、特にトヨタマヒメはそれぞれ、本書の第３部までで検討したさまざまな特徴を持っている。ここでもまた、日本のそれぞれの女神と、それに対応する西ヨーロッパの女神の比較が可能である。なぜなら、メリュジーヌの神話とトヨタマヒメの神話は、モチーフ群、筋書き、結論が同じであるため、完全に符合する最も完璧な例となっているからである。いずれの神話でも、女神は人間界から離れざるをえなくなる。神々と人間がそもそも一緒に暮らす運命にないため、女神は異界へ帰っていく。亡くなった後で再会できる者が現れるのを、女神は異界でただ待つ他ないのである。

注

1) James, E. O. (1989).
2) Eliade, M. (1949), p. 208–228.
3) Brunel, P. (dir.) (2002).
4) Yoshida, A. (1961–1963).
5) Yoshida, A. (1966).
6) なかでも第８章「異界の女王」を参照。

コ ラ ム

12世紀に書かれた超自然的な女性についての物語2編（フランス）

以下に紹介する2つのフランスの物語は、メリュジーヌとトヨタマヒメ型の女性が登場する最初期のものである。いずれも12世紀に活躍したシトー会士ジョフロワ・ドーセール（オーセールのゴドフレドゥス）が『黙示録注釈』[1]に収録したものであり、神学的な注釈がなされている。『黙示録』は、聖ヨハネ作とされる世界終末についての物語である。できるだけ多くの人たちに理解してもらうために、ジョフロワはためらうことなく《人々の噂》、つまり口頭伝承で知られていた民話の力を借りることにした。そして民話を利用し、悪魔的な性格の女性がいることや、人々の間に悪が存在することを証明しようとした。以下の2つの短い話をトヨタマヒメの話と比較すると面白いだろう。なぜなら、日本の話では1つになっているものを、西ヨーロッパの著者［ジョフロワ・ドーセール］は2つの別々の話として語っているように思われるからである[2]。2つの話のうち、1つ目は女性が海の動物に変身する話であり、2つ目は超自然的な女性が海から来る話である。

1つ目の物語　蛇女

人々の噂では、我々のラングル[3]司教区に出自の同じ貴族と城主が何人かいて、彼らはおそらく母なる雌蛇の腹の中で生を享けた蛇の末裔だった。彼らの6世代前の祖先、あるいはさらに昔の祖先は森の中で、雌蛇が変身したとても美しく豪華に着飾った女に出会った。その男は一目でその女に惚れこみ、さらって自宅へ連れ帰った。それから持参金代わりに親族や姻戚など誰にも邪魔させないとだけ約束して、教会の聖職者の前で彼女と結婚した。彼はこの女との間に何人かの子供ももうけた。彼は妻をとても愛していたので、それから幾日、さらには幾年もの間、妻の両親と祖国について知らなくても、気にもしなかった。妻は水浴びが大好きで、時間があれば水浴びをした。しかし彼女は、裸の姿を見られることを嫌い、召使い女にすら見ることを許さなかった。水浴びの準備がすべて整うと、彼女は召使い女を皆追い出して１人で部屋に残り、内側から扉の鍵をかけた。結局、召使い女の１人が好奇心に負けて扉の穴から中を覗き、女ではなく蛇が風呂の水の中を動き回るのを目撃した。これを何度も目にした召使い女はひどく驚き、この不可解なおぞましいことをとうとう主人に打ち明けた。蛇の話を聞かされた主人はひどく動転し、妻の出自を知らなかったために簡単に召使い女の話を信じ、すぐさま妻が何か悪しき存在なのではないかと考えた。そこでしかるべき時期を待って、聞いたことを自分の目で確かめて呆然とし、大昔から因縁のある女と蛇が、このように新たに結びついたことに心底驚いた。男は目撃したことを黙っていられず、大きな叫び声をあげて突進し、妻の部屋に無理やり押し入った。しかし、女は蛇の姿を不意に見られたことに耐えられず、すぐに姿を消して２度と夫の前に現れることはなかった。

２つ目の物語　海から来た超自然的な女

とても敏捷で泳ぎ上手の若者が、夕暮れ時の月明かりのもとで、他の若者たちと一緒に水遊びをしていた。彼は押し寄せる波の中にいたが、すぐ近くで物音がするのに気づき、仲間の１人がいたずらしようとして自分に飛び掛かかってきたのだと思った。反撃の準備をしながら相手のほうへ向かい、女の髪らしきものをつかんだ。それをつかんだまま、彼は軽やかに波をかき分け、背後に女をしたがえて浜辺まで引きずってきた。そこで若者は女に話しかけ、身もとを尋ねたが、まったく返事がなかった。若者は女を自宅へ連れて帰り、母に頼んで粗末な衣服を与えた。深く感謝した女は彼らのもとに留まったが、一言も発することはなかった。いろいろ尋ねてみると、彼女は身振りや頭の動きで何とか答えたが、身もとも故郷もやってきた理由も決して明かさなかった。女は彼らと飲食をともにしたが、若者とその母親以外の家族や客の前でも、いつも礼儀をわきまえていた。キリスト教徒なのかと聞かれると、女は頭で「はい」と答えた。若者は本気でこの女が好きだったので、ある日のこと結婚してくれるよう求めた。女は頭で「はい」と答えて、片手を差し出した。若者の母がこの結婚を認め、友人たちも同意した。司祭に来てもらって婚約し、慣例にのっとって教会で結婚式が行われた。

２人の愛は日ごとに深まり、夫婦の幸せそうな様子を周囲の人々も喜んだ。妻は妊娠して出産したが、子供への愛がひどく排他的だったため、子供と離れることに耐えられぬほどだった。女は乳をやり、洗濯をし、子供をおむつや薄手の皮でくるんだ。子供が成長するにつれて、母の愛も大きくなった。子供の父が友人の１人と会い、話に花が咲いた。その友人は男に、一緒に暮らしている女が超自然的な存在であり、普通の女ではないことを分からせようとした。この２人の話を聞いた司教も同意見だった。司教は将来の予想がつくとみずから明言していただけに、このような結婚は不吉だと述べた。夫は心配になり、この結婚相手の本当の姿について仲間が語ったことを真面目に受け入れた。この話し合いの結論として、男が帰宅したら妻に息子の目の前で身もとをすぐ明かすよう脅し、返事につまった場合は子供を短剣で突き刺すことにした。男は、妻が息子に寄せる愛から、ちゃんと返事をするだろうと考えた。男は帰宅するとすぐに、友人が教えてくれたことを予定どおり実行した。短剣が息子の頭上に置かれたのを見て女は恐怖にとらわれ、こう叫んだ。「あなたに災いあれ、情けない人。私に無理やり話をさせたことで、あなたは献身的に仕えてきた妻を失うのです。あなたと一緒にいられてとても幸せでした。私に定められていた沈黙を守り続けられるようにしてくれていたら、あなたにとっても幸せでした。私がお話ししたのはあなたがそう命じたからです。ですが今あなたに話しかけている女にはもう２度と会えないでしょう」。そう言って、女は姿を消した。そこに残された少年は、成長すると、１人で他の人々から食べ物をわけてもらうようになった。そしてよく海へ、母がかつて発見された場所へ泳ぎに出かけた。ある日のこと、多くの人たちの目の前で、あの超自然的な女が息子を迎えにきた。その後の人々の証言によれば、女は息子に会いにきて波の中へ連れ去った。それきり息子は姿を消した。

注

1) ジョフロワ・ドーセール『黙示録注釈』の15番目の説教による（校訂本は Geoffroi d'Auxerre, *Super Apocalipsim,* éd. F. Gastaldelli, Rome, Edizioni di storia e letteratura (Temi et Testi, 17), 1970)。

2) 12世紀にラテン語で執筆した著者は当然のことながら、日本の神話を直接知りえなかった。

3) フランス東部の町。昔のガリア民族の1つ、リンゴネス族の首府。

第１部

１柱でありながら多重化した女神

第1章

豊穣の女神

——ケルトの母神から中世の妖精まで——

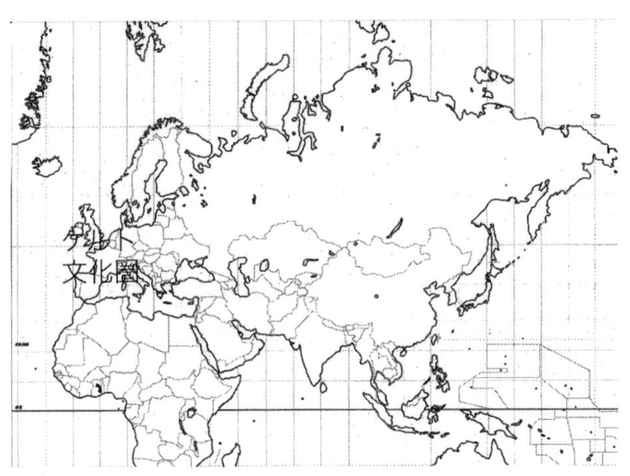

この章で扱われている主な国や地域

ガロ＝ローマ期（紀元前50年から5世紀まで）に作られた3者1組の母神像には2つのタイプがあり、1つは3柱の女神が果物の入った籠や豊穣の角などを抱えている彫像、もう1つは女神たちが赤子をあやしている彫像である。こうした図像は、短い碑文が刻まれていることはあっても、文字資料を伴っていない。ところが幸いなことに、中世フランス語で書かれた文学作品の中に見つかる母神の化身としての3人の妖精に注目することで、これらの母神像の機能を明らかにすることができる。本章は、3者1組で表現されることの多いケルトの母神から、中世ヨーロッパの妖精に至るまでの、「豊穣の女神」の系譜をたどる試みである。本章のもとになったのは、ヴァルテール氏が1997年2月に「ケルト研究友の会」で行った講演の原稿であり、本章の第2節は新たに補筆されたものである。

1. はじめに

このテーマが目新しくなくても定期的に取り上げられる価値があるのは、分析の方法が洗練され、中世期の文献が徐々に知られるようになってきたからである。中世期の文献は、個別には間違った説明がされることもあったが、考古学のさまざまな証言との照合が順次進められている。学際性豊かな研究がゆっくりと学術的な分野に浸透し、研究の展望を著しく刷新している。

《母神》は、もはや考古学者だけでは解決することのできない神話学的な問題の典型例である。今日では、宗教史、(インド=ヨーロッパ) 比較神話学、考古学、ケルト文献学、(ケルト諸語とロマンス諸語による中世期の文献を扱う) 文学批評、文化人類学といった複数の学問分野を総動員する必要がある。

かつては、ゲルマン民族の大移動がローマ帝国に終止符を打ったのと同時に、古代文明とガロ=ローマ世界との間に決定的な断絶をもたらしたのだと想像することも可能だった。しかし今日では、これはさほど確証のある話でもないことが分かっている。考古学が証明したとおり、ガロ=ローマ期［紀元前50年から5世紀まで］の居住様式と中世期の居住様式には明らかに連続性がある。たとえば「ウィラエ」(villae) は中世期には村や町になり、古代の「オッピダ」(oppida) は司教座都市となっている。［フランスの歴史学者フェルナン・ブローデル(1902～1985年) のいう］長期持続に基づいた歴史分析を高く評価する現在の歴史研究では、連続した現象だけでなく、古代世界と中世世界の間で起きた避けがたい変化が強調されている。しかしながら、新しきものは、古きものの素材を再利用したものの上に作られることが多いように思われる。

宗教上の信仰のレベルに立つと、心性(メンタリティー)の連続性と変化という現象は同じ次元にある。有名な定式を言い換えるならば、《何も失われることなく、何も創り出されることなく、すべては変化する》と言えるだろう。つまり、異教ケルトのいにしえの女神は、中世期にもかなり見分けのつく形で生きながらえていた。しかし、いにしえの女神が《文化変容》を被ったこと、すなわち女神の元来持っていた特徴が新たな世界に適合させられたことも事実である。

民話と伝説は、中世期には、前キリスト教時代の古い宗教の信仰を伝える仲介役だった。事実、今日では周知のとおり、中世期の名だたる文学作品は、中世期の創意に富んだ作家による独創的な作品なのではなく、それどころかかなり古い伝説上の素材を多少変形しながら翻案した作品である。この伝説上の素材は、すでにその数世紀も前から口承で伝えられてきた。こうした口承の素材が文字で書き留められるようになったのは12世紀になってからのことであり（有名なアーサー王と「円卓」騎士団の物語はこの時期に生まれている）、こうした文学の書記伝承が口頭伝承を消滅させたわけではないことに留意する必要がある。12世紀にはすでに（ラテン語の）民話が集められていた。また、20世紀の半ばにも、ヨーロッパ各地で伝承に基づいた民話が集められた。こうした民話は諸伝説の分枝で構成されており、その分枝には神話起源の諸伝承からなる古い共通の起源がある。（物語（ロマン）、武勲詩、ファブリオー［韻文による笑話］など）中世期の作品群もまた、同じ起源まで遡る。しかも民話（グリムやペローなどの民話）が中世期の物語（ロマン）に由来するのではなく、中世期の作品群よりも古い口頭伝承にその起源が見つかること（さらには中世の作品群も同じ古い口頭伝承まで遡ること）を明らかにしておきたい。

以上の点から、「中世文学、主として口頭の民俗伝承（したがって古代ローマの《書承の》知識人文化とは相容れない伝承）から伝説上の素材を汲み取っている文学は、ケルト文明まで遡る古い神話的なテーマを継続させている」という定理を立てることができる。3者1組の形で姿を見せることの多い豊穣の女神の例により、ケルトの母神をかたどった図像表現[1)]と、中世期の妖精[2)]についての文学的な描写（主として、ケルトの素材から着想を得ている、マリー・ド・フランス［『短詩集』（1160～1170年頃）を著した女流詩人］[3)]およびクレティアン・ド・トロワ［12世紀後半に活躍した物語作家で、アーサー王伝説を主題にした長編物語詩が5点現存］[4)]の作品群から見つかる描写）の比較を有効に行うことができるだろう。

2. ガロ＝ローマ期の2つの3母神像

いにしえのガリア神話を伝えるものは何も残されていないと何度も繰り返されているが、果たしてそうだろうか？　中世期がいまだ「未知の地」だった頃には、こうした主張が認められていたかもしれない。しかし周知のとおり、いにしえのアイルランド神話が中世期にキリスト教の修道士たちによって書きとめられていたことから、中世期でさえもこれを伝えるのに手遅れではなかったと考えられる。同様に、いにしえのガリア神話が中世期の学僧たちによって書きとめられていた可能性はないのだろうか？　ここでは3柱の母神をかたどった2つの彫像を取り上げてみよう。1つはリヨンのガロ＝ローマ博物館所蔵の彫像（図4）で、もう1つはブルゴーニュ地方のヴェルトー出土の彫像（図5）である［図4では、3柱の母神がそれぞれ果物の入った籠を抱えており、中央の母神は左手に豊穣の角を持っている。図5では、同じ腰掛に座る3柱の母神のうち、向かって左の女神は産着にくるまれた赤子を抱き、中央の女神は布を広げ、右の女神は入浴道具（右手にたらい、左手にスポンジ）を持っている。つまりこの女神たちは生まれた赤子の身体を洗い、産着を変えようとしている。それぞれ頭に冠を被り威厳を保っているが、乳房があらわになっていることから、乳母役も果たせることを示している］。

図4　3者1組の母神（リヨン、ガロ＝ローマ博物館蔵）

図5　3者1組の母神（コート＝ドール県ヴェルトー出土、シャティヨン＝シュル＝セーヌ博物館蔵）

これら2つの彫像に描かれている母神の姿を説明するような、中世期の文献は存在するのだろうか？　実は、その文献は存在している。13世紀末に書かれた武勲詩『レニエの幼少年期』[5)]の一節がこれに該当する[6)]（図6）。

図６　生まれたレニエのもとに来た妖精たち

その子供（ここで話題になっている人物、つまりマイユフェールの息子レニエ）が生まれた頃、プロヴァンス地方とその他の地方には、ある風習があった。テーブルが１つといくつかの椅子が並べられ、テーブルの上に小麦粉で作った３つの白いパンと、ワインが入った３つの壺、その横に３つの大杯が置かれた（この場面に相当するのが、食べ物を両手で抱えた母神たちが描かれたリヨンの彫像（図４）である）。それから子供をそばに寝かせた。子供が着ていた産着は、貴婦人たちの前で脱がされた。３人の貴婦人はそれぞれ赤子をじっくりと眺め、男の子なのか女の子なのか、身体に悪いところがないかを確かめた。それから赤子は洗礼を授けられた（この儀礼は赤子の認知に相当する）。

（中略）

天気はよく、月が明るく輝いていた。時は恵み深く、とても好意的だった。今、我々はあなたがたに、この赤子と神のみ心によって定められた赤子の運命について語らねばならない。

３人の妖精が子供を訪ねてきた。１人目はすぐに赤子を抱きかかえ、もう１人は火を起こしに向かい、２人は子供をしばし火で温めた。３人目の妖精は、赤子に再び産着を着せた（この場面に相当するのが、ヴェルトー出土の彫像（図５）である）。それから３人は赤子を寝かせて休ませ、食事のためにテーブルに就いた。そこにはパン、肉、澄んだワインがふんだんにあった。食事を終えると３人は話し始め、「この子供には立派な贈り物を授けなければなりませんね」と口々に言い合った。

最初の妖精が言った。「まず、どのような領地を私が彼に授けたいと思っているか、言わせていただきます。武具を持てる年齢になったら、彼は美貌を誇り、槍試合では強くて勇敢な者になるでしょう。この子供は亡くなるまでに、実に恐ろしいコンスタンティノープルを支配下に置くでしょう。彼は海を臨むギリシアの王にして領主となり、ヴェニスの人々をキリスト教へ改宗させるでしょう。戦時に彼を武装させる必要はありません。どんな人間も彼に致命傷を与えることはできず、どんな獣も彼を苦しめることができず、熊もライオンも、蛇も猪も、彼に怪我を負わせる力を持たないからです。私はさらに別の恩恵を授けたいと思います。彼の乗る船が海へ進んでも決して沈むことはなく、どんな嵐にあっても怪我をしたり苦しんだりすることはありません。」（第1機能に属する贈与―名だたる国々に対する支配権）。

2人目の妖精が言った。「あなたはたくさんのことを話されました！今度は私に言わせて下さい。彼には、貴婦人たちに愛され、乙女たちにもてなされ、称えられるような人になってもらいたい。また学識ある立派な学僧になり、魔術に精通してもらいたい。そうすれば、たとえ城塞や塔に閉じこめられたとしても、3日経たぬうちに彼はそこから逃げおおせるでしょう。」（第3機能に属する贈与―繁栄、恋愛）

すると3人目の妖精が言った。「ご婦人、良いことを言われました。よろしければ、今度は私が贈り物をする番です」。すると他の2人が言った。「どうぞ、望むところをおっしゃって下さい。ただし彼が苦しむことのないよう注意して下さい」。3番目の妖精にはとても力があり、子供に雄々しさと勇気を与えた。彼女は言った。「彼には高貴な性格で、礼節を重んじ、賢明で、雄弁な人になってもらいたい。また、ずっと狩猟や鷹狩を好む、彼以上の腕前の人が見つからぬほどの射手になってもらいたい。彼はまた、10の王国で権力を握ることでしょう。」（第2機能に属する贈与―偉業と武勇）

3人の貴婦人が発した願いごとは明らかに、ジョルジュ・デュメジルが提唱したインド＝ヨーロッパ語族の3機能の図式にしたがって作られている［デュメジルによると、インド＝ヨーロッパ語族は、神聖性・主権性（第1機能）、戦闘性・力強さ（第2機能）、生産性・豊穣性（第3機能）という3つの機能が、階層をなして世界を構成しているという世界観を持っていた]。しかし（順に発せられた3つの願いごとに）反復部分があるために、もともとは調和していたはずの3機能体系が、いささか分かりづらくなっているのも事実である。

この儀礼は中世期にはっきりと見つかり、現代まで続いている。すなわち［12月25日から1月6日までの］「12日間」という枠組みの中で行われる、妖精たちの食事のことである。中世期の文献では、《3人の妖精による魔術的贈与》が同時に行われている。これは、赤子レニエの誕生日を示唆している。ロレーヌ地方出身の民俗学者R・ド・ヴェストファーレンは自著『メッス民間伝承事典』の中で、中世期からよく見られる信仰についてこう記している。《妖精たちは、聖金曜日、待降節の間［クリスマス前の4週間］、クリスマス、元旦に生まれた人たちに好んで特別なはからいをする》（250頁）。つまりレニエは、この時期のどこかで生まれたのである。さらに（ペローの『眠れる森の美女』のような）民話には、同じような話、すなわち食事に招かれた妖精たちが生まれた赤子に食事後に贈り物を授けるという話が見つかる[7]。このように中世期の作品では、暦上の時間と関連した占いの儀礼が、誕生と関連した占いの儀礼と結びついている。

（クリスマスから公現祭までの）「12日間」になると、《貴婦人たち》（パリ司教ギヨーム・ドーヴェルニュが用いた呼称）、《親切な女性たち》、《悪意ある女性たち》、《夜の貴婦人たち》、《幸せな貴婦人たち》（ベルトルト・フォン・レーゲンスブルク［ドイツの説教師］が13世紀に用いた呼称）はあちこちの家を訪ねる。万事がもてなす側にとって有利になり、異界からの訪問者（《妖精》）を迎える家の主人が祝福を受けるためには、テーブルの上に妖精のための食べ物と飲み物を置いておかなければならない。つまり、これは占いの儀礼なのである。

この運命の女神たち（パルカエ）の食事についての最古の証言は、9世紀の『アランデルの贖罪規定書』に見つかる。ヴォルムス司教ブルヒャルトは11世紀に、1年の決まった時期に特定の女性が行った慣例を公然と非難している。彼女たちは自宅にテーブルを用意し、そこに自分たちが作った料理や飲み物を3本のナイフと一緒に置き、3姉妹に食事を取りにきてもらえるようにした。ブルヒャルトが述べているように、この3姉妹とは《あたかも昔の人々や昔の愚か者たちがパルカエと名づけた》人々のことである。しかし子供に関しては、ブルヒャルトはまったく言及していない。

実際にパルカエの名が出てくることから、こうした儀礼的な食事と子供のために発せられた願いごととの間に、相関関係を認めることができる[8)]。アルフレッド・エルヌーとアントワーヌ・メイエが明らかにしたように、人間ひとりひとりの運命の糸を紡ぐ役目をしているこうした女神たちは、ノナ、デクマ、モルタという3つの異なる名前を持っている。パルカエ（Parcae）［パルカ（Parca）の複数形］という名前は「ウァロ［前116～前27年、古代ローマの学者］によって《パリオー（pario）》と関連づけ」られており、「この語源解釈は現代の人々に総じて認められている」[9)]。動詞《パリオー（pario）》の本来の意味は、《出産する》[10)]である。《パルトゥリオー》（parturio）は《分娩中》を指す（［名詞としては「臨産婦」、形容詞としては「出産間近の」を指す］現代フランス語の「パルテュリアント（parturiente）」を参照）。

パルカエが《母神》であるのは偶然ではない。パルカエが何よりもすべての人間の《母神》であるのは、彼女たちが人間の誕生をつかさどり、生まれたばかりの人間の運命を定めるからである。ジョルジュ・デュメジルはパルカエを、ギリシア化されて最終的にはモイラエ［モイラの複数形］と混同されることになった《誕生をつかさどる古き謎めいた神々》[11)]として紹介している。3つの彫像によってフォロ・ロマーノ［古代ローマの中心部］にかたどられたパルカエは、慣例で「3人の妖精」（tria Fata、3つの運命）と呼ばれていた[12)]。この3人の名前はそれぞれ、ノナ（Nona）＝「9番目」（つまり「9番目の月」）、デクマ（Decuma）＝「10番目」（デクマという名前は「10番目」を指すデキマ decimaのことである）、モルタ（Morta）＝「死」（あるいは待ち伏せている死）である。ノナは（9ヶ月続く）妊娠を、デクマは（10ヶ月目の）出産をつかさどる[13)]。3者1組の中にモルタが含まれていることから、死産した子供の運命についての説明が可能である。さらに、生まれた子供の中に（ラテン語で「ストリュゲス（stryges）」、古フランス語で「エストリー（estrie）」と呼ばれる）《夜の女たち》の犠牲になった者がいた可能性があることも説明できる。

モルタという名の運命の女神はもちろん、「12日間」のサイクルでその重要性が知られているクロックミテーヌ［親の言うことをきかない子供を怖がらせる幻想的存在］の神話とも無縁ではない[14]。モルタの名はおそらくギリシア神話のモイラ（Moira）[15]か、あるいはアイルランド神話のモリーガン（Morrígain）と語根が同じであり、morsという語の影響を受けている。このモリーガンには、親切な妖精という特徴が何ひとつない。その証拠に、古い注釈では彼女のことを《3番目のモリーガン、つまり、マハのドングリ、殺戮後の人間たちの首》[16]と説明している［モリーガンに相当するアイルランドの戦闘女神には、ボドヴ（Bodb）やマハ（Macha）という別名がある。マハが好んで食べるとされるのが、戦死した勇士たちの生首であり、それがオークの実であるドングリになぞらえられている］。9世紀末のアイルランドの注釈では、モリーガンは《ラミア》[17]、つまり幽霊か夢魔だと説明されている。このモリーガンこそが、英雄クー・フリンに待ち受ける死の状況を予言する。

3. 3重でありながら1柱の大女神

女流詩人マリー・ド・フランスは、12世紀後半に作った短詩［『ランヴァルの短詩』］の中で、騎士ランヴァルをめぐる不思議な話について語っている。聖霊降臨祭の日、アーサー王は配下の騎士全員に贈り物を配ったが、うっかりして忠臣ランヴァルには渡し忘れてしまう。落胆して宮廷を離れたランヴァルが川の近くへ行くと、とても美しい2人の乙女が現れる。乙女の1人は手桶を、もう1人は手拭いを持っていた。乙女たちはランヴァルに、2人の仕える姫君に会いに行くように言う。その姫君は薄物をまとっただけの姿で、立派な構えの天幕の中にいた。ランヴァルが出会ったこの「貴婦人」は、彼に愛の告白をする。そして、ランヴァルが自分たち2人の関係について沈黙を守ることを約束してくれるのなら、愛だけでなく、彼が望むものをすべて授けようと申し出る。そのとおり約束すると、ランヴァルはお金に困らなくなる。しかしある日のこと、アーサー王の妃から愛を告白されたランヴァルは、王妃に対して激高し、王妃よりもはるかに美しい恋人がいると告げる。そのためランヴァルは出頭を求められ、諸侯が参集する王の法廷に、みずからの主張を裏づける証拠を持ってくるよう命じられる。しかしランヴァルが秘密を暴露したため、彼の愛する妖精は、彼をそのまま見捨ててしまう。最終的に、妖精がやってきてその姿を見せただけで恋人の無実は晴れる。妖精がアーサー王宮廷に到着すると、誰もがその美しさを認めた。その後、妖精は自分の儀仗馬の尻にランヴァルを乗せ、2人は姿を消し、2度と戻ることはなかった。なぜなら2人は、謎めいたアヴァロン島へ向かったからである。

ランヴァルが愛する妖精は、アヴァロンの女王だったモルガーヌに他ならない。妖精に付き添う2人の乙女は、侍女であることが分かる[18)]。このように、ここに出てくる3者1組の女性は、彫像の女神たち（図4）と正確に対応している。3者1組の母神は、ガロ＝ローマ期の美術によく見られる図像であり、ヴェルトーの石碑[19)]（図5）や、ボンの石碑（ライン州立博物館所蔵）がその好例である。こうした母神のほとんどが果物を載せた皿を持っていることに注目すれば、その果物の種類はリンゴだと断言することができる。事実モルガーヌはアヴァロン島の支配者であり、その島は不死の果物であるリンゴの木の島である（モルガーヌの領国アヴァロン Avalon の名は、語源的には「リンゴ」を指すケルト語まで遡る。「リンゴ」を指す語は、ブルトン語では「アーヴァル（aval）」、ウェールズ語では「アヴァル（afal）」、古アイルランド語では「アヴァル（aball）」、ガリア語では「アバロ（aballo）」である）。

時には、この母神と水とのつながりが強調されることもある。大ブリテンのハドリアヌスの長城の近くにある、有名なカローバラの石碑に描かれた図像（図7）がその1つである。並んだ3柱の女神の下半身は魚の尾になっており、手にしているゴブレットからは一筋の水が流れている。『ランヴァルの短詩』では、川の近くで3人の妖精と出会う。中世フランス文学研究者ピエール・ガレ［1929～2001年］は、そこに文学的なモチーフ以上の、まさしく《魔法民話と宮廷風物語の元型》が見つかることを明らかにした[20)]。しかし3人の妖精と、た

図7　3者1組で描かれた水の女神コウェンティナ（カローバラの石碑に描かれた図像）

とえば3柱の運命の女神（パルカエ）の類似をあげるだけでは十分ではない。ケルト民族とローマ民族に共通する、そして（少なくとも）インド＝ヨーロッパ語族の遺産に属する、疑う余地のない神話的事実をこの構造に認める必要がある。

クレティアン・ド・トロワが著した物語『ライオンを連れた騎士』［1177～1181年頃］には、モルガーヌ（とモルガーヌ的な3者1組の女性）が登場する。この物語のイヴァンは、3人の乙女に助けられて狂気から回復する。乙女たちが持っていたのは、妖精モルガーヌが作った魔法の軟膏だった。（「運命」を指すラテン語の中性名詞「ファートゥム（fatum）」の複数形「ファータ（fata）」に由来する）妖精（「フェ（fées）」）はもちろん運命をつかさどる存在であり、出会う人たち（男性）の運命に良い影響や悪い影響を与える。（『ライオンを連れた騎士』に出てくる妖精のように）妖精は幸運をもたらし擁護者となることも多いが、危険かつ命とりになることもある。その典型例はアーサーが異父姉妹のモルガーヌと近親相姦の関係になったことであり、これが間接的にアーサー王世界の崩壊を招いている。

4. 豊穣と支配権

3者1組の姿は、大女神に備わる神の力が完全であることを表している。同じ3者1組の姿は、一緒に並べられることの多い3体の女神か、3重でありながら1柱の女神をかたどったものである（図8）。こうした女神の両手にある豊穣の角は、女神が繁栄をもたらすことをはっきりと示している。『薔薇物語』［ジャン・ド・マン（1305年没）が著した物語後半］の中のあまり知られていない一節により、中世盛期にアボンド夫人の話が存在していたことが分かる。「アボンダンス」（Abondance）と「アボンド夫人」（Dame Abonde）には、豊富（大量、過剰）という概念が含まれている。豊富（大量、

図8　交差路の女神たち　ビウィアエ、トリウィアエ、クアドルウィアエはそれぞれ、2つの路、3つの路、4つの路を守る女神の名（ガロ＝ローマ期の印章模様のある壺）

過剰）というのは水域からとられたメタファーであり、もとになっているラテン語「アブンダンティア」（abundantia）が《波》を指す「ウンダ」（unda）に由来するため、これによりあふれ出す波という意味で使われる。クロード・ルクトゥー［1943年生まれ、ゲルマン神話研究者］は、中世の文献の中に頻繁に出てくるこのアボンド夫人の足跡を実に注意深くたどった[21]。アボンド夫人は、特にガリアの浮彫に描かれた豊穣の女神の古い残滓である。しかし、こうした存在が絶対的に女性的な性格を持つわけではないことに注意しよう。

研究のこの段階で有益なのは、必ずしもすべてが女神であるわけではない3者1組の「至高神」をかたどったさまざまな影像（図9）を突き合わせてみることだろう。ランス美術館の奉納碑の図像（図10）のように、豊穣の角を握っているのが《ケルヌンノス》で、ヘルメスとアポロンが脇を固めていることもある（したがって3者1組の男神像である）。さらに良い例に、ニュイ＝サン＝ジョルジュ［ブルゴーニュ地方コート＝ドール県の村］のレ・ボラールの奉納碑の図像（図11）がある。この半ば女神で半ば男神の3者1組像のうち、左側の神は繁栄を象徴する物を手にしている。中央の名の知れぬ別の神は、ふっくらとした胸と男根を持ち（つまり両性具有である）、豊穣の角を手にしている。最後に右側の男神は雄鹿の角をはやし、トルク［金属製の首環］をつけていて、顔が3つある。

図9　パリの船乗り（ナウタエ・パリシアキ）がユピテル神に捧げた石碑の柱に描かれたタルウォス・トリガラヌス（3羽の鶴を乗せた雄牛）像（パリ、クリュニー美術館蔵）

図10　両脇にアポロンとメルクリウスを従えたケルヌンノス（フランス、ランス出土）　ケルヌンノスの膝の上に置かれた袋から穀粒が溢れ出て、それを足もとにいる雄鹿と雄牛が食べている。

ローマ化されたケルトの神々の姿の背後に、古い特徴が明らかに残されている。たとえば、角をはやしたケルヌンノスの下には、角のある（鹿科や牛科の）動物数頭が描かれている。こうした図像から連想されるのは、12世紀に口承に基づいて書かれたブルターニュの短詩群の中で、妖精が雌鹿の姿で人間の男性を「シード」(異界) へと頻繁に誘うことである (雌鹿は、神々の伝令ヘルメスのような仲介役である)。この時、妖精はとても美しい乙女 (アポロンのように美しい姿) に変身して、みずから選んだ男性に幸福と富 (豊穣) をもたらす。(ランスとレ・ボラールの) 奉献碑はしたがって、中世期の作品にフォークロア化された形で見つかる重要な神話的テーマ群を、古代ローマの表現を使ってうまく描いているように思われる。

図11　ニュイ＝サン＝ジョルジュのレ・ボラールの奉献碑 (フランス、ディジョン博物館蔵)

5. キリスト教神話

中世のキリスト教は、母神をめぐる古い神話的な図式をごく自然に取りこむ手段を見つけ、固有の伝承の中へ位置づけていった[22] (図12)。

よく知られているように、聖母マリア信仰は「母神」信仰に取ってかわったものである。さらに聖母マリア神学には (それが一般に普及した形であっても)、ケルト神話の古い教義が見つかる。この教義については、クリスティアン・ギュイヨンヴァルフ [1926～2012年] とフランソワーズ・ルルー [1927～2004年] が特に力説している[23]。ケルトの大女神アナ (Ana) またはダナ (Dana) は、他の男神にとって同時に母、娘、妻にあたる。『ギヨーム・ダングルテール』と題する聖人伝物語には、《あなたの息子とあなたの父を産んだ誉れ高き聖女マリアは、同時に娘であり母》[24] という詩行が見つかる [研究者の中には、『ギヨーム・ダングルテール』をクレティアン・ド・トロワの作品と考える者

図12　双子の子供に乳を飲ませる母神 (リヨン、ガロ＝ローマ博物館蔵)

もいる］。ケルトの女神ダナ（『コルマクの語彙集』［900年頃に成立した語源的な語彙集］によると、ダナDanaにはアナAna、アヌAnuという別名もある）がキリスト教で生まれ変わってマリアになったのであれば、聖女アンヌ（アンナ）を聖母マリアの母で、大女神が2重化した姿だと考えることもできる。

中世期にはさらに、ガリアの「マトレス」(Matres)［母神］をキリスト教化した3人のマリアを称える重要な信仰があった[25]。3人のマリア信仰がプロヴァンス地方にあるサント＝マリー＝ド＝ラ＝メールを拠点に広がって、中世期に定着していたのは、この信仰が3重でありながら1柱のケルトの「大母」を称える太古の信仰をかなり自発的に受け入れたからである。3人のマリアは、聖女アンヌ（アンナ）が（3人の異なる夫からもうけた）3人の娘として紹介されることもある。

キリスト教で3人の「母」にかわる存在となっている、「公現祭」の3博士にも触れておく必要があるだろう（『マタイによる福音書』2、1～12を参照）。実際に3博士はイエス・キリストに黄金、乳香、没薬という贈り物をしているが、これは代母としての妖精が生まれたばかりの赤子に贈り物をするのとまったく同じである。3博士が王であるのは、母神が至高神であるのと同じである。今日でもなおスペインでは、（他の地域のように、「クリスマスおじさん（ペール・ノエル）」でも聖ニコラ［ギリシア語名ニコラオス］でもなく）3博士が子供にクリスマスプレゼントを運んでくると言われている。また3博士の祝日（1月6日）は、アボンド夫人と「異界」のすべての妖精が慣例で姿を見せ、家長のもてなしに応じて繁栄か不運をもたらす時期に相当する。

6. おわりに

ここで取り上げるべきは、豊穣の女神や母神よりはむしろ、フランソワーズ・ルルーが提案したような《至高女神》なのかもしれない。なぜなら神は、名前よりもむしろ、神学的な機能によって定義されるからである（当然だが神名の数と同じだけの神がいるわけではない。そもそも神名の中にはあだ名が含まれているからである）。さらに、すべての女神が《母神》であるわけでもない。ひどく男性中心的な偏見と、家族についてのかなり短絡的なイデオロギーを鵜呑みにしてしまうと、すべての母神は多産や母性の側へと追いやられてしまう。しかもこの考え方では、母神を対象にした神話学的アプローチがとても貧弱なものとなってしまう。

実際に、ケルト世界の女性は、きわめて高度な形態の《支配権》を具現している。すなわち、戦争の支配権も含めたあらゆる支配権は、女性を介しており、女性に割り当てられている。そのため「大女神」は当然のように妖精の姿を取り、「貴婦人」信仰が不変的だった宮廷風文学では、守護神的な人物として現れる。中世文学において女性が輝かしく勝ち誇ったイメージなのは、ケルト民族の古い伝説と神話の伝承に深く根を下ろしているためなのである。

注

1）ガロ＝ローマ期の神々については、デュヴァルの著作を参照（Duval, P.-M.(1976)）。

2）中世ヨーロッパの妖精については、ロランス・アルフ＝ランクネールの著作を参照（Harf-Lancner, L. (1984)）。

3）マリー・ド・フランスの短詩については、フィリップ・ヴァルテール編著・プレイヤッド版『中世の短詩』を参照（*Lais du Moyen Âge. Récits de Marie de France et d'autres auteurs*（*XIIe-XIIIe siècle*）*,* éd. et trad. sous la direction de Ph. Walter, Paris, Gallimard, 2018, Bibliothèque de la Pléiade）。

4）クレティアン・ド・トロワの作品群については、ダニエル・ポワリヨン編著・プレイヤッド版『クレティアン・ド・トロワ全集』を参照（Chrétien de Troyes, *Œuvres complètes,* éd. et trad. sous la direction de D. Poirion, Paris, Gallimard, 1994, Bibliothèque de la Pléiade）。

5）*Enfances Renier. Chanson de geste du XIIIe siècle,* éditée par D. Dalens-Marekovic, Paris, Honoré Champion, 2009.

6）*Ibid.*, p. 234−236（v. 22−98）.［この引用中、２人の妖精が赤子を火で温める場面については、フィリップ・ヴァルテール（渡邉浩司・渡邉裕美子訳）『英雄の神話的諸相――ユーラシア神話試論Ⅰ』中央大学出版部、2019 年、p. 31 を参照］

7）Saintyves, P.（1987）, p. 81−105.

8) 中世のキリスト教では、こうした風習はなるべく思い出させないようにする傾向がある（本章であげている文献は、かなりの例外である）。教会は異教の運命論から受け継がれたこうした古い慣例をやんわりと覆い隠し、子供たちの運命を定める前キリスト教時代の儀礼に真っ向から反対するため、洗礼の秘跡を始めた。

9) Ernout, A. et Meillet, A.,（1967）, p. 482.

10) *Ibid.*, p. 483.

11) Dumézil, G.（1987）, p. 497.

12) Grimal, P.（1969）, p. 348.

13) 『メルリヌス伝』［ジェフリー・オヴ・モンマス作、1150年］によると、モルゲン（Morgen）［アヴァロン島の女王］には8人の妹がおり、その名前は（モルゲンの名を含めて）3人ずつの3グループにまとめられる。（ティテンThitenのように）Tで始まる3つの名前は、動詞têter（乳を与える）を生んだ語根と関連している。つまりこの3人は乳母的存在である。（グリテンGlitenのように）Gで始まる3つの名前は（死と関連した）《貪り食う女》である。Cf. Walter, Ph.（2014a）, p. 186−187（Gliten, Glitonea, Gliton）et p. 361（Thiten, Thiton）.［邦訳は渡邉浩司・渡邉裕美子訳『アーサー王神話大事典』原書房、2018年、pp. 170−171（グリテン、グリトネア、グリトン）; p. 256（ティテン、ティトン）］

14) Alexandre-Bidon, D. et Berlioz, J.（dir.）（1998）. Cf. Watanabe, K.（2003）.［クロックミテーヌについては、渡邉浩司「クロックミテーヌとは何か」（中央大学『人文研紀要』第45号、2002年、pp. 207−229）を参照］

15) Ernout, A. et Meillet, A.,（1967）, p. 415

16) Le Roux, F. et Guyonvarc'h, C. J.（1983）, p. 45.

17) *Ibid.*, p. 95.

18) アダン・ド・ラ・アル作『葉陰の劇』（1276年）には、妖精モルガーヌがモルグという名で、マグロールとアルジルという2人の仲間とともに3者1組の姿で出てくる。『葉陰の劇』のテクストは、ジャン・デュフルネによる校訂本を参照（Adam de la Halle, *Le Jeu de la Feuillée*, texte établi, traduit et annoté par J. Dufournet, Paris, Garnier-Flammarion, 1989）。

19) Esperandieu, E.（1908）, n. 3373 et n. 3377.

20) Cf. Gallais, P.（1992）.

21) Lecouteux, C.（1995）; Lecouteux, C.（1990）.

22) 「キリスト教神話」については、フィリップ・ヴァルテールの著作を参照

（Walter, Ph.（2003a）［邦訳は渡邉浩司・渡邉裕美子訳『中世の祝祭　伝説・神話・起源』原書房、初版 2007 年；第 2 版 2012 年］）。

23）Le Roux, F. et Guyonvarc'h, C. J.（1983）.

24）前掲書・プレイヤッド版『クレティアン・ド・トロワ全集』p. 967（*Guillaume d'Angleterre*, v. 496–498, éd. A. Berthelot）。

25）パウリ・ヴィソワ『古典古代学大百科事典』中の項目「マトレス」《Matres》（Pauly, A. et Wissowa, G.（1930））と「ガロ＝ローマ期の母神」《Muttergottheiten der Galloromer》（Pauly, A. et Wissowa, G.（1933–1935））を参照。

第2章

『薔薇物語』におけるアボンド夫人と亡霊

この章で扱われている主な国や地域

13世紀後半にジャン・ド・マンが著した『薔薇物語』後半には、夜間アボンド夫人とともに空中を飛び回る者についての伝承が記されている。アボンド夫人は豊穣や繁栄を約束するケルトの母神の後継者であり、精霊を引き連れて、どの家にもたやすく入りこんだと伝えられている。欧米の民間伝承では、3人（または7人）兄弟（または姉妹）の末っ子は、肉体から一時的に魂を分離させることができ、妖術師になる定めにあると言われてきた。本稿はルーマニア国立バベシュ＝ボーヤイ大学の想像世界(イマジネール)研究所「ファンタスマ」の機関誌『カイエ・ド・レキノクス』第21号（2011年）p. 11−29に掲載されたが、ここではヴァルテール氏の補筆版を用いた。

1. はじめに

「亡霊」を指す「ルヴナン」(revenant) という言葉は、中世のフランス語には存在しなかった。この言葉は、1690年に初めて、「異界から戻ってくると考えられる精霊」の意味で使われている。亡霊を定義するための「精霊」(エスプリ esprit) という言葉は、魂が肉体から離れ、亡霊を覆う肉体がないことを示唆している。亡霊とは、気息と空気でできている存在のことである。つまり、魂が肉体を離れて宇宙をさまようので、誰でも死後は亡霊になりうる。生まれてすぐ亡霊になることもあるが、それには少なくとも3つの必要条件を満たさなければならない。1つ目は家族の中でよい順番で生まれること、2つ目は自分の皮を脱いだり裏返したりすることができること、3つ目は特定の曜日に魔術的な性質があることを熟知していることである。本章では、複数の地理空間に何世紀にもわたって恒常的に見られるこうした信仰に注意しながら、亡霊の精気を働かせるための具体的な諸条件、亡霊の皮の性質と空中飛行の能力について検討する。『薔薇物語』(図13) で言及されているアボンド夫人のケースが、この問題について特に詳しい説明をもたらしてくれていることから、これを分析の出発点とすべきだろう。

図13「悦楽」の園で輪舞（カロール）を踊る人々（『薔薇物語』の写本挿絵）

2. 13世紀の神話資料

1277年頃にジャン・ド・マンが著した『薔薇物語』の一節には、中世期の亡霊についての理想的な例が示されている。『薔薇物語』前半は (1240年頃に) ギヨーム・ド・ロリスが著した寓意的な韻文物語であり、その主要なテーマはトルバドゥール［中世の南フランスの詩人］が歌う宮廷風礼節の精神に合致した恋愛術である[1]。『薔薇物語』前半は、主人公＝語り手が「薔薇」に接吻するものの、「薔薇」と引き離される形で唐突に終わっている。ジャン・ド・マンは『薔薇物語』前半が書かれてから30年以上経て続編を著し、同時代の百科全書的な知識の大全を実現した。ジャン・ド・マンは、ギヨーム・ド・ロリスが描いた恋愛の想像世界を、知性に働きかける理性主義へと向かわせた[2]。ジャン・ド・マンは作中に、教訓的な性格を持った多様な人物たちの発言を挿入した。錬金術、天体（星や惑星）、気象現象（悪天候、洪水、虹など）を話題にした後、光学の諸問題（鏡、ルーペ、眼鏡）や視覚の異常を取り上げている。さらに、夢や幻覚、夢遊病や亡霊をめぐる諸問題を相次いで扱っている。そして物語のその部分では、空中を飛び回る幻想的な存在がいることに触れている。

> こうして多くの人々が狂気に駆られて、夜になるとアボンド夫人とともに空を飛ぶ魔女になると想像します。そして世界中の3番目に生まれた子供はこの能力を備えていて、週に3回、運命に導かれるままに出かけていくのだと主張します。また鍵も門も恐れずに、隙間や猫の通り穴や裂け目を通って、どんな家にも入り込んでしまうとのことです。魂が肉体を離れて、その善良な御婦人たちと一緒に家々と外の場所を越えて行くというわけですが、この連中はそれを次のような理屈で説明します。すなわち彼らはさまざまな不思議を見ていますが、これはそちらから寝床にやってきたのではなく、魂がわざわざ出ていって世界中を駆け回った結果なのだと言うのです[3]。（篠田勝英訳）

この作品を検討することで、亡霊の問題は虚構作品だけでなく教訓文学の分野にもつながっていく[4]。この問題は、アリストテレスの学説[5]が早くも12世紀末からアラビア語からのラテン語訳に続いてギリシア語からのラテン語訳を介して大学へ入りこんで以来、おそらく聖職者の間で論争の対象となっていた。民衆だけでなく知識人の間にも広範に流布していた古い信仰や迷信[6]に対して、新たな形の理性主義が攻撃をしかけていた。亡霊は本当に存在するのだろうか？　聖職者はその存在を、完全に信じていたわけではなかった。『薔薇物語』後半でジャン・ド・マンが登場させた「理性」や「自然」という寓意的な人物は、作品の前面を占めている。ジャン・ド・マンは民衆の心に広まっていた誤った観念を批判した。そしてこの作品で扱われている諸現象、なかでも亡霊の現象に対する批判的な（つまり神話的ではない）アプローチを擁護した。このアプローチは、現代のフォークロアの中に生きながらえてきた民衆の（伝統的な）考え方を、すでに理性主義の痕跡を留めていた中世の知識人による考察との対比から検討することができるようにした。

3. アボンド夫人

エルネスト・ラングロワが指摘したように[7]、アボンド夫人についての最初期の証言が、パリ司教を務めたギヨーム・ドーヴェルニュ（1180～1249年）の著作の中にある。

> 同じことが、女の姿で夜中に、他の女たちと連れだって家や台所を訪れる精霊にもあてはまる。この精霊は《飽満（サティエタース satietas）》にちなんでサティア（Satia）と呼ばれ、訪れた家々に「豊穣」を授けるとの噂から、アボンド夫人（dame Abonde）［ラテン語ではアブンディア夫人（Domina Abundia）］とも呼ばれる。老女はまさしくこの種の精霊を《夫人》と呼び、間違ったことだが、幻想的な夢の中ですら《夫人》の存在を信じて疑わない。老女によれば、こうした夫人たちは家で見つけた食べ物や飲み物を口にするが、すべて平らげてしまうわけでもなく、その量が減ることもない。夜の間に夫人たちが口にできるように、特別な料理の器を並べ、飲み物の容器の蓋をはずしておかねばならない。しかし、食べ物に覆いを掛けていたり、飲み物の蓋や栓をはずさずにおいたりすると、夫人たちはそうした家に不幸と不運を招き、飽満も豊穣も授けてはくれないそうである[8]。

この一節には、アボンドという名の語源解釈（「アボンド（Abonde）は家庭に豊穣（abondance）をもたらす」）と、この《夜の貴婦人》に関連した祈願儀礼（夜間の食事）についての描写がある[9]。ここで報告されているのは《妖精たちの食事》についての伝承であり、その証言は中世から現代まで数多く見つかる。これは1年の決まった時期、つまり冬至の時期（クリスマスと公現祭［1月6日］の間）と結びついた暦上の儀礼である[10]。今日でもなおヨーロッパの子供の多くは、（聞き分けのよい子供たちに）プレゼントを、（親の言うことを聞かない子供たちに）笞を届けにくる幻想的な存在（クリスマスおじさん、聖ニコラ、サンタクロース）を信じている[11]。こうした存在から贈物をもらうために、人々は食べ物を用意し、煙突のそばに小さな靴を置いて、来訪者がお菓子をたくさん入れてくれるよう願う。クリスマスの来訪者は、必ずしも男性とはかぎらない。その証拠に、ヴィクトル・ユゴーの『レ・ミゼラブル』のコゼットという名の娘は、（クリスマスおじさんではなく）《クリスマスの妖精》が来るのを待ち望んでいる。これは、ヴィクトル・ユゴーの出身地（フランス東部にあるブザンソン）では、（アリーおばさんと呼ばれる）貴婦人が子供にプレゼントを届けていたためである。

妖精たちの食事についてのこの伝承は、古代の農業＝牧畜文明まで遡る豊穣信仰と関連しているように思われる。この伝承に連なるアニミズム信仰[12]は、キリスト教の宇宙観および人間観と衝突した。この信仰は長きにわたって許容されてきたが、中世末期の頃に教会が異端審問を開始し、魔女狩りを布告して抑えこんだ。魔女狩りは18世紀まで続けられた[13]。

アボンド夫人に関する信仰は、夜の軍勢あるいはエルカン軍団[14]をめぐる重要な伝承（図14）と、サバトに向かう女妖術師の騎行の、いずれとも接点がある。この夜間騎行について言及している複数の文献は、デュ・カンジュの『中世ラテン語事典』の中に集められている[15]。アボンド夫人は、

図14 地獄の狩猟（学校の教科書に掲載された図版、1926年）

夜間騎行の先導役の1人として、ディアナ、ヘロディアーデ、ホルダと競合している。ラウール・ド・プレール［1316～1382年、フランスの神学者］は、《エルカン軍団、アボンド夫人、妖精と呼ばれる精霊たち》について語っている[16)]。ジャン・ド・マンはアボンド夫人について、《善良な貴婦人たち》という表現を用いている。ギヨーム・ドーヴェルニュもまた、「貴婦人たち」や「夜の貴婦人たち」など、慣例で不可思議な存在を指す多くの表現を使っていた。また、『薔薇物語』と同時代に書かれた『葉陰の劇』［アダン・ド・ラ・アル作、1276年］の善良な貴婦人たちは、妖精に他ならない。

したがって、クロード・ルクトゥーが不可思議な存在について明らかにしたように、こうした諸伝承の全体をつなぎ合わせているのは、まさしく《分身》信仰である[17)]。肉体と魂は結びつきながらもそれぞれに自律的な生を持っており、魂（我々のもう1つのエゴ）は一時的に（あるいは死に際には決定的に）肉体から離れることができる。そうだとすれば、妖精は一時的に（あるいは決定的に）肉体から離れて2重化した形態、つまり、さまよう魂にすぎない。ジャン・ド・マンの証言が、この説を確実に証明してくれている。

しかしながら、《善良な貴婦人たち》（第18442行）という表現は、アボンド夫人が単独ではないことを示している。中世期の作品群（たとえばアダン・ド・ラ・アル作『葉陰の劇』）によく見られるように、アボンド夫人は同伴する他の貴婦人たちとともに3者1組をなしているようである。なぜ3者1組なのだろうか？　ここで、インド＝ヨーロッパ神話に登場する、いくつかの神の懐胎物語に注目すべきだろう。ジョルジュ・デュメジルが指摘したように、神の誕生における3重性には、かなり重要な意味が与えられている場合がある。神であれば、どんな存在であれ、人間のような通常の形で生まれることはない。インド＝ヨーロッパ世界の神は、3重の誕生を経験することもある。デュメジルは英雄のケースから論を展開したが、フォークロアが証明しているように、女性の神話的存在についても同様のことが当てはまると思われる。

アイルランドの英雄クー・フリンもまた、3番目の者として生まれていることにより、英雄に備わる「3番目」という性格（3兄弟の末っ子。たとえば［ローマ神話の］ホラティウス3兄弟の末っ子、［インド神話の］エーカタとドヴィタの弟トリタ）の証明が可能となる。クー・フリンはいわゆる3兄弟の末っ子であるが、2人の兄が実際に彼に「なり損ねた」下絵だったという点で異彩を放っている。「クー・フリンの誕生」と題された作品（エルンスト・ウィンディシュ編『アイルランド語文献』第1巻、1880年、pp. 138–140。2番目のバージョン）は、こうした困難な誕生、あるいはむしろルグ神がこの誕生へ介入しづらかったことについて次のように語っている。1）デヒティネの最初の子供が生まれてからしばらくして亡くなる。2）デヒティネは葬儀から戻り、水と一緒に器に入っていた「虫」を飲みこむ。するとその晩、ルグ神が夢枕に立ち、その虫は彼女が亡くした子供と同じであり、ルグ神の取る2番目の姿であると告げる。しかし、デヒティネはすぐにこの虫を吐き出す。3）その後、デヒティネは夫［スアルティウ］との間に、同じ子供の3番目の姿を身ごもる。その子はシェーダンタと名づけられ、後に「クランの犬」を意味するクー・フリンと命名される。クー・フリンの偉業は、ネフタの3人息子との戦いから始まる。アイルランドの物語に出てくる《そのため彼はこの3年の息子だった》という表現は、以上の経緯を踏まえたものである[18)]。

シナリオが同一であるため、3重でありながら単独であるというアボンド夫人の性格も、こうした3重の誕生から説明がつく。アボンド夫人は、複数の人（「善良な貴婦人たち」）に属することで3重化している。しかし同時に、他の貴婦人たちが匿名であるのに、彼女にだけ名前があることから、単独でもある。『薔薇物語』の第18433行から第18434行に記されているとおり、アボンド夫人は3番目に生まれているが、その誕生の経緯については記されていない。したがって、アボンド夫人に同伴する2人の貴婦人は、アボンド夫人自身のおそらくより劣った別の姿である。

4. 7番目の息子（あるいは7番目の娘）

ヨーロッパの数多くの国々（ドイツ、フランス、オランダ、イギリス諸島）に、娘が一人もおらず男だけの兄弟の7人目が、妖術師という意味の《マルクー(marcou)》と呼ばれるという伝承に基づく信仰が存在する[19]。民間語源説によると、7番目の息子がこう呼ばれるのは、《首（クー cou）にしるし（マルク marques）がある》からである（あるいは肉体の別の場所に現れることもある）。こうしたしるしが百合の花のこともあるのは、歴史家マルク・ブロック（1886～1944年）[20]が検討した古い伝承によれば、昔のフランスの歴代の王に（さらにイギリスの歴代の王にも）《瘰癧（るいれき）》という首にできる腫物や腫瘍の病気を治す力があると考えられていたためである（図15、図16）。聖別式の日にフランス王が病人の首に触れ、病気が治ったこともあるという。教会側の説明では、この力はマルクー（Marcou）という名の聖人に由来し、聖マルクーがフランスの歴代の王にこの治癒力を授けたそうである（図17）。妖術師にもまた、王と同じ力があった。しかし実際には逆であり、妖術師がかつて持っていた力が王のものとされ、治癒力の起源をキリスト教化することで政治的に正しいものへと変えられた。つまり、聖マルクーを介して治癒力に神聖な起源を与え、それにより世俗的な魔術を奇跡へと変貌させる必要があったのである。こうして治癒を行う王は神授権という権威に守られ、民衆に対

図15　瘰癧患者に触れるフランス王アンリ4世（フランス国立図書館蔵）

図16　瘰癧患者に触れるイギリス王チャールズ2世（ロバート・ホワイトによる版画）

図17　治癒能力をフランス王に授ける聖マルクー（聖リキエ修道院蔵）

する権力を正当化することができた[21]。王を介して、神自身が働きかけるためである。妖術師の超自然的な力は、王の力（それは教会の力でもある）と明らかに競合していた。そのため、なぜ教会が妖術と戦ったのかについて、たやすく理解することができる。妖術は、宗教の否認であると同時に、王権の侮辱でもあったからである。

妖術師（マルクー）には、娘でもなることができた。ブルターニュやイギリスでは、（弟が1人もいない）7人娘の長女には、妖術の才能があるとされた。こうした娘は、夢遊病になりやすい傾向もあった。ロマの女性にとって、7番目の息子は腕のたつ治療師であり、7番目の娘には冒険の成功を予言する才能があった。ロマの小説（マテオ・マクシモフ［1917～1999年］の『7番目の娘』）は、これと同じ伝承を取り上げている。臨終を迎えたある女妖術師が、自分の才能を7番目の娘が産んだ7番目の娘にあたる若い娘に託そうとした。このことから、《ある人が幸せになるためには、別の人を不幸にしなければならない》という奇妙な掟が明らかになる。他の国に目を転ずれば、たとえばルーマニアでは、7番目の子供は吸血鬼になる運命にあるという[22]。ここでは妖術と亡霊が明らかに結びついている。

アングロ＝サクソンの世界では今日でも、7番目の息子が持つ魔術的な力への信仰が、幻想文学に受け継がれている。民間伝承では、7番目の息子の7番目の息子は魔術的な治癒力を備え、妖術師になるか、あるいは千里眼を持つと考えられている。オースン・スコット・カード［1951年生まれ、アメリカのSF作家］の小説シリーズ（「アルヴィン・メイカー」シリーズ）の1作目は、『7番目の息子』というタイトルで1987年に刊行された。これは北米大陸で新天地を求めて人々が西へと向かった時代を生きた、子だくさんの貧しいアメリカ人一家の話である。この家族は居を定めるための新たな土地を探していた。この家族の母が、7番目の息子にあたる夫との間に、7番目の息子を妊娠した。アルヴィンと名づけられたこの少年には、当然のように運命によって当然恐るべき力があった。まさにそのとおりに、アルヴィンはとてつもなく強い力の持ち主で、《創造者（メイカー）》となった。1988年に出たアイアン・メイデンの歌は、この物語をもとに作られている。

ここに兄弟が全員集まっている
仲を裂かれた息子たちは滅びてしまうかもしれない
ここで息子の誕生を待っている
７番目の　神々しい　選ばれし者
ここに脈々と続く一族からの誕生
病を癒す者　７番目の子が生まれた　彼の時代だ
知らぬまま祝福され　彼の人生が進むと
ゆっくりと彼は　その力を明らかにしていく
７番目の息子の７番目の息子
７番目の息子の７番目の息子
７番目の息子の７番目の息子
７番目の息子の７番目の息子

ジョニー・リヴァースが歌ったウィリー・ディクソンの別の歌も、《7番目の息子》を扱っている。

誰もが７番目の息子の話をする
世界中に１人しかいない
そして私がその人　私がその人
私がその人　私がその人
彼らが７番目の息子と呼んでいるその人
私はあなたたちの未来を言い当てられる　それはこれから起こること
私はあなたたちの気分をよくすることができる
空を見て　雨を予測し

いつ女が別の男を手にしたか言い当てられる
私がその人　おお　私がその人
私がその人　私がその人
彼らが7番目の息子と呼んでいるその人

ジョゼフ・ディレイニー［1945年生まれ、イギリスの作家］の子供向けの小説『魔法使いの弟子』は、普通の人間には認知できないものを見たり聞いたりすることができるトムという少年についての話である。彼は魔法使いの弟子になる。この師匠はとても厳しく、最初の夜からすぐに弟子を幽霊の家に閉じこめて試練を与える。他にも、アンソニー・ホロヴィッツ［1955年生まれ、イギリスの小説家・脚本家］の小説（『妖術師たちの島』）では、デイヴィッドという少年がブードゥー教［西インド諸島で行われるアニミズム信仰］や妖術のような黒魔術が行われている寄宿舎に送りこまれる。デイヴィッドは、自分が7番目の息子の7番目の息子であり、そのために黒魔術の選ばれし者になったことを知る。そして秘密のライバルと戦うための修行を積まなければならなくなる。この話は、ハリー・ポッターの話とそっくりである。

『薔薇物語』は3人兄弟の3番目の子供にしか触れていないが、このモチーフは明らかに数多くの民話と響きあっている。こうした民話で常に2人の兄が失敗した試練に3兄弟の末っ子が成功するのは、末っ子に特別な才能が備わっているからである。末っ子がたどる道程を注意深く見ると、末っ子が向き合うのは、《魚の王さま》という民話と同様の、魔術的な力が関わっていることの多い一連の試練である。《魚の王さま》は、クレティアン・ド・トロワの有名な遺作『グラアルの物語』の筋書きに使われている[23)]。『グラアルの物語』は、12世紀に書かれた最初の「グラアル」の物語である［「グラアル」は元来「食卓で使われる広口でやや深めの皿」を指したが、その後キリスト教化され、キリストの聖血を含む「聖杯」となった］。いずれの場合でも、不可思議な存在は神の誕生から説明が可能である。その典型例が英雄クー・フリンの誕生であり、3度の懐胎を経て生まれた彼は、いわば3男である。フォークロアや文学の7という数（1週間の日数）は、3という数のバリエーションにすぎない（3は神の数であり、キリスト教でも父と息子と聖霊という3つの姿で現れる唯一の神を称える数である)。

5. 皮としての衣服

マリー・ド・フランス作『ビスクラヴレットの短詩』は、ある夫が誰にも知られずに人狼へと変身する経緯を語っている。彼は毎週必ず、草むら近くの、中が空洞にえぐられた石のもとへ行って裸になり、脱いだ服を草むらに隠した。そして、人狼になって田園をさまよい始めた。このように彼が服を脱ぐことは、自分の皮を剝ぎ取って魂を肉体から引き離すことだと考えられる。服を脱いだ彼は、はっきりとした形のない姿になった。人間の姿を与えてくれる衣服が、亡霊の本当の皮であるかのように話が進む。中世ラテン語で人狼は「ウェルシペリス」(versipellis) と呼ばれ、「自分の皮を裏返す男(または女)」を意味している。これは先述の考え方を裏づけてくれるだろう[24] (図18)。

自分の衣服を脱いで人狼になる男の話は、地上へ降り立った後に羽衣を脱いで水浴びをする天女の話と、あらゆる点で比較可能なことが分かるだろう[25]。人間には、超自然的な女性を地上に引き留めるための手段が1つしかない。彼女たちの羽衣を奪い、どんな事情があっても返さないというやり方である。この話の類例が、中世文学に実に数多くある。たとえばエッダの1つ[『ヴェルンドの歌』]では、鍛冶師ヴェルンド(ヴィーランド)とその2人の兄弟がハクチョウの服を着た3人の処女[ヴァルキューレ]を捕まえ、彼女たちから服を奪い取っている。『グラアランの短詩』やハクチョウを連れた騎士の伝説にも、類例が見つかる[26]。

マリー・ド・フランスの別の短詩(『ヨネックの短詩』)には、鳥に変身する騎士が登場する。彼は皮を変化させる能力を持ち、人間の姿にも鳥の姿にも変わることができる存在である。同じインド=ヨーロッパ語族の伝承に属するカシミール地方[インドとパキスタン

図18　2人の男を襲う人狼(1517年の版画)

北部の地方］の物語を重ねて読めば、こうした鳥が実際には吸血鬼（または人食い鬼）であることが分かる[27)]。鳥に変身する騎士が串刺しにされて命を落とすこと（塔の中に幽閉されていた意中の貴婦人に会いに行ったが、何本かの鉄串が窓枠の上に置かれていたため、鉄串の１本で身体を刺し貫かれてしまう）は、吸血鬼を殺すために心臓に杭を打ちこむという有名な儀礼を思わせる[28)]（図19）。ヨルバ人［主にナイジェリア南西部に居住するアフリカの民族］の間では、夜になると男女の妖術師が、鉤形の長いくちばしをした鳥に変身すると伝えられている。こうした猛禽は、彼らが餌食とする人間のすぐ近くの家の屋根にとまっていた。占者や治療師は病気や死が招く混乱と戦ったが、彼らが悪魔祓いのために使う鉄の杖の鈴には、円盤や複数の鳥（ときには16羽）が描かれることもあった[29)]。

図19　杭を打ちこまれた吸血鬼（アルベール・ドゥカリス作）

こうした気息と空気からなる性質は、空を飛ぶ女妖術師にも認められる。たとえば15世紀のマルタン・ル・フランの『貴婦人たちの選士』という作品では、次のように語られている。

ああ、そなたは（私に）女妖術師が、
ガルー［人狼］やリュイトン［小妖精］なのか、
歩いたり杖にまたがったりして動き回るのか、
鳥のように空を飛ぶのか、話してはくれなかった[30)]。

私が聞いたのは、
さまざまな方法で、川や池、畑や森を
駆け回る、老女姿の夢魔たちのこと。
彼女たちは実に器用で、
扉を開けることなく家の中に入っていくそうだ[31)]。

図20　箒や杖にまたがり空を飛ぶ魔女たち（マルタン・ル・フラン『貴婦人たちの選士』の写本挿絵）

女妖術師が箒の柄にまたがってサバトへ向かうという有名なイメージがある（図20）。これは、女妖術師の肉体が非物質的で空気よりも軽いという、実に特殊な性質を表している。オランダのアウデワーテルのゴーダ近郊には「女妖術師たちの家」があったが、今では妖術美術館になっている。ここで展示されているかつての「女妖術師の量り」は、中世期には妖術使いの疑いのある女性の体重を量るために使われていた。箒にまたがって飛ぶには重すぎる女性は無罪証明書を得ることができ（最後に発行された証明書は1729年のものである）、これに当てはまらない女性は火炙りにされた。空気よりも軽い女性には、普通の肉体の性質がなかった。女性のこうした超自然的な性質は、悪霊、幽霊、亡霊の性質でしかありえなかった。

6. 亡霊が現れる週の3日間

『薔薇物語』には、亡霊がその力を発揮するのは週のうち3日間だと記されている。『ビスクラヴレットの短詩』にも、週に3日続くこうした亡霊の断続的な生活が描かれており、狼の姿のまま毎週まる3日間姿を消すと記されている（v. 25–26）。マリー・ド・フランスもジャン・ド・マンも、この3日間が何曜日なのかは明示していない。この3日間は、中世期には今日とは違っておそらくあまりにもよく知られていたので、作中であえて記す必要がなかったと思われる。『ビスクラヴレットの短詩』のとおりなら連続する3日間のことだと考えられ、サバトの開催日である土曜日は、この3日間に含まれていると思われる。周知のとおり、妖精メリュジーヌが動物の姿（下半身が蛇の姿）になるのは土曜日で、その姿を誰にも見られないようにしていた。つまり、土曜日はメリュジーヌが《亡霊女》になる日であり、同時に蛇でも魚でもある（鰻のような）本来の姿に戻るのである[32]。

土曜日は、妖術師が集まる日（サバトの開催日）として特に知られている（図

図 21　サバトへの出発を準備する女妖術師たち（ハンス・バルドゥング・グリーンによる版画）

21)。マリー・ド・フランスの描く人狼と同じように、妖術師も２重の姿を持っている。彼らは普通の人間として姿を現したり、決まった日に精霊になって空中を動きまわったり、箒にまたがってサバトへ向かったりすることもできた。ルーマニアでは、土曜日になると死者の魂がかつての自宅へ戻り、食べ物が少し出されるのを待ってから帰途につくと考えられている[33)]。妖術師はデーモン（ダイモーン）［神々と人間の中間に位置する超自然的存在］や空飛ぶ精霊のような悪魔の姿で空中を旅するため、肉体の覆いを失っているのかもしれない。金曜日もまた、縁起の悪い日だと考えられている。妖術師や魔法使いが占いを行えないのは、金曜日に幽霊やデーモンが好んで姿を見せるからだと言われていた[34)]。金曜日に肉食を禁止するという、中世と近代の慣例についても考えてみよう。これについての教会による解釈は、キリストの受難を思い起こし、十字架上でキリストが己を犠牲にしたことを記念して、あえて肉食を控えるようにするという表面的なものである。この禁忌の背後には、（はるかに異教臭の強い）別の解釈が隠されている可能性がある。亡霊は至るところに存在する。彼らは我々の中に潜んでおり、（金曜日に行われる）サバトでは人肉を食べる。金曜日にすべてのキリスト教徒の肉食を禁ずれば、この禁忌に違反する者を見つけ出すことができる。もちろん違反者は人肉を食べる妖術師、吸血鬼、亡霊である。木曜日もヨーロッパでは、サバトの開催日の１つと考えられている[35)]（確かに《木曜日の一派（セクト）》が話題になっている）。木曜日には、裁縫や糸紡ぎを控えなければならない。周知のとおり、糸を使う仕事は糸を紡ぐ妖精が担当するものであり、こうした妖精はパルカエのような運命の女神の化身であるのと同時に、女妖術師でもある。交互に進む糸紡ぎのリズムは、時間との関わりを想定させる。しかし、時間が復元や更新を必要とする頃に時間を操作すれば、危険を招く恐れがある。実際に時間は、破壊と更新を交互に繰り返しながら過ぎていく（1週間のリズムによって区切られる週ごとの時間と同じように、夏至と冬至によって区切られる年ごとの時間がある）。

ルーマニア中部では、木曜日にジョイマリツァが現れる。ジョイマリツァは醜くて邪悪な女で、干し草の積みわらよりも大きく、巨大な頭の持ち主である[36)]。怪物でも亡霊でもある彼女は、聖木曜日に姿を現し、女性が担当する糸紡ぎの仕事を監視した。麻、亜麻、羊毛をすべて予定どおりに紡がなかった女性は、木曜日に厳しく罰せられた（ジョイマリツァはそんな糸紡ぎ女の指を折り、その横に座ってすばやく紡いだ糸を焼き、怠けた女性に火傷を負わせる）。ジョイマリツァの神話上の双子（「聖女金曜日」）も、金曜日にまったく同じ役割をしている。彼女は金曜日の夜に糸紡ぎ女のところに現れて手助けするが、同時に罰したり、火傷を負わせたりする[37)]。つまり民間伝承には、1週間の決まった曜日を擬人化した亡霊に匹敵する存在がいて、危険な週末までに仕事を終えていなかった女性を罰するのである。

亡霊が現れる特別な3日間は、まさしく週末の木曜・金曜・土曜で、この3日間に魂がさまよう。これはオーストリア＝バイエルンのペルヒタに似ている[38)]。キリスト教の暦では、この3日間はキリスト受難の3日間に対応し、その期間の亡霊をめぐる信仰や禁忌が数多くある。聖金曜日に生まれた子供は、先見の明と治療師の才能を授けられ、妖術師になる定めにある[39)]。ロシアで聖土曜日の晩に火が焚かれるのは、起き上がって教会へ祈りに向かう死者の魂を温める必要があるからである[40)]。

したがって、亡霊が姿を見せる週の3日間を、ユーラシア大陸全域に見つかるであろう魂の断続的な旅をめぐる信仰という、より大きな枠組みの中へ置き直してみる必要がある。さらには、週の7日間と、妖術師になる定めの7人兄弟の家族の7番目の息子（または7人姉妹の家族の7番目の娘）との関連についても考えてみる必要があるだろう。

7. おわりに

結論に入ろう。亡霊の神話は魂の旅についての信仰に基づく諸文明のシャマニズム的な古層に属しており、これについてはミルチャ・エリアーデ［1907～1986年、ルーマニアの宗教史家］が検討している[41]。この古層を豊かにしたインド＝ヨーロッパ世界に固有の諸信仰によれば、超自然的な存在の誕生には３度の連続した懐胎が必要だった。少なくともこの点で、『薔薇物語』が拠り所とした神話的モチーフ群は、ヨーロッパ文明の長期持続の中に刻みこまれている。これこそがまさしく本章で注目した『薔薇物語』の一節が重要な理由であるのは、語り手がニュアンスに富んだ証言を行っているからである。語り手は亡霊信仰が、迷信へと変化する名もなき集団の民衆の声に由来することを認識している。しかし同時に、非合理的なものを定義する配慮を見せながら、この現象をなかば人類学的にも解釈している。語り手にとって夜間にさまようことは夢の活動に属しているが、これは慣例で《エクスタシー（奪魂）》だと考えられている。それは己の外へ出る行為であり、魂が暫定的に肉体を離れ一時的に己の外へと旅立っていく。まさにこれこそが、シャマニズム信仰そのものを表している。アボンド夫人については、ローマ神話のパルカエやギリシア神話のモイライと同じような３者１組の姿をした、中世期に生きながらえた古代の「運命」の女神の姿を彼女のうちに認めるべきだろう。

注

1） Poirion, D.（1973）.
2） Badel, P.-Y.（1970）.
3） Guillaume de Lorris et Jean de Meung, *Le Roman de la Rose,* édition d'après les manuscrits BNF 12786 et BN 378, traduction, présentation et notes d'A. Strubel, Paris, Le Livre de poche, 1992, p. 1060–1061, v. 18429–18448（auteur : Jean de Meung）.
4） Lecouteux, C.（1986）.
5） Van Steenberghen, F.（1955）.
6） Agrimi, J.（1993）.
7） Guillaume de Lorris et Jean de Meung, *Le Roman de la Rose,* édité par E. Langlois, Paris, Édouard Champion, 1927, t. 4, p. 314–316.
8） Guillaume d'Auvergne（évêque de Paris）, *De Universo,* Paris, 1674, t. 1, p. 1036（Lecouteux, C.（1990）からの引用による）.

9) Walter, Ph. (2007).

10) Lecouteux, C. (1998a), p. 168–175.

11) こうした風習についてはVan Gennep, A. (1999) およびUeltschi, K. (2012) を参照。

12) Walter, Ph. (2001).

13) Ginzburg, C. (1992), p. 104, 106, 111, 117, 143, 180, 314, 316, 334.

14) Ueltschi, K. (2008).

15) Du Cange (1883–1887), 項目AbundiaおよびDianaを参照。さらにGrimm, J. (1878), p. 220–237 et p. 882–886も参照。

16) Lecouteux, C. (1999a), p. 135.

17) Lecouteux, C. (1992).

18) Dumézil, G. (1967).

19) Jacques-Chaquin, N. et Préaud, M. (1996), p. 502.

20) Bloch, M. (1983).

21) Poly, J.-P. (1990).

22) Talos, I. (2002).

23) Walter, Ph. (2004), p. 56–89.

24) 『ビスクラヴレットの短詩』については、フィリップ・ヴァルテール編著・プレイヤッド版『中世の短詩－マリー・ド・フランスとその他の作者たちの物語（12～13世紀）』(*Lais du Moyen Âge. Récits de Marie de France et d'autres auteurs (XIIe-XIIIe siècles)*, édition sous la direction de Ph. Walter, Paris, Gallimard, 2018) 収録のテクスト (p. 92–107) と注釈 (p. 1137–1142) を参照。また人狼については、Summers, M. (1933) を参照。

25) Berezkin, Y. (2010).

26) Lecouteux, C. (1982).

27) 『ヨネックの短詩』については、前掲書プレイヤッド版『中世の短詩』(*Lais du Moyen Âge*) 収録のテクスト (p. 154–181) と注釈 (p. 1162–1172) を参照。また鳥に変身する騎士と人食い鬼の関連については、Walter, Ph. (1999) を参照。

28) Marigny, J. (2009), p. 44–45.

29) Fayard, A. (dir.) (2009), p. 105に掲載された図版を参照。

30) Martin Le Franc, *Le Champion des Dames*, édition de R. Deschaux, Paris, Champion, 1994, tome 4, v. 17377–17380.

31) *Ibid.*, v. 17385–17389. 女妖術師については、Deschaux, R. (1983) を参照。

32) メリュジーヌと関連した鰻の神話については、Walter, Ph. (2008) を参照。
33) Talos, I. (2002), p. 178.
34) Mozzani, E. (1995), p. 1763.
35) *Ibid*, p. 921.
36) Talos, I. (2002), p. 109.
37) *Ibid.*, p. 199.
38) Rumpf, M. (1987).
39) Mozzani, E. (1995), p. 1619.
40) *Ibid*, p. 1620.
41) Eliade, M. (1968).

第2部

女神の変身

第3章

雁とペドーク

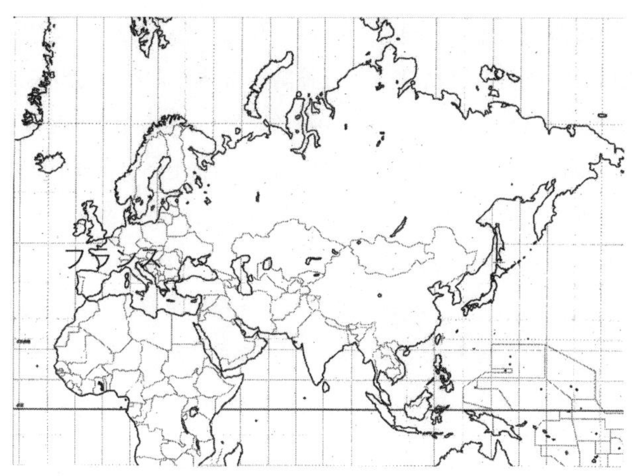

この章で扱われている主な国や地域

本章での分析対象は、「雁おばさん」（英語名マザー・グース）や「ペドーク女王」（雁足の女王）に代表される「鳥女」である。ヨーロッパの民話やフォークロアによく登場するこの表象は、ケルトの神話伝承の要である大女神を淵源としている。ケルトの大女神には変身能力があり、雁やハクチョウなどの鳥の姿を好んで取る。英語の「グース」（goose）にあたるフランス語「オワ」（oie）は、雁と鵞鳥の両方を指す語であるが、本章では原則として渡り鳥の「雁」を指している。本論の仏文原稿は、篠田知和基編『神話・象徴・文化Ⅱ』（楽浪書院、2006年）p. 35−56に掲載された。

1. はじめに——文献学と宗教史

ピエール・サンティーヴ［本名エミール・ヌリー、1870～1935年、フランスの民俗学者］がかつて学術論文[1)]で力説したように、（少なくともペローまで遡る）「私の雁おばさんのお話」は、数多くの口承・書承伝承を理解するために極めて重要ないにしえの神話全体を表現したものでもあった（図22）。文学と結びつけられた象徴は、宗教信仰と結びついた神話群自体から説明されることが多い（たとえばステファヌ・マラルメ［1842～1898年、フランス象徴派の詩人］の詩編に登場するハクチョウは、ヒュペルボレイオス人［極北人］の国へアポロンを導く鳥を称えている）。したがって、文学における象徴的意味について掘り下げて考えるためには、宗教史に問いかける必要がある。

中世期の数多くの伝説は、新たに書き直された形を取ってはいるが、前キリスト教時代の神話的基層を伝えている。鳥（なかでもハクチョウや雁）に変身する娘が登場する中世の聖人伝説や民間伝説から出発すれば、こうした鳥女と、ケルト神話、ギリシア神話、ゲルマン神話の鳥女神（ハクチョウや雁の姿を取る女神）との直接のつながりを示すことができるだろう。また、こうした物語群を年代順に検討することで、いくつかの神話的表象や象徴の古い来歴が明らかになるはずである。かなり象徴的な人物が登場する表象空間や意味空間を絞りこむためには、文献学、民俗学、神話学、宗教史といった複数の学問分野を総動員する必要がある。この分野で考察の対象とすべきは（ハクチョウ、雁、コウノトリといった）特別な種であって、（鳥という）抽象的なカテゴリーではない。一般化してしまうと、個々のイメージに備わる象徴のさまざまなレベルを理解するのに重要な、文化上の特殊性が消え去ってしまうためである。

図22　ペロー『私の雁おばさんの話』手稿版口絵（1695年）

2. 鳥 女 神

クリスティアン・J・ギュイヨンヴァルフやフランソワーズ・ルルーなどといった神話学者の研究により、ケルトの神界や、特にケルト人にとっての唯一の女神が再び脚光を浴びるようになった。「ガリアの〈ミネルウァ〉に直接対応するアイルランドの女神はブリギッドである。ダグダの娘ブリギッドは、諸芸術（および芸術家（アイス・ダーナ）、つまり手仕事や知的活動に携わるすべての人）と、原初の神々の母である。フィリと呼ばれるアイルランドの詩人を守護するブリギッドは、詩人、鍛冶師、医者の母と言われている。（中略）　アイルランドがキリスト教化された後、聖女ブリギッドは聖パトリックにほぼ匹敵する存在となった。そのため当然、ブリギッドにまつわる2月1日のフォークロアはとても重要である」[2]。このブリギッドは、キルデア修道院の創始者である聖女ブリギッドという中世の最後の化身として特に知られており、間違いなく鳥とつながりがある。神話文献では、すべての男神にとっての母、娘、姉妹を兼ねるブリギッドには、ファン（「燕」）、ボドヴ（「ハシボソガラス」）、ダナ、アナといった別名もある[3]。

中世期のダナやアナという名前の形は、ラテン語の「アナス」（anas、「鴨」）に由来する中世フランス語「アーヌ」（ane）や「エーヌ」（ene）に似ている[4]。女神アナの神話は、おそらくこうした音声上の類似により、「アーヌ」（ane）[5] つまり雌アヒル（cane）という動物の姿に残された。シャトーブリヤン［1768～1848年、フランスの作家］の『墓の彼方からの回想』には、雌アヒルについての記述がある。作中で彼は、子供の頃に母が歌ってくれたモンフォールの雌アヒルの歌を回想している（図23）。その歌では、ある娘が凌辱されそうになって聖ニコラに加護

図23　聖ニコラの足もとにいるモンフォールの雌アヒル（15世紀のステンドグラスに基づくデッサン）

を求め、雌アヒルに変身したという[6]。この話は今でも、ブルターニュ地方のブロセリヤンドの森のはずれにあるモンフォール＝シュル＝ムーで語り継がれている[7]。このエピソードは、「大女神」に備わる重要な神話的特徴、すなわち大女神が不可侵であり、処女の身を守ろうと配慮することを暗示している。同じ特徴が、ギリシア神話のアルテミスやローマ神話のディアナにも認められる。そもそもディアナという名が、女神アナ（Dea Ana）の名から派生したものである可能性も十分にある（想定できるのは Dea Ana — Deana — Diana というプロセスである）。

考古学的発掘により、セーヌ川からほど遠からぬ場所で、雌アヒルの頭がついた舟に乗ったケルトの女神［セクアナ］の小像が発見された（図24）。またブルターニュ地方では、1913年に飛び立とうとする鳥（ハクチョウか雁）をかたどった飾冠をつけた女神を表した別の彫像が発見されたが、考古学者はこれを「メネゾムのブリジット」と呼んでいる[8]（図25）。このようにケルトの女神と鳥が並べられていることは、女神の鳥への変身を示唆している可能性がある。このことは、（2月1日が祝日の）聖女ブリギッドもまた鳥、とりわけ雁と結びつけられていることから特によく知られている。イザベル・グランジュが力説したように、異教の伝説群を覆い隠し、それらをキリスト教の伝承の中へ置き直すために学僧が行った作業は、異教の伝説群を徹底的に消し去ることを狙ったものではなかった。聖人伝説に被せられているキリスト教的な覆いの下に、ケルト神話の主要なテーマ群を今でも読み取ることができる[9]。したがって、聖女ブリギッ

図24 セクアナ像（フランス・ディジョン考古学博物館蔵）

図25 メネゾムのブリジット（青銅製、1世紀、フィニステール県出土、レンヌ美術・建築博物館蔵）

ド伝説で語られているように、彼女が雁を飼いならして修道院までついてこさせたのも、偶然ではないだろう[10]。

聖女ブリギッドは、雁と奇跡が結びついた唯一の聖女というわけではない。同じ奇跡が、(1月4日が祝日の) ベルギーのヘントの聖女ファライルドの伝説[11]や、聖女オポルテューヌの伝説[12]にも見つかる。ファライルドの伝説によると、彼女はすでに羽根をむしりとられていた雁を生き返らせたという (図26)。女神が雁と古い神話的連想によって結びつけられているのは、雁がケルト神話以外の神話群の有名なエピソードに出てくるからである。ローマ神話では、カピトリウムの丘の雁が知られている。聖女ブリギッドの雁に劣らず従順だったローマの雁は、町を守護する役割を果たし、ガリア人が急襲してきたとき金切り声をあげてローマ人に警告した。プリニウスはこの雁のことを、こう記している。「雁もまた警戒を怠らない。このことは、わが国の財産が沈黙を守った犬の裏切りで危うくなったとき、雁がカピトリウムを守ってくれたことによって証明されている」[13]。この雁は、女神ユノの神殿のまわりで育てられていた[14]。雁はインドやエジプトの宇宙創成物語にも登場する。エジプト人の『死者の書』には、天の「雁」が産み落とし、東方でかえる光輝く卵 (＝世界) についての言及がある[15]。エジプトでは、翼をもった姿で描かれるイシスが、雁に囲まれていることが多い。また、神話の雁はハクチョウと同類である。周知のとおり、ケルト人の神話文献の中では、これら2つの鳥類はほとんど区別されていなかった。サンスクリット語では、いずれの鳥も「ハンサ」(hamsa) という同じ名前で呼ばれている。「異界」の女は、ケルトやゲルマン＝スカンディナヴィアの文献では、ハクチョウの姿を取ることが多い[16]。たとえば「ハクチョウ (svan-) のように白い (-huit)」という意味のスヴァンフ

図26　雁を連れたヘントの聖女ファライルド

ヴィートは、ヴァルキューレと呼ばれる天女の1人である[17)]。ギリシア神話のヘレネはレダとゼウスの娘で、卵から生まれた。神々の長ゼウスは、ハクチョウの姿に変身してレダに近づいた[18)]。

これらのいくつかの例を見れば、鳥女が神話では常套表現の1つであり、至高女神を表していることは明らかである。雁がハクチョウとともに鳥女ともよく結びつけられていることは、神話において無視できない要素のように思われる。したがって、神話群に雁がどのくらいの頻度で登場するのかを検討する必要がある。管見の限り、雁は人間の想像世界（イマジネール）で魅力的に映るが、それについて説明できるようなイメージ群を作るのは、ハクチョウの他、鴨のような水鳥にもよく似た雁の見た目の特徴だけでなく、その奇妙な動きでもある。つまり、こうした想像世界を明らかにする最良の方法は、単純にこれらの鳥類を観察することである。

中世期の伝説、聖人伝説、さらに民間伝承を研究すれば、雁と雁女の意味の「範列（パラディグム）」をより細かく見極めることができるだろう。これにより、中世期の想像世界で雁が占めていた位置を概観することが可能になる。これら2つのアプローチは、雁の見た目の特徴を軸として、想像世界での雁の象徴の広がりをうまく突きとめるための分類に基づき、並行して行われるだろう。

想像世界（イマジネール）では、雁は鳥類一般と同じ図式をたどっている。ジルベール・デュランが指摘したように、「鳥のイメージはすべて、上昇、昇華という力強い欲望に由来する。なぜなら鳥は、動物としてではなく、ほぼ羽の単なる付属物とみなされているからである」[19)]。神という概念は、神々の領域である天空との関係により、自由や純粋さという概念とまったく同様に、鳥の羽のようなものに集約されている。これは鳩の想像世界と呼ぶことのできるものである。しかし雁は、沼やぬかるみ、ジルベール・デュランの言う「黒い水」の中を泳ぐのと同じように、空も飛べる水鳥の仲間である［「黒い水」は、夜の水面が光をはね返さないために黒く見え、死の象徴となっている］。雁は、相補的でありながらも両価的なイメージ群を生み出している。雁は汚れているのと同時に神聖でもあり、天空と地上の両方に属している。

こうした両価性は、ジルベール・デュランの言う「宿命の女」に固有のもので、変身できる蛇女や妖精の属性である。毎週土曜に水浴びをして蛇女に変身する妖精メリュジーヌのケースは、(2重の存在であることから) 恐ろしくもあり、(月のサイクルの影響を受けて) 蛇の姿に変わりもする、女性の想像世界の典型である。混成動物の姿を取る女性は、文学作品、伝説、神話全般に出てくる元型の1つである。そのイメージの魅力はおそらく、鳥でも蛇でもある水鳥が、想像世界で端的に表す2重性に由来する。

雁はこうした理由により、2つの顔を持つ存在と結びついた妖精伝説によく登場するのではないだろうか？　この鳥が2重の女性性を表すために頻繁に選ばれている理由の大部分は、雁の習性とその見た目の特徴から説明できる。いずれにしても、後述するが、雁足のような雁の見た目の特徴のいくつかが、人々の心をとてつもなく魅惑した。そのため雁は、いろいろな意味を持つ生き物だとみなされた。つまり、中世の人々が到達しようとした宗教上の真実を、文字どおり象徴するものだと考えられるようになったのである。「中世の神学者たちは、真の記号理論を練り上げた。この生き物はその中で自然の記号に含まれている。自然の記号は何よりも事物であり、次の段階になってようやく象徴となる。このことを理解できるのは、創造について思いをめぐらす者、すなわち秘儀に通じた者だけである。」[20]

3. ペドークの雁足

ケルト神話の鳥女神は、実はケルト世界とともに消えてしまったわけではない。まったく逆で、鳥女神はケルト世界の没落後も生きながらえ、キリスト教とともに姿を変えていった。いにしえのケルトの女神に鳥への変身能力があったことは、普通はほとんど知られていない。中世はこうした鳥女神から、わずかに雁足の聖女だけを受け継いだ。雁足という奇妙な属性に、多くの神話学者は関心を持った。「トロワの司教区ネールの聖女マリア教会、ディジョンの聖ベニーニュ教会、ヌヴェールの聖ピエール教会、オーヴェルニュ地方の聖プルサン教会の正面玄関には、雁足のせいでペドーク女王と呼ばれる女王の彫像が見つかる」と、18世紀にビュレ神父が記している[21] (図27、図28、図29)。

長きにわたり、民俗学者はこのペドーク女王（オック語「ペ・ダウカ（pé d'auca）」は「雁足」の意）に関心を抱いてきた。なかには、この女王のモデルが有名な歴史上の人物、ロベール王の妃ベルト・ド・ブルゴーニュだという仮説を出した人もいる。伝説によると、近親婚のために破門を宣告された王夫妻は逃亡し、その途中でベルトが雁の首と頭をした男の子を出産した。ビュレ神父によれば、「そのため、ベルトは雁足で描かれるようになった。雁足は、奇怪な子供を出産したことの記憶を留める象徴である」[22]。この雁足の女王を歴史的な視点だけから理解しようとしても、答えは何も見つからない。この伝説は、歴史と交わってその中に移植されたとすぐに見当がつく。そもそも、実在したこの王妃の名が、伝説と歴史の融合を容易にしたのである。フォークロアの数多くの伝説に、何人ものベルトという名のヒロインが登場する。「ベルトが糸紡ぎをしていた頃」という言い回しはよく知られているが、このベルトははるか昔の神話的な時代の人物を指し[23]（図30）、諸神話に出てくるすべての糸紡ぎ女（［ローマの］3人のパルカ、［ゲルマンの］ヴァルキューレ、ケルトのハクチョウ女など）と関係がある。また、ベルト（Berthe）の名は、ブリギッド（Brigit、フランス語名ブリジット Brigitte）の名と同じ語根から作られている[24]。実在したベルトと関連する奇怪な子供の誕生の話は、妖精伝説のモチーフを想起させる。妖精メリュジーヌが産む8人の子供も

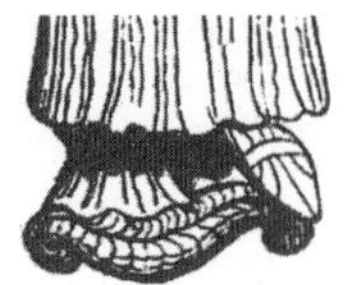

図27　ペドーク女王の雁足（ネールの聖女マリア教会）

図28　雁足のシバの女王（右）（12世紀、ディジョンの聖ベニーニュ教会）

図29　ペドーク女王（聖プルサン教会の正面玄関）

図30　糸紡ぎ女ベルト（18世紀の模造印）

異相の持ち主で、動物と人間という2重性を表している。クロード・ゲニュベ［1938～2012年、フランスの民俗学者］によると、この2重の性質を、母が女神と動物の性質を併せ持つしるしとして理解する必要があるという。

民俗学者の中には他にも、教会の正面玄関に描かれた雁足の女を、聖書のフォークロアで伝えられるシバの女王と同一視した人がいる。シバの女王伝説の有名なエピソードで、彼女は気づかぬうちにソロモン王に己の動物的な性質をあらわにしている。ソロモン王は女王の到着を知らされ、水晶の部屋で待っていた。シバの女王はその部屋に入ったが、王が水中にいるものだと考え、そこを通るためにまとっていたドレスを持ち上げた。王はその時、女王の醜い両足（伝説により、ロバの足だったり雁足だったりする）を目にした（図31）。また別の伝説では、シバの女王は水浴びをとても好んだので、毎日海に浸っていたという。このように、シバの女王は水浴びが大好きなことから水鳥になぞらえられるようになり、雁足で描かれるようになったのかもしれない[25]。シバの女王に続いて、トゥールーズのペドーク女王も取り上げられるようになった。周知のとおり、ラブレーはフェニックスと豚の混成体であるフォエニコプテルスの足を描いた時にこの女王に触れ、次のように述べている。「雁のように、またその昔トゥールーズのペドーク女王がそうであったように、大きな水かきを備えていた」[26]。この女王についてニコラ・ベルトランという人が1515年に書いた話によると、現在ペイララッド（大きな石）と呼ばれるトゥールーズの地区に、父親がハンセン病を患う女王のために、水浴びできるようガロンヌ川から水をひいた素晴らしい宮殿を建設させたという。

図31　シバの女王とソロモン王（17世紀の絵画）　シバの女王はガラスの床の上でドレスを持ち上げ、雁足をソロモン王の前であらわにしている。

結局のところ、ペドークとは何者なのだろうか？　ブルゴーニュのベルト女王、シバの女王、トゥールーズの女王のいずれかなのだろうか？　この問いの答えは、これら3人の女性のいずれをも超えている。3人とも、フォークロアの（さらには神話の）

「ペドーク」という同じ元型の化身にすぎない。「ペドーク」の起源は、いにしえのケルトのハクチョウ女（あるいは雁女）やゲルマンのヴァルキューレのうちに見つかる[27]。

しかし、こうした神話上のつながりには疑問が残る。なぜこれらの女性は雁足をしているのだろうか？　単に天女に備わる鳥の性質を暗示しているだけなのだろうか？　先述したとおり、雁が天空と地上のいずれにも属す女性の2重性を表しているためだろうか？　この雁足は、より正確には何を指しているのだろうか？

雁の跛行に特に注目すれば、雁足の女たちが同じ歩き方をしていることが分かるだろう[28]。足は生者の世界と死者の世界を媒介する部位である（「墓に片足を突っこむ」という慣用表現は、こうした考え方をいくらか示唆している）。また、イザベル・グランジュも次のように指摘している。「跛行は超自然的な人物にとって重要であり、大半の神話群において深遠な意味を持つようである。跛行が示すのは、厳密な意味で神的存在の〈周縁性〉である。神的存在は、人間界を神界と分け隔てる目に見えない溝に沿って動き回るため、おそらくそれぞれの世界に片足ずつ突っこんでいる。クロード・ゲニュベによれば、片足で歩くこうした存在の超自然的な性格は、跛行や不均衡な歩き方を異界への接近と関連づける神話的思考によって表現されている。ギリシア人においては、片方だけのサンダルというテーマがこれに相当する。一方の足にサンダルを履いてもう一方の足に履かないことは、［異界との］往来や通過に不可欠な不均衡の条件を満たすことだった」[29]。

雁足の女は2重の存在であり、2つの性質（動物と女神）、2つの世界（地上と天空）に関わっている。ここで再び雁足に戻り、中世の想像世界で何を指し、何のかわりをしているか確認してみよう。あるモチーフの意味は、その異本を組み合わせれば理解できるようになることがよくある。凌辱や強制された結婚から逃れるために、若い娘は鳥（ハクチョウ、雁、鴨）に変身したり、ハンセン病になりたいと願い出たりする。そうだとすれば、ハンセン病の神話は、雁足の神話とつながっているのだろうか？

4. ハンセン病

ベルトの伝説では、雁足は奇怪な子供の出産、すなわち女性の不浄な時期に結びつけられている。しかし、より一般的には、想像上の不浄観念の複合体に含まれており、雁足の女性の伝説として広く知られている。雁足は中世期にハンセン病と結びついた。アンリ・フロマージュ［1915～2008年、フランスの民俗学者］が指摘しているように、ハンセン病が「雁足」と呼ばれていたのは、この病気にかかると「肌が変質して黒い鱗模様になり」、雁足の鱗模様の肌のようになったからである[30)]。このようにして、雁はハンセン病患者と結びつけられていった。16世紀のギー・ド・ショーリアックによれば、ハンセン病患者の肌は羽根をむしられた雁の肉に似ており、肌を覆う油状の物質は水をはじいたそうである。モンペリエの外科医だったギー・ド・ショーリアックは、アンブロワーズ・パレ［1510～1590年、フランスの王室公式外科医］などすべての知識人に影響を与えた。

ハンセン病患者が、遠くからでも識別できるように、衣服の上に赤い雁足を縫いつけていたことはよく知られている[31)]。クロード・ゲニュベは特にこの点を強調している。「ハンセン病患者が、ラブレーの表現によれば、〈雁〉女神、神聖なるペドークの娘や息子であることは、2重の意味で当てはまっている。母親は、水浴びを終える前のまだ一部分が水鳥のままだった不浄な時期に、子供を産んでいる。子供の肌の病気は、動物（蛇、雁、雌アヒル）姿の女神と交わった男の典型的な罪のしるしである。この時期、女神は好きな時に己の皮を脱いで、若返ろうとしたり不死になろうとしたりする。不死の秘密は、実はこうした脱皮能力にあるのではないだろうか？　そのため、町や村のはずれにある〈小屋〉で異界との交流のために重要な儀礼を行う〈生きている死者〉は、皮を剥がれたバルテレミー［ギリシア語名バルトロマイ、イエスの使徒の1人］や、思いどおりにハンセン病患者の肌を着脱できる聖女エニミーを守護聖人として選んだのではないだろうか？」[32)]

この肌の問題はとても重要である。鱗のある足を持つ雁女は蛇を思わせるが、蛇は脱皮をめぐる想像世界全体に関わっている。つまり、ペドーク伝説にハンセン病が出てくることには2重の意味がある。ハンセン病は（雁足のモチーフのかわりとなる）記号の役割を果たすと同時に、蛇女に備わる蛇としての性質、すなわち脱皮がもたらす不死の性質をも意味しているのである。

ハンセン病のテーマは、ライトモチーフとしてキリスト教化された伝説群に繰り返し現れる。たとえば、ベルトラン・ド・マルセイユの物語に登場するトゥールーズのペドーク女王は、「キリスト教徒でなかった」ためにハンセン病にかかる。聖人伝では、数多くの聖女がハンセン病を患っている。また、アンリ・ドンタンヴィル［1888～1981年、フランスの民俗学者・「フランス神話」学会の創始者］が紹介している聖女ネモワーズの伝説のような、十分な説明のない雁足の聖女も登場する（図32）。他にも、シノン近郊のレルネに、聖女ネモワーズの彫像がある。羊番と糸紡ぎを生業とする聖女だが、彫像が壊れ、もはや糸巻き棒は残っていない。聖女の右足には水かきがついている。伝説によると、聖女はレルネの領主から口説かれるのを嫌がり、奇跡によって救われた。ピエール・ルヴェ［「立て石、メンヒル」の意］の近くでつかまりそうになったが、雁足が1つ生えた。この恐るべき姿を見たレルネの領主は、おびえて急いで立ち去ったそうである[33]。

図32　雁足の聖女ネモワーズ（サンバン教会、ロワール＝エ＝シェール県）

聖女ネモワーズ（Némoise）の名は新月を意味し、エニミー（Enimie）、ノエミー（Noémie）という名と関係がある。聖女ネモワーズは、聖女ネオモワーズ（Néomoise）の伝説に類例が見つかる。ネオモワーズは、望まない求婚者に会わなければならなくなり、醜い雁足が生えるよう神に祈った。ここに見られるのは鳥女が登場する物語群に典型的な構造で、婚姻による拘束（望まぬ結婚、近親相姦）を強いられた若い娘が、それから逃れるための手段を探すというものである。また、鳥に変身するモチーフは、雁足やハンセン病のモチーフと機能の点で等価である。この点において、シンデレラや「ロバの皮」のような有名な民話のヒロインは、間違いなく雁足の女と関連している。たとえばシンデレラは、舞踏会からの帰り際に急いでいて片方の靴をなくし、片足で歩かなければならなくなる。片足をひきずるモチーフは、ロバの皮のモチーフと等価だが、ロバの皮は雌アヒルの皮と同じだと考えられる。古フランス語の「アーヌ」(ane) はもともと雁や雌アヒルを指していたが、後にロバ（古フランス語では asne）と混同されるようになった。父との結婚を望まなかった物語のヒロインが、「ロバの皮」をまとって父の城から逃げ出す場面が思い出される。

こうした娘たちの逃亡には、どのような意味があるのだろうか？　クロード・ゲニュベによれば、ハンセン病と同義語である雁足を不浄と結びつける想像世界においては、逃亡のテーマは重要である。中世期には、ハンセン病は月経の血と結びついていた。当時の考え方では、月経中の女性には蛇のような毒があり、ハンセン病患者は母の月経中に生を享けたとされていた。すなわち、月経中の女性は、ハンセン病患者のようなものだと考えられていたのである。つまり、月経中の不浄の女性であることを示す雁足の姿で、身体を清めようと水浴びをしている場面が描かれることが多かった。娘たちの逃亡は、こうした浄・不浄という文脈から解釈する必要がある。つまり、娘が男から逃れるのは、彼女が月経中で、己の姿が2重化する時期であることを表しているのである。女性と雁およびハンセン病との結びつきにより、蛇女（ドラゴン女）に近いイメージ群が生まれた。これこそが妖精の持つ顔の1つ、不浄で恐ろしい動物のような顔である。想像世界において、蛇に固有の変身能力と同類のものは、メリュジーヌのように毒を持ち不吉な蛇女に変身する雁女の力である。

別の観点から見ると、多くのヒロインが雁足（または彼女たちが患うハンセン病）だったことは、こうした超自然的な存在が病にかかってこの世で生活していたことの証でもある。空から落ちた[34]妖精は、人間の時間、すなわち死と老いのある世界に入ったのである（雁の皺のある皮がこうした発想をうまく示唆している）。そうだとすれば、天空から地上に降り立った多くの鳥女が、後に足をひねったり切られたりするといったトラブルに見舞われたとしても、驚くにはあたらないのではないだろうか？

5. 雁足の3本の指

長い間、雁足の形そのものが空想の対象だった。モーリス・ガンガンの指摘を信じるならば、雁足は手と同じように、天文学的な測定と関係があるのかもしれない。「手を広げると、親指と小指は90度になる。その中間にある残りの3つの指の角度は、天頂での太陽の3つの位置を示す。中指は春分と秋分、人差し指は冬至、薬指は夏至にあたる。これら3つの指には雁足という象徴的意味もあり、太陽の運行がまさしく南中することを観察するための規準を表している。後代には、雁足はいくつかのゴシック建築でも認められるようになった。」[35)]

雁足は天文学的な測定だけでなく、建造や建築とも関連している。実際に中世期の石工職人の組合は「ペドークたち」と呼ばれ、アンリ・ヴァンスノが述べているように、雁の足跡に似た秘教的な幾何学模様を身につけていた。「それは雁の3本の指のように並ぶ線でできた模様で、〈ペドークたち〉のまとうフードに縫いつけられていたが、もともとはサンティアゴ・デ・コンポステーラに向かう昔の巡礼を表すものだった。変化を重ねていくうちにその模様はホタテガイの殻や百合の花になったが、もともとは確かにトゥーレ王国の聖鳥だったガマシュの雁の足だった。」[36)]

この点で、大聖堂の非対称の建築様式と雁足との比較が可能なのは、雁足が跛行とともに非対称も表すからである。現代の基準に照らせばこうした大聖堂の設計は（明らかに）不完全に見えるが、これはおそらくまた、不均衡が異界への接近と結びついていると考える信仰によるものなのである。周知のとおり、大聖堂は宇宙の縮図であるのと同時に、地上世界を「異界」と接触させる「世界軸（アクシス・ムンディ）」と同等の「中心」だとみなされていた。

雁足が尺度であるなら、雁足の女は建築職人と同じように、「世界の創造」と必ずどこかでつながっている。妖精メリュジーヌは、一晩のうちに類いまれな塔をいくつも建設する。雁妖精は、創造主としての女性、すなわち子を産む女性の想像世界と関係があると考えねばならない。こうした女性は「大母（グレート・マザー)」であり、有名な「雁おばさん（マザー・グース)」にあたる。

雁足の3本の指はさらに、ある植物をも想起させる。その名（ギリシア語では「トリピュロン（triphullon)」）が示すように、3つ葉のクローバーである。クローバーがケルトの伝承においてすぐれて神話的なのは、アイルランドの偉大な宣教師、聖パトリックの象徴（エンブレム）だからである。聖パトリックの祝日5月17日は復活祭からそれほど離れておらず、春の中旬に行われるアイルランドの大祭、シャムロック祭（文字どおりには「クローバー」祭）と同じ日である[37]。教会はこの植物を利用してアイルランドの異教徒に三位一体の玄義を説明した。クローバーに、3者1組の神々（ケルト人にとっての女神）と関連のある、かなり古い何らかの神話的な意味があったことを忘れてはならない。

さらには、想像世界における雁足と葉との特別な関係についても注意する必要がある。心理的あるいは詩的な観点から見ると、葉は木々の手にあたり、落ちて枯れた後に蘇るというサイクルを周期的に繰り返す。ペドークの足＝葉は植物女、あるいはもっと広く見ればひそかに自然や四季のサイクルと結びついている女性を表していることが分かる。

6. 長い首をした雁

ケルト神話において、雁とハクチョウは同類である。「メネゾムのブリジット」（図25）の飾冠の上に描かれているのが雁かハクチョウのいずれなのかを判別するのは到底難しい。いくつかの俚諺のおかげで、同じ習性を持つこれらの鳥に隠されたつながりがあるのは明白である。たとえば『糸巻き棒の福音書』［15世紀末］には、「ハクチョウや雁が水浴びをして水中であばれると、必ずその日は雨が降る」[38]という一節が見つかる。

しかし、動物学者がこのジレンマを見事に解決している。「〈ハクチョウ〉はガン科（ハクチョウと雁）に属しており、その中でもハクチョウの5つの種はカモ科の中で最も大きくて威厳がある。モルナール［1878～1952年、ハンガリーの作家］は喜劇『ハクチョウ』の中で、「ハクチョウは決して地上に降りるべきではない。威厳をもって水中を進みながら、常に地上から離れていなければならない。岸辺に着いてしまえば、もはや雁でしかなくなってしまうからである。動物学的に言えば、ハクチョウは実は雁とまったく別物というわけではなく、まさにかなり長い首をした雁である。その首のおかげで、さらに深い水の中までくちばしでつつき回ることができる」[39] と述べている。管見によれば、諸神話でハクチョウや雁が占める重要な位置は、まさしくこの長い首によって説明される。象徴の観点から見ると、この長い首は喉と結びついており、喉を指すフランス語「ゴルジュ」(gorge) の語根 GARG- は、ガルガンチュア (Gargantua) とガルガメル (Gargamelle) という、ラブレーが発掘した2人の神話の巨人の名の起源である。

クロード・ゲニュベは、中世期とそれ以前の諸信仰における喉の重要性を明らかにした。「この器官のレベルで、声、言葉、笑いが互いにつながっている。喉によって、外部と我々との〈食事の〉関係が作られている。喉で我々の不安は生まれ、そして解消される (中略)。人間の心と宇宙が生命をやり取りする際は、喉ぼとけの後ろにある喉を介して静かに行われる」[40]。喉は気息、言葉、食事の場であるため、雁やハクチョウの長い首は〈象徴の拡大〉だと考えられる。想像世界における、この鳥の長い首は、管、中が空洞の茎、パイプとの比較が可能である。古フランス語の「カーヌ」(cane) は、a) パイプ、茎、葦、導管、b) 背中、脊柱、c) 水差し、壺、d) 船を意味する [41]。(「アーヌ ane」を含む)「カーヌ」(cane) という語が、鳥をパイプや入れ物や旅という概念と結びつける意味を持つ (パイプは船のようにある地点から別の地点への移動を可能にする) のは偶然だろうか？　こうした言葉と意味とのつながりは、いくつかの概念を示唆している。首の長い鳥は、「異界」へ行くことのできる動物だと考えられていたのかもしれない。数多くの神話において、渡り鳥 (雁、ハクチョウ、コウノトリ、鶴) は死者の魂を「異界」へと運ぶ霊魂導師のような動物である。また、天空と地上を仲介する役割を持つ渡り鳥は、シャマンの乗り物である [42]。魂が万聖節 [11月1日] に「異界」へ出発するという信仰は、中世にはおそらく雁が渡っていく時期と結びつけられていたに違いない。ある信仰では、魂は万霊節 [死者の祭り、11月2日] から11日後にくる聖マルタンの祝日

[11月11日][43] に（異界の中へ）姿を消し、気息の帰還と魂の誕生を祝う春（2月）に戻る。クロード・ゲニュベの説明によれば、「春の到来で再び姿を見せたり冬眠を終えたりする動物すべてに、霊魂導師としての役割、すなわち魂の循環が託されていた。コウノトリのような動物は春の訪れと結びついており、神話や現代の俚諺の中でいつも使われている。コウノトリは魂をうまく運ぶとされ、近年では赤ん坊を運ぶ鳥だと考えられている。（中略）　しかしこれらの動物は、かつては文字どおりに春を招く存在だったが、今日ではもはや季節の変わり目を教えるしるしでしかない。人々はこれらの動物がすべての魂やすべての精霊を運んでくることを待ち望んだ。そうした魂や精霊から生まれる年が時間を産み、育んだ。これらの動物なしに、再生はありえなかったのである。」

想像世界では、まさしく鳥（コウノトリ、雁、ハクチョウ）の首＝喉を通じて、魂＝気息（アニマとアニムス）は地上にやってくる。ポール・セビヨが述べているように、雁の首のゲームという極めて残酷な慣例があったためである。ワロニア地方［ベルギー南部のワロン語が話されている地域］でかつて、この首が多くの関心を集めてきたのは、雁が今では禁じられている残酷なゲームの犠牲になっていて、生きたまま頭をしばりつけられ、長い鉄の杖を遠くから投げつけられて撃ち落とされ、首を折られたからである[44]。この儀礼には魂の解放と何らかのつながりがあったのかもしれないが、有名な「雁のゲーム」と同様に、今でもなお謎のままである。

7. 雁のゲーム

雁のゲームは、16世紀にはすでによく知られていた。その証拠に、ラブレーの『第三の書』にはブリドワ（Bridoye）（「くちばしに羽根を差しこまれた（ブリデbridée）雁（オワ oie）」、「間抜け」を指す）という名の判事が登場し、雁のゲームを行うかのごとくサイコロ占いをしながら書類の予審を行っている。A・ベルジェはこのゲームの解釈に注目し、このゲームを雁のゲームではなく、隠語（ジャル）のゲームと呼ぶよう提案している（ジャル jars は「隠語」を指すジャルゴン jargon の略語）。「したがって、このゲームで使われるのは特殊な社会で用いられる特別な言葉、かつて通過儀礼を経た人たちが使う言葉である。慣例で〈鳥たちの言葉〉と呼ばれており、（危険を伴うため）秘密のままにしておきたい特定の知識を伝えるための言葉である」[45)]。またベルジェによると、古フランス語で動詞「オワイエ」（oyer）は「聞こえる」、名詞「オワ」（oye）が「耳」や「聴覚」を意味することから、「雁（Oye）の高貴なゲーム」というゲームの古い名称と結びついている。つまりベルジェは、「このゲームは耳を澄ます必要のあるゲーム、または理解力のゲーム」だと言っているのである。

より現実的な見方をすれば、螺旋状のこのゲームは、おそらく耳だけでなくとりわけ迷路、階段、カタツムリ、そしてもちろん長い首を表している。雁のゲームは、かつて行われていた石けり遊びを連想させる。フランソワーズ・クランガとイヴ・クランガは、石けり遊びについてこう述べている。「子供の遊びの中には、コースの終点が螺旋状の貝殻の中心になっているものがある。石けり遊びでは、一連のマスを飛び越えて、天空や天国にたどり着く。平たい石をマスに入れながら片足飛びで前進し、カタツムリの道筋を歩かぬようにしなければならない。両足を地面に置けるのは、最後のマスだけである。ゴールにたどり着いたら、同じようにして最初のマスまで戻らなければならない。カタツムリと石けり遊びは地面に書く枠の形が似ているが、これは、通過儀礼の旅に特有の死や再生についての考え方を想起させる」[46)]。

中世期には「天国」が雁の煉獄と呼ばれていたことから、片足飛びで「天国」へ向かうこのゲームは跛行のペドークを特に思わせるものである[47)]。跛行は不均衡であるが、不均衡は雁のゲームでは有利に働く。最初に2個のサイコロを投げて（6と3か、5と4が出て）9を獲得すると、コースの一部を飛び越えていけるからである。9マスごとに雁が配置されていて、そのマスに止まると得点も2倍になる。つまり、雁のゲームで勝つためには雁のマスに止まったほうが有利で、天国へ入りこむには跛行をまねて進まなければならないのである。

雁のゲームは通過儀礼のコースのようなもの、すなわち異界へ行きたいと思う者に課せられた儀礼的な予備試練である（図33）。（盤上の63マスが63日に対応することから）暦のコースに対応しているのだろうか？　（流布していた信仰では人間の変化が9年ごとに起こるとされ、変化が7回起こると63になるため）人生のコースなのだろうか？　雁のゲームでは、数秘術が重要なのである。

雁のゲームの象徴的意義と、首と喉の象徴的意義とを比較することも可能だが、その場合には雁の首と同じように魂＝気息（アニムスとアニマ）がある世界から別の世界へ通過できることをどう表現するのかが問題になる。しかし、マスの並び方はいまだ多くの謎を残したままである。魂の旅についてのマクロビウス［400年頃に活躍したローマの文献学者・哲学者］の説を援用するならば、聖ペテロの鎖の記念日（8月1日）が中心にくる酷暑の時期［シリウスが太陽と昇没を同じくする時期］は、インド＝ヨーロッパ語族の人々にとって、「受肉」が起こる重要な時期だった。マクロビウスが語るこの太古の信仰によると、魂は2月に生まれ、天の川に沿ってさまざまな星座を旅した後、酷暑の時期に落下して地上に留まる（これが「受肉」である）[48]。そして、地上に落下する前に、7つの惑星（土星、木星、火星、太陽、金星、水星、月）を通過する[49]。ここに、雁のゲームの7つのステップとのつながりがあるのだろうか？　実際に、雁はプレイヤーの進むコースに7回現れている。

また、雁が想像世界で魂を運ぶ器の動物、あるいは「異界」への通過を助ける導きの動物であるなら、「女性」を雁になぞらえることもできる。「女性」は子を産む胎児の器であり、同時にこの世での赤子＝魂の誕生を可能にする通過の場だと考えられていたかもしれない。魂は女性を介して決まった場所に9ヶ月間留まった後、地上で受肉できるようになる。こうしたことから、雁のゲームのコースは女性の身体だと解釈できる。これは2つの世界をつなぐ、蛇女メリュジーヌにふさわしい身体である。9ヶ月に及ぶ子供の妊娠期間

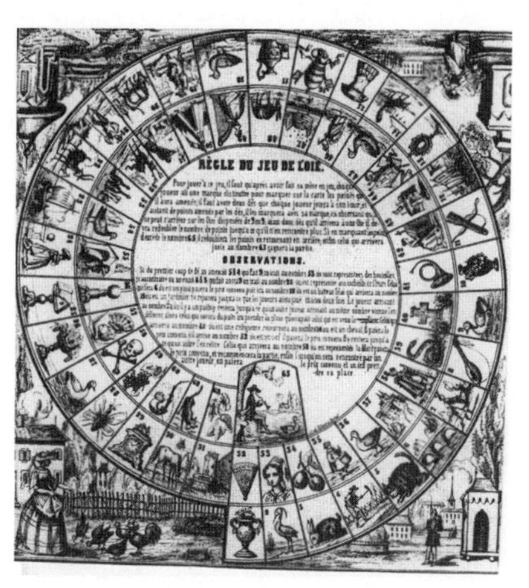

図33　雁のゲーム　サイコロを振って、出た数に従って、63マスある螺旋状の盤の上に駒を右から左へ外から中へ進める。

と、ゲームによく出てくる9という数字（9マスごとに配置された雁と63マス）との間には、何らかのつながりがあるのだろうか？　それに9（ヌフ neuf）は、言葉の類似から卵（ウフ œuf）なのではないだろうか？（2つのサイコロの数字の合計が）9（ヌフ）になるのは、卵（ウフ）を産むのに等しいのではないだろうか？

8. 雁の羽毛

雁の羽毛は、象徴としては雁足のいわば対極にある。雁足はハンセン病と同義語であり、これに結びついた不浄という暗示的意味は、純白、すなわち雁やハクチョウの羽毛の純粋さとは正反対である。さまざまな信仰において、雁の羽毛は雪と結びついている。ポール・セビヨはスキタイ人の間で雪片が雁の羽毛とされていることに触れ、フォークロアに残るこうした連想の例を複数紹介している。たとえば、雪が降るのは善良な神が飼っている雁（または鵞鳥）の羽根をむしっているからだと言われていることなどである[50)]。ギヨーム・アポリネール［1880～1918年、フランスの詩人］の詩編の1つ（詩集『アルコール』所収「白い雪」）でも、このイメージが喚起されている。「料理人は鵞鳥の羽根をむしっている。ああ！　雪が降る　それにしてもどうしてぼくは　ぼくの愛するひとを腕に抱けないんだろう」（飯島耕一訳）。ゲルマンのフォークロアでは、ホレおばさんが天で羽根枕を揺すると雪が降るとされている。この点については、有名な「白雪姫」に鳥女が隠されていると考えるべきである。まさしく「白い雪」と題されたアポリネールの詩編が、これを巧みに示唆している。確かに、雁女は中世の想像世界のみならずあらゆる宗教にとっても鍵となる2つの概念、浄と不浄と特別な関わりがある[51)]。雁女は雪の時期に現れるため、純粋さを表す意味群をなしている。しかしこれは、両義的な性質を持つ「蛇女」のもう1つの顔でもある。

数多くの民話において、妖精の羽毛や上着は、ヴイーヴル［普段は水中に住み、額に宝石をつけた妖精］の紅ざくろ石と同じくらい垂涎の的である。実際、地上の湖へ水浴びにやってきた妖精が脱いだ羽衣を岸辺に置くと、大抵主人公の男が貴重な羽衣を手に入れるのに成功し、妖精は地上に留まらざるをえなくなる[52]。羽毛は、妖精自身の象徴や若き主人公の肉体を包む魂の象徴とまでは言わないが、いわば不死の着物なのである。管見の限り、中世期の物語群に登場する騎士が特にこうした妖精＝魂を探し求めて出立を繰り返すのは、妖精が騎士に不死ではなくとも権力や幸福をもたらすためである。クロード・ルクトゥーが中世期の伝説群について述べているように、その魂自体も何かを追い求めている。「異界は、〈ダイモーン〉［神々と人間の中間に位置する超自然的存在］や〈ゲニウス〉［生霊、守護霊］という意味での魂のたまり場であり、魂は受肉を試みたり、受肉を余儀なくされたりする。魂は、運命、人間に備わる超自然的な側面、宇宙すなわち神々や死者を人間と結びつける絆を表している。このように肉体を求める〈魂〉は、先祖だけでなく神の位格や神の補佐役の魂である可能性がある」[53]。マクロビウスの言葉を用いて先述したように、魂と肉体は、酷暑の時期に結びつく。暦と神話から見た場合、核となるこの時期は極めて重要である。魂を象徴する妖精は、この時期に雁やハクチョウの姿で現れる。

9. クリスマスの鵞鳥

羽根をむしった鵞鳥は、1年の決まった時期によく食べられる[54]。古い慣例では、クリスマス、さらには大晦日の晩にも鵞鳥を食べていたようである[55]。昔の神話体系において、クリスマスは魂の受肉が行われるもう1つの時期だったのかもしれない。(「自然」を具現する妖精が8月に地上に降り立つと人間の時間に触れてハンセン病を患うために)「自然」を具現する妖精によって秋にハンセン病が広がることから、年末に行われるこうした受肉は、8月に行われる受肉を贖うことに他ならない。また、クリスマスの鵞鳥は、クリスマスに魂＝雁＝妖精が受肉することの名残かもしれない。同時に、食べられる鵞鳥は、年老いた時間、すなわち新しいサイクルを始めるために滅すべき衰えた時間を表している。クリスマスから公現祭までの12日間は1年12ヶ月の縮図であり、1年は鵞鳥（または雁）と同一視されている（古フランス語で「雁」を指す語には、「アネ」

(anée) もあった［フランス語で「年」は「アネ」(année)］)。雁を殺すことは、古い年を消し去って再生するための手助けなのである。雁はまさしく時間の象徴であり、俚諺では次のように時間と結びつけられている。

クリスマスには、昼間の長さは雄鶏の一歩分、
公現祭［1月6日］には雁の一歩分、
聖燭祭［2月2日］には45分長かった[56]。

こうした雁は、年ごとに再生するために殺害され、スケープゴートのような役割をしている。その心理学的な意味を、フォークロアは半ば風刺的に描いている。「ワロニア地方のブラバントにあるグレ・ドワゾーでは、定期市祭りの2日目、地面に固定した2つの長い竿の先端を結ぶ綱に、生きた雁を1羽吊り下げた。架台に乗った人はその年に村を襲ったすべての災禍を数えあげ、その犯人として雁を告発した。事件や笑い話が大きな紙切れに大雑把に描かれ、雁はその罪のために最後に死刑を宣告された。」[57]

『グラアルの物語』［クレティアン・ド・トロワ作、1181～1190年頃］には、1羽の雁(gente)[58]から雪の上に流れ落ちた3つの血の滴を、ペルスヴァルが我を忘れて眺める有名な場面がある（図34）。この有名な場面はおそらく、冬に雁＝魂が神話的な受難にあうことを表している。いずれにしても、浄と不浄、妖精＝魂と「蛇女」と同じように、雪の白さと雁の血は明らかに対立している。

図34　3つの血の滴を前にしたペルスヴァル（ジャン・シエーズによる挿絵）

10. おわりに

要するに、雁の象徴的意味は、神話学、民俗学、宗教史から考えてみなけれ

ば明らかにならない。ケルトの女神ブリギッドからペドーク女王までの妖精やフォークロアの聖女を介して、雁は西欧の想像世界に根づいている。鳥女を守る雁は、聖なるものの顕現（ヒエロファニー）という性格が強い。かなり古くから、雁と神話には隠されたつながりがある。しかし、雁によって何が明らかになるのだろうか？　雁の見た目の特徴のために、多種多様でしかも両義的な夢想がかきたてられる。雁は［地上の］泥を天空と結びつける霊魂導師の動物として、死者の魂と新生児の魂を運ぶ。こうした魂が雁の首の中に入りこんで、地上へと降りてくる。しかし、ハンセン病と結びつけられた蛇の皮のような鱗模様の足のせいで、雁は不浄も暗示している。また、時間、月の満ち欠け、絶えざる再生だけでなく、（雁足が木々の葉を連想させるため）自然のサイクル、宇宙の創造の象徴でもある。しかも魂を表す動物であり、その羽毛は純粋さと不死の証である。つまり、雁には明らかに２重のイメージがある。雁は、浄と不浄、ハンセン病を患いながらも脱皮能力のある、両価的な動物である。汚れていながら理想的な女性性のイメージもまた２重であり、このイメージに恐怖と嫌悪（ハンセン病を患う女性）、魅力と希望、要するに魅惑の幻想（ファンタスム）が結晶化されている。大聖堂の最も高い場所や薄暗い地下聖堂（クリプト）にその影像が見つかるが、もちろん動物的な特徴を持つこの「女性」もまた２重の存在であり、跛行という歩き方のためにはるか彼方からやってきたように思われる。

ペドークの秘密とは（1つでもあるとすれば）いったい何だろうか？　こうしたすべての２重のイメージは、転生を称える宗教的な教義を思わせるものである。雁女は、脱皮や自然のサイクルに従いながら、ある世界から別の世界へと絶えず移動する魂なのではないだろうか？　ペドークは、誕生と死、世界の創造をつかさどる「大母（グレート・マザー）」の姿をしている。こうした宇宙の制御は、完全であると同時に不完全でもなければならない。こうした発想が、雁足の他、すべての跛行者や巡礼者、ハンセン病患者や建築職人、さらには聖女の片足によって表されている。雁の不均衡な跛行の足取りにより、人間の知恵の最も逆説的な真実の１つへと到達する。つまり、人は跛行によって真実の世界に踏みこむのである。

注

1) Saintyves, P. (1924). Saintyves, P. (1987), p. 1057–1071 に再録。
2) Le Roux, F. et Guyonvarc'h, C. (1990), p. 187–188.
3) Le Roux, F. et Guyonvarc'h, C. (1983), p. 6–8. ギリシアでは、女神アテナがその名前自体に「カラス」を指す言葉（aithuia）を含んでおり、機会があればカラスの姿を取っている（Détienne, M. et Vernant, J. P. (1974), p. 201–241 を参照）。
4) Tobler, A. et Lommatzsch, E. (1925), p. 384–385.
5) Gaignebet, C. et Florentin, M. (1974), p. 109.
6) Chateaubriand, *Mémoires d'Outre-Tombe,* livre 5, chapitre 4 : "Récit véritable d'une cane sauvage en la ville de Montfort-la-Cane-lèz-Saint-Malo".
7) 地元の博物館が紹介しているこの古い伝説は、シャトーブリヤンの記述よりもはるかに前のものである。
8) この彫像は現在、レンヌ考古学博物館にある。
9) Grange, I. (1983).
10) Réau, L. (1958), p. 245.
11) Réau, L. (1959), p. 1065–1066.
12) Sébillot, P. (1968), p. 159–160.
13) Pline l'Ancien, *Histoire naturelle,* éd. de E. de Saint-Denis, Paris, Les Belles Lettres, 1961, livre X, ch. XXII, p. 45.
14) Clébert, J. P. (1971), p. 268.
15) Desroches Noblecourt, C. (2004), p. 81–95.
16) Le Roux, F. et Guyonvarc'h, C. (1986), p. 288–292.
17) Boyer, R. (1980).
18) （女性蔑視の傾向がかなり強い）ギリシア神話ではよく見られるように、本来女神の持っていた属性が男神に移されている。ゼウスが妊娠を経験するのもそのためである。
19) Durand, G. (1969), p. 144–145.
20) Dunn-Lardeau, B. (dir.) (1986), p. 78–79.
21) Abbé Bullet (1771), p. 33.
22) *Ibid.*, p. 56.
23) Maillet, G. (1980).
24) ネーデルランド語 Bert や Brecht は、Berta と同じく、Brigitta の短縮形に相当する。

25）シバの女王については、Chastel, A.（1939）も参照。
26）Rabelais, *Œuvres complètes,* édition établie, annotée et préfacée par G. Demerson, Seuil, 1973 (coll. L'lntégrale), IV, 41, p. 695.［邦訳はラブレー（宮下志朗訳）『第4の書』（ちくま文庫、2009年）p. 361］
27）Walter, Ph.（1990）, p. 178.
28）ヘパイストス（「跛行者」）やオイディプス（「腫れた足」）など、神話上のすべての跛行者が想起される（Gaignebet, C. et Florentin, M. C.（1974）, p. 87–103を参照）。神話上の鍛冶師は跛行者であり、女神アナ（またはダナ）に他ならない雁やハクチョウで表されるブリギッドは、鍛冶師たちの守護女神である。
29）Grange, I.（1983）, p. 147.
30）Fromage, H.（1967）, p. 5.
31）Michel, F.（1847）, p. 210–211.
32）Gaignebet, C.（1976）, p. 62.
33）Dontenville, H.（1966）, p. 156.
34）ここで想起されるのは、最初期の日本の物語の1つ『竹取物語』である。この作品にはまさしく、地上で暮らすことを余儀なくされた天女のモチーフが見つかる。
35）Guinguand, M.（1991）, p. 8. Greimas, A. J.（1989）.
36）Vincenot, H.（1982）, p. 158.
37）Réau, L.（1959）, p. 1032.
38）『糸巻き棒の福音書』第3日第6章からの引用（*L'Evangile des Quenouilles,* édition critique de M. Jeay, Paris, Vrin et Presses Universitaires de Montréal, 1985）。同じ章に出てくる（15世紀のフランス語）「アネット」（anettes）は、「アーヌ」（ane）の指小辞であり、依然として小さな鴨を指していた。
39）*Le Monde animal en treize volumes, Encyclopédie de la vie des bêtes,* Zurich, Stauffacher S. A, 1972, LVII.
40）Gaignebet, C. et Florentin, M. C.（1974）, p. 120.
41）Greimas, A. J.（1989）.
42）Eliade, M.（1968）, p. 157.
43）そもそも鵞鳥が「聖マルタンの鵞鳥」と呼ばれていたのは、「祝日の前夜を賑やかに過ごしていた時に、鵞鳥が好んで食べられたからである。」（Van Gennep, A.（1988）, T. I–6, p. 2834）。
44）Sébillot, P.（1968）, p. 248.

45) Berger, A. (1990).
46) Cranga, F. et Y. (1991), p. 48.
47) Grange, I. (1981), tome I, p. 138.
48) Gaignebet, C. (1985), p. 89.
49) マクロビウス『「スピキオの夢」注解』I, XIII を参照(引用は Gaignebet, C. (1985), p. 283–284. et p. 281)。
50) Sébillot, P. (1968), p. 85.
51) Caillois, R. (1950), p. 43–54.
52) Gaignebet, C. (1979). こうしたタイプの物語は日本でも見つかり、能楽作品の1つ『羽衣』がその代表例である。
53) Lecouteux, C. (1992), p. 90.
54) アナトール・フランス作『鳥料理「ペドーク女王」亭』には、次の一節がある。「その夜は公現祭の夜で、私の 19 回目の誕生日にあたっていた。溶けた雪のせいで、空からは寒気が注ぎこみ、人々の骨の髄まで達した。また凍てつく風が〈ペドーク女王〉の看板をきしらせ、鵞鳥の油の香りを放つ明るい炎が店の中で燃え、スープ鉢が白いテーブルクロスの上で湯気を立てていた。」(A. France, *La Rôtisserie de la reine Pédauque,* Paris, Gallimard, 1989, p. 55).
55) Van Gennep, A. (1988), 8 (cycle des douze jours : de Noël aux Rois).
56) Carle, P. et Minel, J. L. (1972).
57) Sébillot, P. (1968), p. 247.
58) クレティアン・ド・トロワ『グラアルの物語』第 4172 行は、次のとおりである。「〈雁〉の群れが一列になって飛んできた」('Voloit une rote de gentes') (Chrétien de Troyes, *Le Conte du Graal,* éd. et trad. D. Poirion, Paris, Gallimard, 1994, Bibliothèque de la Pléiade)。こうした雁について、プリニウスは『博物誌』第 10 巻第 22 章で、次のように述べている。「最も柔らかい羽毛は身体に近い羽毛であり、ゲルマニア産が特に貴ばれる。ゲルマニアの雁は白く小柄であり、ガンタエ (gantae) と呼ばれている[ドイツ語では「ガンス (gans)」]」。この名は、雁を指すインド=ヨーロッパ語の語根 (*ghans-) に極めて近い。サンスクリット語 hansa-、ラテン語 anser、中高ドイツ語 gans (綴りは現代ドイツ語と同じ)、ロシア語 gus、古ノルド語 gas、ブルトン語 gwaz を参照。

第 4 章

ソルグンナ
——アイルランドから来たアザラシ女

この章で扱われている主な国や地域

アイスランドのサガの 1 つ『エイルの人々のサガ』第 50 章には、アイルランドからアイスランドへ船で渡ったソルグンナという名の女性が、死後に幽霊となった話がある。本章では、この謎めいた女性を、彼女が死後に残した寝具を手掛かりにしながら、アザラシと胞衣（えな）（胎児を包んでいた膜や胎盤）の神話から解明しようと試みている。本章の英文原稿は、ヴァルテール氏が 2012 年 1 月にレイキャビクのアイスランド大学で行った講演の原稿であり、篠田知和基編『神話・象徴・図像Ⅲ』（楽瑯書院、2013 年）pp. 19–26 に掲載されている。ここでは未刊行のフランス語版を訳出した。

40年にわたり中世研究に携わってきた私は、次のように考えるに至った。1）比較研究とフォークロアや神話の考察がなければ、中世の驚異はまったく理解できない。2）神話で使われる言葉は、インド＝ヨーロッパのさまざまな言語や文化の証言を照合する方法を学んだすべての人にとって、普遍的ではないが少なくとも理解可能なものである。想像世界（イマジネール）の研究は、根本的に比較に基づいており、文化や言語を超越した想像世界の人類学的構造に注意が向けられているが、個々の言語や文化の特殊性を考慮していないわけではない。

1. はじめに

『エイルの人々のサガ』[1)]第50章の冒頭には、ソルグンナのアイスランドへの到着が記されている。この女性はダブリンから出発した船に乗ったが、その船にはアイルランド人、ヘブリディーズ諸島の人々、ノルウェー人がいた（図35）。ソルグンナ自身はヘブリディーズ諸島の出身だった。周知のとおり、スコットランド西岸に広がりアイルランド北方に位置するヘブリディーズ諸島には、アイルランドからやってきたゲール語を話すスコット人が定住していた（この諸島には「フィンガルの洞窟」がある）。ここでまず、ソルグンナの出自がケルトだと指摘しておく必要がある。彼女自身の出自がケルトであることから、彼女のことを語るテクストや伝承は、まさしくケルト（アイルランド）起源のものだという説明が可能である。ソルグンナは実際に、ケルト（ゲール）神話がアイスランドの地へ入りこんだという実に興味深いケースとなっている（もちろん唯一のケースというわけではない）。このように神話の場所が変わると、それに伴い相当数の特殊なモチーフが覆い隠され、伝承がかき乱され、そしてソルグンナをめぐる大きな謎が生まれることになった。しかし、比較研究を行えば、この神話伝承の本質的な特徴を明らかにすることができるだろう。

図35　アイスランドに上陸するバイキング（O・A・ヴェルゲラン作、1877年）

ソルグンナは亡くなる前に、人々が大きな被害にあうことがないように、自分が死んだら寝具をすべて燃やしてほしいと強く求めた。［百姓の］ソーロッドがソルグンナの遺言に従うことになったが、寝具の一部（羽根布団と枕）を焼いただけで、絹の掛け布団は焼かなかった。妻にその寝具がどうしても欲しいと言われ、切なる願いに気が変わったからである。ソルグンナの亡骸はスカーラホルトに運ばれたが、道中でソルグンナが生き返り、全裸のまま亡霊として再び姿を見せ、彼女の棺を運んでいた人たちのために食事の準備をした（図36）。その後、ソルグンナはスカーラホルトに埋葬された（図37）。棺を運んだ人たちがフローザーに戻ると、家の壁の板張りに不吉な半月模様が現れた。ソルグンナは本当に死んだわけではなかった。そして、次々と突然人が死ぬようになった。

図36　亡霊（『羊飼いたちの暦』、リヨン、1508年）

図37　冬のスカーラホルト

2. アザラシ姿の幽霊

この物語の中に、ソルグンナは2度登場している。第53章によると、ソーロッドが海へ干魚を取りに出かけた時、フローザーの家の台所で皆がかまどに火を入れて座っていると、アザラシの首がそこからぬっと現れた。1人の下女が棒でアザラシの頭を打ったが、アザラシはさらに身を乗り出して、ソルグンナのベッドのカーテンのほうへ向かおうとした。さらに下男がアザラシを打ちすえたが、打てば打つほどアザラシの体は出てきて、胸びれの上まで見えるようになった。その後しばらくして、ユール［冬至の祭り］の頃にアザラシは再び姿を見せる。家の干魚の保存庫での騒音がどんどん大きくなり、魚の皮が剝がされる音も聞こえた。ある男が干魚の山に近づくと、焦げた雄牛の尻尾のように大きな尻尾が見えた。その尻尾は短く、アザラシの毛が生えていた。皆でその尻尾をつかんでひっぱったが、尻尾は彼らの手をすり抜け、握っていた人たちの手の皮がむけてしまった。

クロード・ルクトゥーは、次のように適確に指摘している[2)]。「このサガのアザラシは、ソルグンナの幽霊であるに違いない。なぜなら生者に非難されてフローザーに現れ、人々にその過ちを知らせたからである」(p. 111)。「おそらくアザラシは、［百姓の倅］キャルタンと［ソーロッドの妻］スリーズにソルグンナの寝具一式を燃やす必要があることを思い出させようとしたのだろう。燃やした途端、スリーズが再び健康になったからである。」(p. 110)

しかし、なぜここに現れるのはアザラシなのだろうか？　その答えは（スカンディナヴィア神話を含む）インド＝ヨーロッパ神話の比較研究にある。フランソワーズ・バデール［1932年生まれ、フランスの言語学者］が厳密な言語学的分析によって明らかにしたように[3)]、ギリシア神話で哺乳類全体の祖先とみなされているアザラシは、（「海の老人」と呼ばれる）原初の存在とも結びつけられている。（人間を含む）生命の起源はすべて、こうした原初の存在に由来するという［この原初の存在は変身と予言の力を持ったプロテウスであり、ナイルの河口パロス島に住み、アザラシの番をしていた］。ギリシア語では、人間とアザラシを指す言葉は同族である。したがって、アザラシは海の原初的な動物だと考えられる。またアザラシの皮は母胎を連想させるが、これは人間の胎児を包む胞衣（えな）（羊膜［羊水を隔てて胎児を包む膜］と絨膜（じゅうまく）［胎盤に胎児側から発達して入りこんでくる栄養交換用の膜］）に似ているためである。ここまでに述べた考察は、「アザラシ」の姿になったソルグンナの行動を理解するために重要である。アザラシは、ソルグンナの本来の姿と彼女の誕生の秘密に関係している。アイスランドには、動物の姿、特にアザラシの姿で現れる亡霊が存在する（クロード・ルクトゥーは『ラックサー谷の人々のサガ』第18章を例としてあげている）[4)]。

3. 寝具の謎

第50章が始まるとすぐ、語り手はソルグンナが持ちこんだ珍しい品々に言及しているが、その品々はアイスランドにはなかったものばかりだった。実際ソルグンナの死後の運命は、ただ1つの品、すなわち後に騒動となったソルグンナの遺品の1つである絹の掛け布団（アイスランド語では「スィルキクルトゥ（silkikult）」）と関係がある。この布地が《フローザーの驚異》を招いた。ソルグンナは自分が死んだら寝具一式を必ず燃やすように頼んでいたが、遺言を受け取った者（ソーロッド）が寝具の一部しか燃やさなかったことが惨事の引き金となった。

明らかに、この寝具には魔力がある。こうした発想はどこから生まれたのだろうか？　アーサー王文学の魔法の枕というテーマ（そこに頭を乗せた誰もが深い眠りに落ちてしまう枕のことである）を思わせるが[5)]、ソルグンナの枕は羽根布団と一緒に燃やされているため、不幸をもたらすのは枕ではないと考えられる。ここで大惨事を招くのは掛け布団（「スィルキクルトゥ」）である。こうしたことから、この掛け布団は実際にはソルグンナと密接な結びつきのある別の品なのではないか、またそうであるならその品には魔術と運命をつかさどる力があるのではないかという疑問がわいてくる。

そうだとすれば、この「スィルキクルトゥ」（silkikult）とは、いったい何なのだろうか？　この語のもとになっているのは「クルトゥ」である。「クルトゥ」（kult）と関連しているかもしれない古フランス語は（「肘」を指すラテン語「クビトゥム（cubitum）」に由来する）coute, coite, queuteであり、これらの語はトブラーとロマッチの『古フランス語辞典』によると「クッション、寝具」を意味している。『エイルの人々のサガ』の校訂者はこのように理解し、古フランス語「コルトゥ」（colte）と関連づけている。

以上のことから、綴りがよく似た「クプル」（kufl）という語について検討しておくべきだろう。「クプル」は《帽子》、すなわち生まれた新生児が頭に被っていることがある羊膜を指す語である。アイスランド語には、《羊膜》を指す専門用語（解剖学の用語）「リクナベルグル」（líknarbelgur）がある。また他にも「スィーグルクプル」（Sigurkufl）という男性名詞があり、こちらのほうがより広く使われているようである。この言葉はさまざまな信仰と結びついている。「スィーグルクプル」に包まれたまま生まれることはまさしく幸運のしるしとみなされ、超自然的な力（特に亡霊を見る力）があることを示すと考えられた。この言葉に相当する語は、英語では cowl / caul of victory（勝利の帽子）、ドイツ語では Glücks-haube（幸運の帽子）である。『オックスフォード新英英辞典』の caul の項には、「胎児を包む薄い外皮。かつて、その一部が赤子の頭を覆っていた場合には、溺死を避けるためのお守りになると考えられていた」と記されている。

《フローザーの驚異》についてのすべての解釈は、ここで提示する「クルトゥ」と「クプル」という2つの語の間で起こりうる意味のずれによるものである。『エイルの人々のサガ』の（口承による？）古いバージョンでは、ケルトの典拠まで遡りうる「クプル」が使われていたはずであり、それが「クルトゥ」へと変化したと考えられる。このように単語が変化しても、モチーフ群が「クルトゥ」という語にそのまま残されていたため、「クプル」と結びついたモチーフ群は変わらなかったのである。

ここで、サガを生み出すことになった物語群が、文字で書き留められる以前に口頭伝承の段階を経たと想定してみよう。翻案者がこうした口承物語群のいくつかの細部を書き換えた可能性があり、その理由として以下の3つが考えられる。1）美学的な理由（時代の好みとの一致など）、2）理解の問題（理解できない単語を、知っている言葉と関連づけた）、3）禁忌の問題（胞衣に関係のある太古の信仰を隠蔽しようとした）。『エイルの人々のサガ』の語り手がアイスランドでのキリスト教信仰について執拗に述べているのを見れば、3つ目の理由が妥当だと考えられる。

「スィルキクルトゥ」（silkikult）という語の前半部分は、寝具の布地［絹］を指すと同時に、「スィルキー」（silki）［セルキー（selkie）の別名］というシェトランド群島やオークニー諸島で使われるアザラシを表す名詞でもある。

実際に、アザラシと《［羊膜としての］帽子》を厳密な神話的次元で結びつけてみなければならないだろう。レジス・ボワイエ［1932～2017年、フランスのゲルマン神話研究者］はこれに気がつき、北欧世界に伝わる不思議な話の中にアザラシが頻出すると指摘した。「理由ははっきりとはわからない。しかし、アザラシの人知を超えた力を示す例は他にもある。13世紀の司教グズムンドゥル・アラソンを苦しめた巨人女はセールコトゥラ（Selkolla）という名で、アザラシの頭をしていた。また、『エイルの人々のサガ』のアザラシは、ソルグンナの守護霊（フュルギャ）だと考えられる」[6)]。ここは説明の要なので、補足しておくべきだろう。アザラシがソルグンナの守護霊となるのはアザラシが《スィルキクルトゥ》と結びつけられている場合に限られるが、これは「スィルキクルトゥ」が生まれたばかりのソルグンナを包んでいた羊膜に他ならないからである。これこそ、ソルグンナが自分の《帽子》を燃やすよう強く求めた理由である。彼女の羊膜を手にした者が彼女に対して力を悪用しかねないために、このソルグンナ自身の一部は何も知らない者の手に渡ってはならなかった。つまり、ソルグンナは完全に死んでいるわけではなく、彼女の羊膜（彼女自身の一部）が生者の世界に留まっている限り、亡霊のままなのである。

「スィーグルクプル」（sigurkufl）という語だけが、羊膜を指すわけではない。古ノルド語には、他にもっと知られている語がいくつかある。レジス・ボワイエによれば、「〈フュルギャ〉は生理学的には、その名が指しているように（動詞〈フュルギャ（fylgya）〉は《追随する、随伴する》を指す。ドイツ語 folgen、英語 follow を参照）、胎盤、新生児の娩出に《続いて出てくる》膜を指す。また象徴的には、守護霊、精霊、個人だけでなく一族にも追随する（先導する場合もある）分身を指している」[7)]。『ドイツ神話学』の中でヤーコプ・グリム［1785 ～ 1863年、グリム兄弟の長兄］はすでに、羊膜と関連したアイスランドの諸信仰が重要だと主張していた。こうした信仰を紐解けば、超自然の世界および亡霊の全体像や、魂の概念が理解可能になる。ヤーコプ・グリムによると、羊膜はアイスランド語で「フュルギャ」（fylgia）と呼ばれていて、子供の守護霊や子供の魂の一部を迎え入れた。誰かが羊膜を奪えば、羊膜の持ち主を苦しめることができた。これこそがまさしく、ソルグンナの羊膜に対応する「クルトゥ」（kult）の運命である。マックス・バーテルスはヤーコプ・グリムの説明を修正した。バーテルスによれば、「フュルギャ」は胎盤と羊膜全体に関わるものである。誰にでも守護霊はいるが、羊膜を被ったまま生まれてくるのは一部の人間だけである。羊膜はその場合、「フュルギャ」ではなく「スィーグルクプル」（《勝利の頭巾》）と呼ばれる。頭を羊膜に包まれて生まれた子供だけが、第２の視覚

（千里眼）を授かる。

レジス・ボワイエの、「（生者や死者の）魂が動物の姿で現れることは実に古い信仰に」属しており、その信仰は「サーミ人まで遡りうる」という指摘[8)]はもっともである。ボワイエによると、それは「ハムル」（hamr）である。（狼、雄牛、熊、鷹などの）他の動物と同様に、アザラシは魂が取る姿の中で重要な位置を占めている。こうしたことから、アザラシは「ハムル」と「フュルギャ」という2つの概念を結びつけていると考えられる。ハムルは（フュルギャと同じく）何よりも胎盤膜と関係しており、その胎盤膜（フュルギャの羊膜の袋とは区別される絨膜）は新生児の娩出時に一緒に出てくる。つまりそれは「帽子」と呼ばれるものでもあり、明らかに《形》（「ハムル」とはまさしく「形」のことである）があるか、もしくは生まれたばかりの人間に随伴するか追随する（これは「フュルギャ」の指す意味）ものである。そして「程度の差はあれ非物質的であり、場合によっては不死の分身（もう1つのエゴ）である」[9)]。

これに対し、クロード・ルクトゥーは分身の想像世界における胞衣の役割が重要だと考え[10)]、イタリアのベナンダンティを例にあげて論を展開している。フリウーリ地方［イタリア北東部］の妖術師集団ベナンダンティを研究対象としたのは、カルロ・ギンズブルグ［1939年生まれ、イタリアの歴史家］である。ベナンダンティは羊膜を被って生まれたために妖術師になったと言われている[11)]。

実際には、超自然的なアザラシ女（ここではソルグンナ）から羊膜を盗むモチーフは、動物の姿に戻るための羽衣を盗むモチーフと同じである。その例として、『ヴェルンドの歌』のハクチョウ女のモチーフがあげられる[12)]［『ヴェルンドの歌』では3人のヴァルキューレがそれぞれ人間の男の妻となってしばらく一緒に暮らすが、9年目におそらく羽衣を見つけ出したために戦いを求めて飛び去り、2度と戻らなかった］。超自然的な女はやむを得ず人間の男と結婚するが、羽衣を取り戻した途端に異界へ戻る。サガではアザラシの皮、アイルランドでは超自然的な力を授けてくれる魔法のかぶり物（コホラーン・ドゥルイ）が羽衣に相当する[13)]。これは「メリュジーヌ型」の物語の語りのバリエーションの1つである。異界の女は契約を強いるが、人間の男がこれを破り、この契約破棄のせいで不幸がおとずれるのである。

4. 羊膜をめぐる信仰

ニコル・ベルモン［1931年生まれ、フランスの人類学者］[14]は、さまざまな文化における羊膜と関連した信仰について研究した。こうした信仰は、特にインド＝ヨーロッパ世界によく見られる。神話の要素が残るこうした民間信仰のすべてのケースで、羊膜が決定的な役割をしているわけではない。羊膜に魔術的な役割があることを認めるためには、子供は頭が羊膜に包まれたまま生まれる必要がある（図38）。その場合、羊膜は不思議な力を持ち、保護や成功をもたらすそうである。そして、羊膜に包まれて生まれる子供は予言能力を持つようになり、幽霊の姿を見たり彼らと話したりできるようになる。『植民の書』（『土地占有の書』）によると、ソウリルという名の少年が船の前部でアザラシの皮にくるまって横になっていた。彼の父グリームルは突如人魚を釣り上げるが、その人魚が彼の家族の運命を予言する。「アザラシの皮にくるまって横になっているあの少年は、積荷を負ったあなたの雌馬が寝る場所に住み、その土地を手に入れることになるだろう」［人魚のこの予言は、王国の誕生や都市建設のような重要な現象が起こる定めにある場所を聖獣が教えるという伝承を想起させる。たとえばイタリアのアルバの都は、白い雌豚が30匹の子豚に授乳を行った場所に作られている］。アザラシの皮をまとったこの子供は、明らかに羊膜を被って生まれた子供である。人魚（別のアザラシ女だろうか？）は彼を占者となる子供だと認めている。しかも羊膜を被って生まれた子供は、水、火、怪我で死ぬことがない。こうした発想は、フィン物語群に属するアイルランドの物語で展開されている。その物語では、（「青い男たち」と呼ばれる）3人の戦士が、浜辺で貝を集めていたフィンに出会う。3人はフィンに、羊膜を被って生まれたおかげで、彼らは焼死することも、溺死することも、打撃で怪我を負

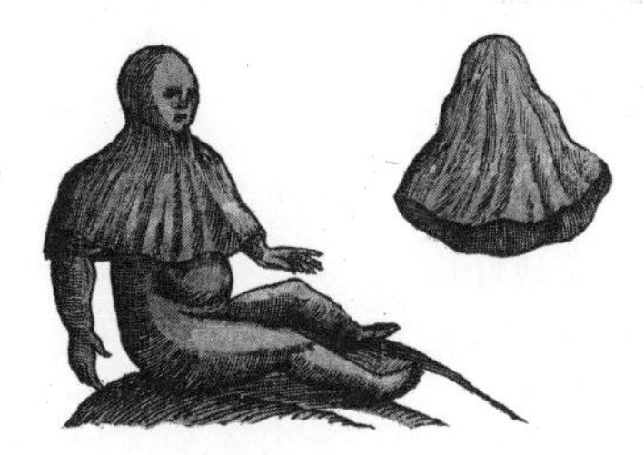

図38　頭が羊膜に包まれたまま生まれた子供（ウリッセ・アルドロヴァンディ『怪物誌』1642年）

うこともないという。フィンが3人にこれら3つの試練を課すが、3人とも無傷で切り抜ける[15]。ニコル・ベルモンはこの信仰を検討し、その神話的性格を重要視した。そして、同じ信仰が複数の羊膜に似たものに当てはめられた可能性を指摘している（『エイルの人々のサガ』ではまさしく、「スィルキクルトゥ」が羊膜を象徴的に表している）。「羊膜を被って生まれた子供の羊膜は《身体から分離した部分》を表しており、こうした表象の類例は諸信仰（たとえば蛇の卵）に数多く見つかる［こうした諸信仰に、羽衣も含まれる］」[16]。ニコル・ベルモンはさらに、12世紀の諸伝承からロマン・ヤコブソン［1896～1982年、ロシア生まれの言語学者］とマルク・シェフテル［1902～1985年、中世ロシア史の専門家］が検討した人狼侯［フセスラフ］のケースについても触れている[17]。（羊膜を被って生まれたという）誕生時の特徴によって、英雄となる王子は狼に変身し、殺戮を重ねて武勲を立てる力を得た。羊膜を被って生まれた王子が人狼になるならば、アザラシ人間であり突然死を引き起こすソルグンナもまた、羊膜を被って生まれたのではないだろうか？　こうした人狼への変身は、ヘロドトス［『歴史』第4巻105］によって、ネウロイ人の慣例として伝えられている（「ネウロイ人は皆、年に1度だけ数日間、狼に変わり、それからまた元の姿に戻るという」）。この人狼になる季節は、クリスマスに他ならない。なぜならスカンディナヴィアのフォークロアでは、クリスマスと公現祭［1月6日］の間に、鎖でつながれた人狼たちがさまようとされているからである。また『エイルの人々のサガ』では、ちょうどユール［冬至の祭り］の時期にアザラシ人間が現れる。

5. アイルランドとの接点

クロード・ルクトゥーとレジス・ボワイエは、死者と亡霊の問題を扱った著作を刊行した。ボワイエが検討の対象を専門のスカンディナヴィアに留めたのに対し、ルクトゥーはゲルマンとスカンディナヴィアの双方の要素を比較した。ルクトゥーとボワイエは亡霊の神話での羊膜の役割に気づいていたが、さらに彼らのアプローチを補足するために、特にゲール語圏での羊膜の神話とアザラシの神話とのつながりを重視すべきだろう。こうした原初の象徴的関係を理解するために、最も役立つのがアイルランド神話である。つまり、『エイルの人々のサガ』は、アイスランドの諸伝承に対するケルトの影響という問題を提起している。

ゲールのフォークロアは、アザラシと羊膜を結びつけている数多くの（神話）物語を提供してくれる。1835年か1836年にデトロイトで生まれたジェレマイア・カーティンは、アイルランド移民の息子だった。彼は1858年にハーバード大学に入学するとフォークロアと言語学に関心を持ち（彼が話すことのできた70の言語と方言にはゲール語が含まれていた）、1887年と1891年から1893年にかけて2度にわたりアイルランドに滞在した。そしてアイルランドの幽霊の話を集め、『妖精たちと幽霊世界の話』（1895年）と題する書籍を刊行した。そのうちの1つ「トム・ムーアとアザラシ女たち」は特に興味深い。アイルランドでよく知られるこのタイプの話は、セルキーのフォークロアに由来している（「セルキー（selkie）」はアザラシを指すスコットランド語である）。セルキーと呼ばれる若い女たち（あるいは若い男たち）はアザラシの皮を身にまとっていて、海に住んでいる（彼らは地上の人狼に匹敵する海の存在である）。毎年決まった日の夜に（たとえば聖ヨハネ祭［6月24日］の夜に）、セルキーたちはアザラシの皮を脱ぎ、月明かりのもとで踊る。その時、人間の男に皮を奪われると、アザラシ女はその男の言いなりになる。そしてもう逃げることも海へ帰ることもできなくなる。それからアザラシ女は皮を奪った男と結婚し、一緒に子供をもうける。その皮を火で燃やされずに取り戻せたなら、アザラシ女は再び海の中へ飛びこみ、子供を地上に残したまま2度と姿を見せることはなかった。アイスランドの海にあるフェロー諸島にも、アザラシ女の話が見つかる（図39）。たとえば、「ミクラダルールのアザラシ女」がこれにあたる。ミクラダルール（「大きな谷」の意）は、北にあるケァルソイ島で最大の村である[18]。

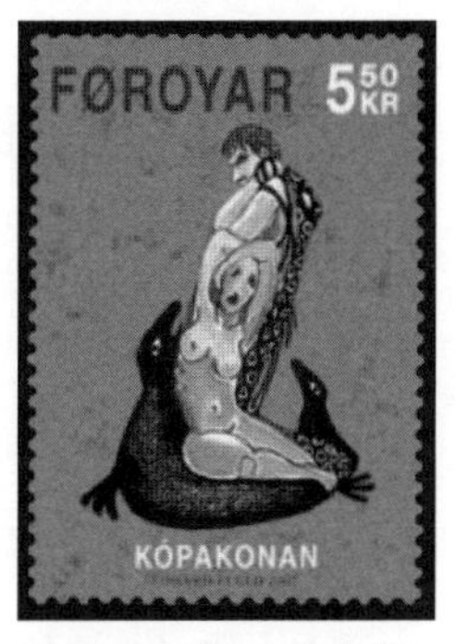

図39　アザラシ女を描いたフェロー諸島の切手

6. おわりに

話を締めくくるにあたり、中世文学に現れる驚異（メルヴェイユー）の分析方法について、いくつか手短に指摘しておきたい[19]。文学に現れる驚異を、単なる美的かつ詩的な現象として分析することはできない。こうした驚異は神話的かつ民俗学的な基層を持つからである。ダニエル・ポワリヨン［1927～1996年、中世フランス文学研究者］が指摘したように、驚異は常に遠い昔や異国風の別の伝承、あるいは非文学的な土着の伝承（フォークロア）からの借用だと考えられる。文学の中に堆積した驚異はさまざまな形態をしているが、それらが挿入されたテクストの文化体系とは異なる文化体系から持ちこまれていることが多い。その形態が生み出す不調和の効果により、驚くほど風変りな詩情が呼び起こされる。驚異は、それを迎え入れるテクストの中では別の文化の痕跡であることが多く、そのため驚異を解釈するためにはダニエル・ポワリヨンの助言にしたがって、「層をなす諸文化」とその相互作用を「検討し」なければならない。ケルトの伝承の痕跡は、どの程度までサガの作者たちに影響を与えたのだろうか？　すでに数多くの著作で、アイスランドへのゲールの影響が主張されている[20]。『エイルの人々のサガ』にソルグンナがヘブリディーズ諸島出身と記されているのは、おそらく偶然ではない。それはソルグンナと結びつけられた諸伝承の起源をはっきりと示している。また、ヘブリディーズ諸島は妖術師たちの国としてよく知られている[21]。結論として、ソルグンナの話はアイスランドの物語の中の羊膜の神話を目立たせている。さらに、アイルランドとアイスランドの間に中世初期から存在した可能性のある文化上のさまざまな接点が、まさにこの１点に示されていると考えられるのである。

注

1）『エイルの人々のサガ』の原典はスヴェインソンの校訂本による（*Eyrbyggja Saga* dans：*Islenzk Fornritt,* volume IV, éd. par Einar Ol. Sveinsson, Reykjavik, Hidh islenzka Fornritafelag, 1935）。レジス・ボワイエによる現代フランス

語訳（*La Saga de Snorri le Godi*）は、ガリマール（Gallimard）出版のプレイヤッド版『アイスランドのサガ』（*Sagas islandaises*）（1987年）に収録されている。ちなみにボワイエはこれに先立って、オービエ・モンテーニュ（Aubier-Montaigne）出版から1973年に『エイルの人々のサガ』の現代フランス語訳を刊行している。

2）Lecouteux, C.（1986）, p. 106−111.

3）Bader, F.（2004）.

4）これは明らかに羊膜を被って生まれた子供である。羊膜は、母の胎内で胎児を覆っている膜のことである。

5）Newstead, H.（1950）.

6）前掲書・ボワイエ訳『アイスランドのサガ』p. 1601（『エイルの人々のサガ』第54章の注1）を参照。

7）Boyer, R.（1986）, p. 49.

8）Boyer, R.（1994）, p. 118.

9）*Ibid.*, p. 115.

10）Lecouteux, C.（1992）, p. 112.

11）Ginzburg, C.（1980）.

12）Hartland, E.（1891）, p. 255−271.

13）アイルランドの人魚（メロウ merrow）については、Crofton Croker, T.（1834）, p. 177以下を参照。

14）Belmont, N.（1971）.

15）« Fionn et les Hommes Bleus » dans：*Bealoideas. Journal of Folklore of Ireland Society,* 6, 1936, p. 4−13.

16）Belmont, N.（1970）.

17）The Vseslav Epos, dans : *Memoirs of the American Folklore Society*, 42 , 1947, pp. 13−86.

18）ニール・ジョーダン監督の映画『オンディーヌ』（2010年）（主役はコリン・ファレル）は、こうしたタイプの話から着想を得て作られ、セルキーの伝承にはっきりと触れている（セルキー役の女優も、映画の中でこの伝説について語っている）。

19）Poirion, D.（1982）.

20）Sigurdsson, G.（2000）, p. 95. こうした関係の歴史については、Renaud, J.（1992）を参照。

21）Sveinsson, E. O.（1957）.

第5章

鮭女と9番目の波

(『カレワラ』第5章)

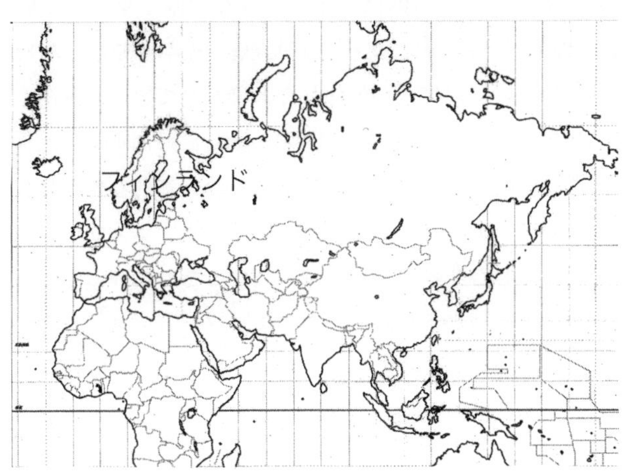

この章で扱われている主な国や地域

インド＝ヨーロッパ神話には、女神や妖精、さらに女妖術師と関連した、海上に立つ9つの波（または3つの波）についての伝承がある。本章では「9番目（または3番目）の波」というモチーフの意味を、フィンランドの民族叙事詩『カレワラ』第5章に出てくる「鮭女」から出発して、ケルト神話や北欧神話に見られる類例との比較により明らかにしている。本章のもとになったのは、ヴァルテール氏が2003年4月にフィンランドの町トゥルクのカレワラ研究所で行った講演の原稿（ウィリアム・シュナーベル氏による英語版）であり、篠田知和基編『神話・象徴・文化Ⅲ』（楽瑯書院、2007年）pp. 7−22に掲載された。ここでは未刊行のフランス語版から邦訳を行った。

1. はじめに

鮭は、神話的表象として、インド＝ヨーロッパ世界に属する北欧の諸文化（なかでもケルト人とスカンディナヴィア人の文化）において重要な位置を占めている。鮭は北アメリカ原住民（インディアン）の神話にも登場する。フィンランド文化、特に『カレワラ』の鮭は、どのような役割を果たしているのだろうか？ 『カレワラ』は19世紀に集められた歌謡民詩を編集した物語詩であるが、その成立については編集者が創作したと疑われてきた。実際、『カレワラ』を刊行したエリアス・リョンロット［1802～1884年］（図40）は、採集したもとの歌謡民詩を過度に改変し、神話の要素を入れた人為的な作品に仕上げたとたびたび非難された。周知のとおり、『カレワラ』はリョンロットの空想の所産ではないため、こうした非難は今日では不当だとされている。彼は取るに足らないエピソードをより筋書きの詳しい別のエピソードで補足しながら、物語中のいくつかの要素を配置変えしたにすぎない。採集した歌謡民詩に筋の通らない箇所がいくつかあったため、リョンロットが一貫性のある物語詩に編集し直したのである。

『カレワラ』がインド＝ヨーロッパ神話の中でどのように位置づけられるかについて、フランスではジョルジュ・デュメジルが検討している[1)]。フィンランドには、時にはスカンディナヴィア全体、時にはバルト世界[2)]、さらには古代ゲルマン世界、また時にはフィン＝ウゴル語族の世界と関連した独自の文化的表現がある。フィンランド神話について、少なくともこの神話を彩るいくつかのテーマがどのようなものなのか検討して解明するためには、比較神話学の手法に頼るのが有効だと思われる。

図40 1841年のエリアス・リョンロット（リトグラフ）

特に資料が多い中世期の神話があるとすれば、それはまさしく鮭の神話である。フィンランドの傑作などの文化遺産をめぐるいくつかの根本的な問題は、鮭の神話から一望することができるだろう。『カレワラ』について深く研究するためには、理論上、「文学的な」テクストとオリジナルの民詩との照合が必要になるだろう。こうした民詩は、リョンロットや他の民俗学者によって採集され、『フィンランド民族古代民詩集』[全33巻、1908～1948年]という集成の形で刊行されている。本章の試みは、これに比べればはるかに慎ましいものである。ここでは鮭女の物語に見られるいくつかのモチーフを、比較神話学的な視点から、『カレワラ』第５章の一節から順に検討してみたい。実際に、この鮭女のモチーフは９番目の波のモチーフと結びついており、両方を検討しなければ理解は難しいだろう。さらにまたこの９番目の波のモチーフこそが、フィンランド神話と（インド＝ヨーロッパ神話に属する）周辺の他の神話群が相互に影響を与えあった可能性について、適切な見方を提供してくれるはずである（図41）。

図41　イヴァン・アイヴァゾフスキー『9番目の波』（油彩画、1850年、ロシア美術館蔵）

2. エピソードの要約

『カレワラ』第５章で、ベッラモ[水の女主人]の乙女を探していた老ワイナミョイネン[『カレワラ』の神話的英雄]（図42）は不思議な魚を釣り上げるが、何という魚なのか最初は分からなかった。

図42　ワイナミョイネンとアイノ　ワイナミョイネンは呪術競べで打ち負かしたヨウカハイネンから妹アイノをもらう約束をする。しかしアイノは結婚を嫌って入水自殺し、魚の姿でワイナミョイネンに接近するが、逃げて姿を消す。

いまだこのような魚を、
わしは全く知らなかった！

白鱒にしては滑らかで、
湖の鮭にしては淡白で、
魳にしては灰色で、
雌の魚にしては鰭がない。
雄にしても不思議だぞ、
乙女にしては髪飾りなく、
少女にしては水の帯がなく、
雛鳥にしては耳がない。
深い波の下の鱸に、
海の鮭によく似ている。（小泉保訳、以下も同じ。）

少し後になってようやく大型の鮭とみなされたこの魚は、ワイナミョイネンによってその日の食事用に切られそうになるが、何とか彼の手から逃れて海へ飛びこむ。これに続く一節は大変重要であり、鮭が再び姿を見せた時にワイナミョイネンから話しかけられた状況について詳しく記している。

そこで［魚は］頭を持ち上げた、
右のほうの肩を
5つ目の突風で、
6つ目の高波で。
右の手を挙げて、
左の足を見せた
7つ目の海原で、
9つ目の波の上で。

「9番目の波」のモチーフがここでは注目に値するが、それはこのモチーフがインド＝ヨーロッパ語族の神話文献全体に見られるからである。またこのモチーフは、漁夫が目の当たりにした現象の性質と、彼が出会った生き物の性質を明らかにしている。

鮭は老ワイナミョイネンに話しかけ、自分が彼の食糧になるために生まれたわけではないと伝える。

わたしは来たのではありません
あなたが鮭を切るために、
魚を切り身にするために、(中略)。
わたしはやって来たのです
小脇の雛となるために、
いつでもそばにお仕えし、
生涯妻となるために、
あなたの床をとり、
枕を整えて、
小さな居間を拭き清め、
床をお掃除するために、
部屋に燈（ともしび）をもって来て、
火を付けてあげるため、
厚いパンをこしらえて、
蜜のパンを焼くために、
ビールのコップをとり運び、
食事を整えてやるために。
わたしは海の鮭ではない、
深い波の鱸（すずき）でも。
わたしは乙女で若い娘、
あなたがいつも探していた、
一生かけて求めていた、
若いヨウカハイネンの妹よ。

その後、この不可思議な生き物は完全に姿を消してしまう。その後の話で、彼女に見捨てられたワイナミョイネンは己の不運を嘆く。ワイナミョイネンが

図43　蛤を釣り上げる漁師（「蛤の草紙」）

己の運命を台無しにしたことを知らせたことから、この女性に予言能力があることが分かる。ケルト神話にはこうした種類のエピソードが多いが、これは日本の民間伝承にも当てはまる。たとえば蛤女房のような異界からやってきた女性は、よく似た話をしてから漁夫の世話を始める[3)]（図43）。「異界」の女性は人間男性がいくつかの約束を守るならば、手助けだけでなく家事もしてくれる。男は最初のうち約束を守るが、最後には破ってしまう。そして、不可思議な生き物は姿を消すのである。

3. メリュジーヌ型物語の痕跡

中世期には、「メリュジーヌ型」と呼ばれる、十分に判別が可能な構造を備えた一連の物語群が存在した。その構造は次のとおりである[4)]。

＊主人公が自宅を離れ、狩りに出かける。
＊主人公が超自然的な存在に出会う。
＊超自然的な存在が、ある条件や禁忌を守ってもらうことを条件に、主人公に愛を約束する。
＊主人公が恩恵を受ける。
＊主人公が禁忌を破る。
＊超自然的な存在が姿を消す。

この構造の例は、ウォルター・マップが1181年から1193年にかけて著した『宮廷人の閑話』所収の話［第2部11「怪奇な幻影（幽霊）について」］に見つかる[5)]。グウェスティン・グウェスティニオグという名の男が、ブリュケイニオグ湖の近くに住んでいた。彼は何人かの女性が3夜続けて彼の畑で輪舞しているのを見つけて追いかけたが、彼女たちは湖水の中へ姿を消した。しかし水面下から声が聞こえ、どうすれば彼女たちの1人を捕らえられるのかを教えられる。こうしてついに男はその1人を捕らえた。女（妖精）は男との結婚に同意したが、ある条件を必ず守るよう求めた。それは男が飼い馬の手綱で彼女を叩かない限り、彼女は彼のもとにずっと留まるというものだった。2人は結婚し、彼女は多くの子供を産んだ。しかしある日、夫が持ち馬の手綱で妻を叩いてしまい、妻は子供たちを連れてすぐに湖へ逃げたとされている。

『カレワラ』第5章との類似点もいくつかあげておくべきだろう。『カレワラ』第5章は、不完全なメリュジーヌ型物語を思わせるからである。このフィンランドの話では狩りのかわりに釣りが行われているが、物語の核心は同じである。ワイナミョイネンは超自然的な女性と出会い、結婚する運命だった。そうなっていれば、彼は何不自由なく暮らしていたことだろう。こうした結婚の前提条件として、超自然的な女性（妖精）の身体を傷つけないよう守らねばならない（メリュジーヌ型の物語群では、禁忌事項が具体的に示されていることが多い。たとえばウォルター・マップの物語では、夫は金属製の道具で妻に触れてはいけなかった）。しかし、禁忌が言葉に関わる場合もある。その類例としてあげられるのが、マリー・ド・フランス作『ランヴァルの短詩』である。若き主人公ランヴァルは、川の近くで妖精に出会う（この例も、この不可思議な存在が水の世界に属すことを表している）。ランヴァルは妖精から愛を告白されるが、2人の関係について絶対に他言してはならなかった（これが禁忌の表明にあたる）。このたった1つの条件を守りさえすれば、ランヴァルは妖精から愛でも富でもあらゆる恩恵を受けることができた。

『カレワラ』のベッラモの乙女は、メリュジーヌとまったく同じ役割をしている。彼女に自分で言うような多岐にわたる才能があるならば、完璧な妻だろう。しかし重要なのは、彼女の家事をこなす才能ではなく、実は彼女が家庭を守る豊穣の女神だということである。ジャック・ルゴフは妖精メリュジーヌが持つ母と開拓者の側面[6]を明らかにしたが、ベッラモの乙女にもそうした側面がある。ルゴフは次のように指摘している。「メリュジーヌは（我々には知るよしもないが）具体的かつ歴史的にケルトの土着の豊穣の女神、肥沃をもたらす精霊、インド起源の（あるいはむしろ、より広くインド＝ヨーロッパ起源の）文化的なヒロインと結びついているのかもしれない。また、もともとは地下や水中や天空の存在かもしれない（彼女は、交互かつ同時に、蛇、人魚、ドラゴンである。この点でウォルター・マップにおける海と、ティルベリのゲルウァシウスにおける川は（中略）、妖精に備わる水の性質を端的に表している）。しかし、いずれにせよメリュジーヌは、中世における母神の化身、すなわち豊穣の妖精として登場している」[7)]。

実はベッラモの乙女には、人間と動物の2つの姿を併せ持つという妖精メリュジーヌと共通の特徴がもう1つある。魚女の2人は、いずれも思いどおりに（あるいは特定の条件のもとで）人間の姿になれる。まさしくここに、9番目の波のモチーフがその機能によって介在している。これは特に、『カレワラ』第5章の連続する9つの波の話で、魚や海の神話的な存在がこのように人間へ変身すると語られていることから分かる。

ベッラモの乙女の話の大枠はメリュジーヌ型であるが、この伝承にはインド＝ヨーロッパ特有の要素がまったくない点を明らかにしておく必要があるだろう。この伝承はより広範なユーラシア神話に属していると思われる。実際には、このタイプの物語は日本にあり、魚の代わりに蛇が登場する。また日本の神話やフォークロアには、「メリュジーヌ型」の異類の話が見つかる[8)]。日本の異類にはヨーロッパ的な要素が少しもない。さらには、海の存在が行う変身のテーマも西欧に特有のものではない。これに対し、『カレワラ』の鮭は他の特殊なモチーフ群と結びつく形で描かれており、一連の典型的な神話群に属している。鮭が男性の姿で現れるバージョンは、ケルト人の間に（特にアイルランドで）広く流布していた［たとえば『アイルランド来寇の書』によると、ノアの大洪水後にアイルランドでただ1人生き残ったフィンタンは、その後の歴史的な出来事を目撃するために動物の姿に変身するが、そこには鮭も含まれている。またギリシア神話に登場する男神プロテウスは、自由に変身する能力と予言の力を持っており、ネレウスと同じく「海の老人」と称される］。したがって『カレワラ』では、プロテウス的な神々の神話の女性バージョンが示されていると考えられる。

4. プロテウス的な存在

ケルトやスカンディナヴィアの鮭は、クロード・ステルクス［1944年生まれ、ベルギーのケルト学者］が明らかにしたように[9]、インド＝ヨーロッパ語族のプロテウス的な神々と関連づけて検討すべきである。実はこうした鮭は、普通の魚ではありえない。鮭は常に「異界」の神が取る動物の姿であり、その周囲にはいくつもの重要な信仰が集中している。なかでも、鮭と予言能力とのつながりは特筆に値する（神聖な鮭の身を食べた女性は占者を産むと言われている）。

まず注目すべきは、フィンランド語で鮭が「ロヒ」（lohi）といい、この言葉がスカンディナヴィア神話に登場するロキ（Loki）（図44）と似ていることだろう。しかもロキは、物語の中で鮭に変身している。ロキは2度敵の追跡から逃れたが、川にいた神トールにつかまってしまう。この鮭がトールの手の中で細くなってトールは尾のほうしかつかめなくなり、さらに鮭の尾も細くなったという。

図44　ロキ（『スノッリのエッダ』の写本挿絵）

『カレワラ』では、鮭は雌で、女神が変身した姿である。釣りをするワイナミョイネンは、第5章の最初で前もって［ウンタモから］次のように教えられていた。

あそこにアハトの国があり、
ベッラモの娘たちは寝ていよう。
霧の深い岬の先に、
靄（もや）の濃い島の端で
深い波の下に、
黒い泥の上に。

図45　秘宝サンポの防衛（アクセリ・ガッレン＝カッレラ画、1896年）　サンポを守るために剣を抜き、ポホヨラの女主人ロウヒに立ち向かうワイナミョイネン。

このように、ベッラモの乙女は海に属する不可思議な生き物であり、ケルト神話の「異界」の女性と直接つながっている。こうした「異界」の女性は遠方の島々に住んでいる。マイルズ・ディロン［1900～1972年、アイルランドのケルト学者］とノラ・チャドウィック［1891～1972年、イギリスのケルト学者］が指摘したように[10]、（ケルトの）「異界」は「西の海に位置し、〈生者の国〉、〈喜びの平原〉、〈常若の国〉と呼ばれている。病も年齢も死もない国で、幸福が永遠に続き、何かを望めば必ず手に入り、100年が1日のように過ぎていく。ギリシア人にとっての極楽浄土（エリュシオン）、スカンディナヴィア人にとっての「ヨルド・リーヴァンダ・マンナ」（「生きている人々の土地」）にあたる。これはいにしえのインド＝ヨーロッパの伝承を表しているに違いない。このように、ケルトの物語群と『カレワラ』に出てくる神話の国が類似していることを特に強調しておくべきだろう。周知のとおり、『カレワラ』の物語は、カレワラ（英雄たちの国）とポホヨラ（「異界」に匹敵する地域）という2つの国の抗争を軸に構成されている。主要な登場人物は、ポホヨラで鍛造された秘器［サンポ］を奪ってカレワラへ持ち帰るために、これら2つの国を往来する（図45）。

中世初期［8世紀初頭］に成立したゲール語の作品『ブランの航海』は、この伝承に基づいている。この作品で、ブランは女性だけが住む不思議な島を目指して旅するが、その島の女性は実は運命の女神である。

5. 9番目の波

9番目の波のモチーフは、スカンディナヴィア神話に何度も現れる。

ジョルジュ・デュメジルの考察によれば、ヘイムダッル［アース神族の1員］

（図46）はアザラシの姿でロキ［巨人族の生まれだったが、アース神族のオーディンと義兄弟になる］と戦っている。このヘイムダッルの誕生に、実は9つの波のモチーフが介在している。「10世紀末に書かれたスカルド詩『家の頌歌』にヘイムダッルとロキの戦いが記されており、ロキの敵は（中略）〈1人の母と8人の母の子〉だとされている。『ヘイムダッルの呪歌』によると、ヘイムダッルは〈9人の母の子〉で、〈9人姉妹の息子〉と名乗っている」[11]。

図46　音が世界の果てまで届く角笛ギャッラルホルンを吹くヘイムダッル（E・ハンセンによる木版画、1947年）

1844年にW・ミュラーはこの9人の母が誰を指すのかを明らかにしようとした。そしてスネービョルン（11世紀初め）の詩編の1つに出てくる「ニーウ・ブルーディル」（「9人の花嫁」）に依拠し、海の波を指すと解釈した。彼はまた、海の神「エーギルの9人の娘」というテーマも援用した（図47）。この娘たちについてはスノッリ・ストゥルルソン［1179～1241年、中世アイスランドを代表する文人］も触れており、別のスカルド詩を引用している[12]。［スノッリがまとめた詩学入門書『エッダ』第2部にあたる］『詩語法』第33章には、この娘たちの名が、ヒミングラーヴァ（「天空の輝く者」）、ボロヅクハルダ（「血まみれの髪」）、ヘーフリング（「上昇する者」）、ドゥファ、ウード、フロン、ビュルギャ、バラ（「波」）、コルガ（「冷たい者」）だと記されている[13]。

図47　エーギルの娘たち（ストックホルム、スウェーデン王立公園、モリンの噴水、1866年）

波が起こると白い頂部ができることから、フォークロアに基づいた信仰では、波の光景が動物と混同されている。ウェールズのフォークロアに出てくるアザラシに似た人魚はモールヴォルウィンと呼ばれており、これについてJ・ジョーンズは次のように指摘している。「ウェールズの古い話によると、グウェンヒドウィという名の人魚がいた。彼女が立てる波は雌羊で、9番目の波が雄羊だった。」[14)]

ここで検討してきた9人の母は、海の波に他ならない。そして運命の9つの波は、神話的な生き物が超自然的な存在であることを表している。

9つの波のモチーフは、ケルト神話にも現れる。アイルランドの最初期の文献に神話的な9つの波への言及がある。コルマーン［アイルランド南西部コークの聖職者］が作った頌歌につけられたラテン語混じりのアイルランド語による［注釈者の］序文は、この頌歌がどのような状況で書かれたのかについて語っている。そこには660年と664年の間にアイルランドを襲った「黄色い疫病」［黄疸の症状が出る疫病］を祓うために唱える呪文について記されている［当時アイルランドを統治していたアイダ・スラーネの2人息子、ブラートワクとディアルミドはこの疫病で亡くなっている］。

「コルマーンがこの頌歌を作ったのは、疫病から彼とその教え子たちの身を守るためだった。そして疫病から逃れるため彼がアイルランド海に浮かぶ島へ旅立った時に、頌歌を作った。彼は自分と陸地の間に9つの波があるところまで進んだ。〈事情をよく知る人々によれば〉疫病はそれ以上先まで来られないからである。」[15)]

9つの波のテーマは、『アイルランド来寇の書』［11世紀に創作された虚構のアイルランド史書］にも登場している。トゥアタ・デー・ダナン族（「異界」からやってきた魔術を操る民族）はミールの息子たち（いずれもいにしえのアイルランドの神話上の民族）が侵攻してきた時、取り決めを行った。ミールの息子たちに再び乗船してもらい、すべての船に9つの波の距離まで遠ざかるよう頼んだ。そしてもし来寇者が力ずくで上陸できたなら、トゥアタ・デー・ダナン族は彼らに港を引き渡すと約束した。ミールの息子たちはこれに同意した。しかし来寇者が9つの波の距離を越えると、トゥアタ・デー・ダナン族は呪文を唱えて嵐を起こした。そしてすべての船団を追い払った[16)]。

神明裁判を考案したアイルランドの神話の王モランの誕生は、9番目の波と関係している[17]。生まれた時、モランの身体は形のない泥でできていて、口もいかなる穴もなかった。その父は「猫頭」の異名を持つカルブレという悪しき王で、赤子のモランを溺死させようとした。モランにとって幸いなことに、異界（シード）の住人が夜の間にモランの母の前に現れて、こう言った。「子供を海へ運び、9番目の波が子供の上を通りすぎるまで子供の頭を波の上にしておきなさい。そうすれば子供は高貴な者となり、王となるだろう」。こうして子供は海へ運ばれ、波の上にさらされた。9番目の波がやってくると、子供の頭を取り巻いていた胚胎膜が離れ、子供の両肩のまわりに首飾りを作った。この胚胎膜には金と銀がつけられ、《モランの首飾り》となった。この首飾りは罪人の首につけられると、その人の首を絞めつけた。逆に被告人が無罪の場合は、首飾りはその人の首のまわりで広がり、地面に触れるほどになったという[18]。

9番目の波は魔術と運命に関わるテーマであり、メルラン［英語名マーリン、ウェールズ語名マルジン］のウェールズ語の詩編『おお、子豚よ』にも現れる。ウェールズのフォークロアによると、9番目の波はいつも他の波よりも高くて強く、岸辺へ先にたどり着くという。同じ信仰がオウィディウス［前43～後17年、古代ローマの詩人］にも見つかり、（『悲しみの歌』第1章第2歌の中で）10番目の波は他のすべての波よりも強くて危険だと記されている。

> 今やってくるこの波は、すべての波を凌駕する、
> この波は9番目の後で、11番目の前の波だから（木村健治訳）

ブルターニュでは、このモチーフは3番目の波に移し変えられている（9＝3×3だからである）。広く信じられているように、この波も最も危険な波である。

> 3番目の波が跳躍すると、
> 砂浜へそのかけらを投げかける。

シチリアでは、農夫は聖霊降臨祭［復活祭から50日目］の前日に海岸へ行き、海から波が岸辺に押し寄せるたびに次の祈りを唱える。9番目の波がくると、彼らは立ち止まってこう言う。

> 深い海よ、あなたを歓迎します。神さまが私をここへ遣わされました。あなたの幸せを私に下さい。そして私の災いをあなたに委ねましょう。

祈るたびに彼らは砂をひとつかみして村へ持ち帰り、繁栄や豊穣をもたらすよう願って、何軒かの家に投げつけた。シェトランド諸島では、「3番目の波」の水には特別な効能があり、魔法を作ったりそれを避けたり、復讐したりできると信じられている。しかし、こうした魔術的な効能を使いこなせるのは、秘儀を体得した人に限られるそうである。

これらすべてのテクストで、3番目の波や9番目の波のモチーフが、不可思議な出自を持つ特別な存在の誕生や出現と関連しているとは思えない。しかしこのモチーフはかなり風変りである。ここに伝えられているのは、まさしく3柱でありながら単独神でもある、不可思議な存在と関連したより来歴の古い神話の記憶である。

フォークロアに、このモチーフの他の類例が見つかる。9つの波が3つの波の場合もあることに注意しなければならない（それでも計算上は3という数字に近いものとなっている。なぜなら9 = 3×3だからである）。この運命の波（特に最後の波）は、実は何人かの女妖術師が取る姿である。

あるバスク地方の民話では、3番目の波が女妖術師と結びついている。2人の女妖術師が、巨大な3つの波を使って1艘の漁船を沈没させようとする。3つの波は順に、牛乳の波、涙の波、血の波だった。女妖術師のうちの1人はもう1人に、漁夫が難破を避ける唯一の手段は、最後の波である血の波の真ん中へ銛を投げることだと教えた。この会話を聞いた漁夫はすぐに行動をおこし、銛を3番目の波の真ん中へ投げつけた。すると恐ろしいうなり声が聞こえた。その波は実は女妖術師の1人だった。波に銛を打ちこんだ後で漁夫が自宅に帰ると、叔母は瀕死の状態で、従妹は恐れをなして逃げていた。この２人が海の女妖術師だったのである。

このバスクの民話の類話の１つがドイツ（オルデンブルク地方）にある。操舵手が女妖術師たちの秘密を耳にした。難破をまぬがれようとして彼が最初の波に一撃をくらわすと、船の甲板が血まみれになる。それからのこぎりで２番目の波に一撃をくらわすと、また同じことが起こる。最後に３番目の波を大工道具で攻撃すると、甲板がまたしても血まみれになる。船は難破せずにすみ、操舵手は自宅へ戻る。しかし妻と２人の姉妹が手足を失い身体も不自由になり、医者に診てもらっていた。この３人こそが恐ろしい呪いをかけた女妖術師で、すぐに火あぶりにされた。

最後に紹介する類話は、シュレースヴィヒ＝ホルシュタイン州［ドイツ最北端の州］のものである。フリージア北方のある島に住む３人の男が、同じ船に乗っていた。３人の留守中、その妻たちは妖術に没頭していたが、夫たちの不貞を知って彼らの乗る船を沈めることにする。目には見えない姿で船へ向かった３人の妻は、船を沈めるために恐ろしい計画を立てた。妻の１人が言うには、罪のない男（純潔な若者）が汚れのない武器で押し返してこない限り、何の心配もないという。しかし、その船には純潔な見習水夫の少年がいて、妻たちの会話を聞いていた。少年は戦いで１度も使われたことのない、立派な剣を手に入れた。運命の嵐がやってくると、塔のように高く、雪のように白い３つの波が船に襲い掛かった。見習水夫が、手にしていた剣でこれら３つの波を刺し貫いた途端、３つの波は崩れ落ち、剣が血で染まった。船は無事に港へ到着する。３人の船員が家に残していた妻たちのもとへ帰ると、いずれも突然ひどい病気にかかっていた。３人の妻はまさに３つの波が現れた夜に病気になっていた。見習水夫が事の次第を語り、３人の船員は妻たちが女妖術師だと悟ったのだった。

この話の類例はノルウェーにも見つかり、すべての類話に原初の不可思議な存在の代わりとして女妖術師が出てくる。しかしモチーフ群の構造（こうした宿命の女たちと９番目の波とのつながり）から、神話的なモチーフは他の類例よりも特に『カレワラ』に残されていると考えられる。

6. おわりに

9番目の波のモチーフはインド=ヨーロッパ世界すべてに登場するが、『カレワラ』では宿命の女のモチーフとの関連で出てきている。比較神話学の視点から考えれば、この鮭女は運命をつかさどる至高女神、すなわち中世期に「妖精」と呼ばれた存在だと分かる（「妖精」を指すフランス語「フェ（fée）」は、「運命」を指すラテン語「ファータ（fata）」に由来する）。なぜ波は9つなのだろうか？9は3の異本であるが、神話学者ジョルジュ・デュメジルはこの数字の意味を特定の女神と結びついたものだと明らかにした。9が神に関わる神聖な数であることから、鮭女は母神にあたる至高女神の3重の姿だということになるだろう。この3重性は完全無欠を象徴する三位一体を表しており、ここでは女性の三位一体となっている。周知のとおり、キリスト教にはこうした「三位一体」の神の姿が残されていて、神の姿を父と息子と聖霊という3つの位格（ペルソナ）の統合としている。つまり、キリスト教では女性原理が取り除かれ、男性中心の姿へと変えられているのである。

注

1）“La fabrication du sampo”, dans : Dumézil, G.（1984）, p. 209–218.『カレワラ』の問題を取り上げたデュメジルの研究は他にもある（Dumézil, G.（1994）, p. 169 – 174（“La fabrication de la femme d'or et du sampo : fabrications trifonctionnelles ?”）et p. 194–205（“Le chien de Kullervo”））。
2）アルジルダス・グレマスによると、リトアニアでは1261年にKalevelisという名の神への言及があり、その名は「鍛冶師」を意味するという（Greimas, A.（1985）, p. 109）。『カレワラ』もまた神のような鍛冶師の物語である。
3）Bihan-Faou, F. et Shinoda, Ch.（trad.）（1992）, p. 59–72.
4）C. Lecouteux（1978）. Harf-Lancner, L.（1984）.
5）Harf-Lancner, L.（1978）. 中世期の他のメリュジーヌ型物語群については、Boivin, J. M. et Mac Cana, P.（éd.）（1999）を参照。
6）Le Goff, J.（1977）.

7） *Ibid.*, p. 325–326.

8） Shinoda, Ch. (2001).

9） Sterckx, C. (1994).

10） Dillon, M. et Chadwick, N. (1979), p. 215.

11） ハイムダッルについては、Dumézil, G. (2000), p. 169–188 を参照。

12） Dumézil, G. (1968), p. 185–188.

13） Renaud, J. (1996), p. 90.

14） Dumézil, G. (2000), p. 181.

15） Gaidoz, H. (1881–1883), p. 95.

16） Guyonvarc'h, C. (1980), p. 16.

17） Le Roux, F. et Guyonvarc'h, C. (1986), p. 185–187.

18） Hily, G. (2008). 赤子を取り巻く「帽子」（胚胎膜）とその超自然的機能については、ニコル・ベルモンの著作（Belmont, N. (1971)）を参照。さらにレジス・ボワイエとクロード・ルクトゥーによる指摘も参照（Boyer, R. (1986), p. 29–54 ; Lecouteux, C. (1992), p. 59–65)。

第6章

スキタイのメリュジーヌ

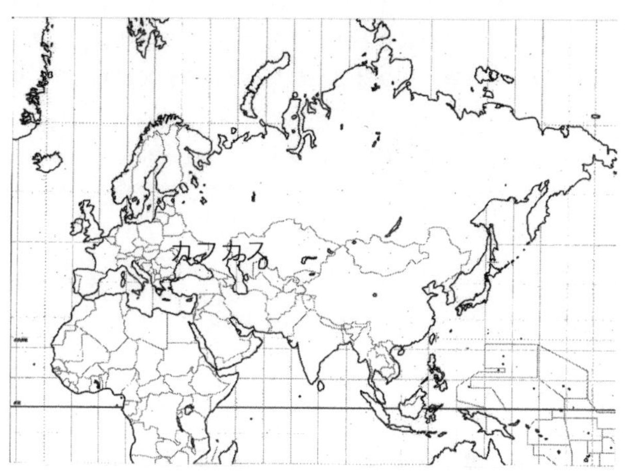

この章で扱われている主な国や地域

人間に恋をした超自然的な存在が人間界にやってきて、禁忌を守ってもらう条件で人間と結婚するものの、人間が禁忌を犯したために子孫を残して１人で異界へ戻っていくタイプの物語がある。これは慣例で「メリュジーヌ型」と呼ばれている。このタイプの妖精は洋の東西を問わず世界中に見つかる。本章では、ロシアのカフカス地方に住むスキタイ系アラン人の後裔であるオセット人の「ナルト叙事詩」に出てくる、「メリュジーヌ型」の物語に焦点が当てられている。本章のもとになった原稿は、篠田知和基編『神話・象徴・文化』楽浪書院、2005年、p. 29−40に掲載されている。

吉田敦彦教授は、研究の大半を比較神話学に捧げられてこられた。吉田氏はかつてジョルジュ・デュメジルの指導のもと、パリで比較神話学を学ぶ幸運に恵まれた。1998年以降、吉田氏は篠田知和基教授が主宰するユーラシア神話がテーマの研究集会に毎回参加され、総括を私とともに担当して下さった。吉田氏に敬意を表すのに、妖精メリュジーヌ以上の好ましいテーマは見つからないだろう。吉田氏はトヨタマヒメについてこれまで何度も話題にされてきた。さらに、吉田氏が敬愛していた師匠のジョルジュ・デュメジルにも敬意を表したい。デュメジルはスキタイのメリュジーヌを取り上げ、はからずも我々を比較神話学が切りひらくユーラシアの道に近づけてくれた。ささやかではあるが、以下の小論を吉田氏に捧げたい。(吉田氏の師匠デュメジルに多くを負う)この小論が、メリュジーヌ研究に新たに貢献することを期待している。メリュジーヌについてはすでに多くの先行研究があり、常に我々を比較神話学が扱う重要な諸問題の中心へと引き戻してくれる。

1. はじめに

スキタイ人の活動の舞台は、ヨーロッパとアジアの間だった。(ヘロドトスを始めとした) ギリシアの歴史家[1)]やペルシアの碑文によってその存在が知られるスキタイ人は、紀元前7世紀から紀元前3世紀にかけて、ダニューブ川と黄河にまたがる広大なステップ地帯を占拠した遊牧騎馬民族である。スキタイ人は領土の拡大と大遠征を渇望し、「風と剣にかけて」誓いを立て、黄金を珍重した。彼らは恐るべき移動する帝国を作り上げ、ギリシア人、ペルシア人、中国人を恐怖に陥れた。しかし、ステップ地帯にいた同盟者やモンゴル人に敗れ、結局は姿を消した。口承文化の民であった彼らは、文字を知らなかった。その遺産の多くは装飾文様の動物意匠が特徴的な出土品であり、それらがスキタイ人の神話を物語っている[2)]。しかしジョルジュ・デュメジルは、スキタイ神話の別の痕跡を、彼らの最後の子孫（カフカス地方のオセット人）が伝える物語群の中に見つけ出した。その物語群は、オセット人の祖先にあたるナルトと呼ばれる英雄たちを称えるものだった[3)]。驚くことでもないが、中世フランス文学の有名なヒロインである妖精メリュジーヌと、日本を始めとして世界中に見つかる他のメリュジーヌ的な人物（たとえば『古事記』に登場するトヨタマヒメ）との数多くの共通点が、オセットの物語群に見つかる。本章の目的は、想像世界でヨーロッパのメリュジーヌとアジアのメリュジーヌをわずかながらもつないでくれる、スキタイのメリュジーヌ的な存在を明らかにするところにある。スキタイ人の子孫であるオセット人が伝える「ナルト叙事詩」のメリュジーヌ的な存在を検討することにより、来歴がかなり古いいくつかの神話素（神話的なテーマ）の周囲に、メリュジーヌ型の物語の骨格[4]が浮かび上がってくるはずである。

2. 先導役の動物

思い返してみると、ジャン・ダラス作『メリュジーヌ物語』（1393年）のレイモンダンは、不思議な狩猟が終わった後でメリュジーヌと出会っている。恐るべき猪が、まずポワティエ伯と甥レイモンダンと仲間たちを、狩人の群れから引き離す。猪を仕留めようとしたレイモンダンが誤って伯父を殺めたことで、妖精と出会う条件が整う（図48）。すっかり途方に暮れたレイモンダンは、馬に導かれて水浴中のメリュジーヌが待つ泉のそばまでやってくる。

図48　猪狩りを行うポワティエ伯とレイモンダン（15世紀の写本挿絵）

このモチーフは孤立したものではない。ウォルター・マップは『宮廷人の閑話』（1181年から1193年の作）[5]の中で、メリュジーヌ型の物語と酷似した2つの話を報告している。1つはエドリクス・ヴィルデ（野人エドリクス）の話で、彼は狩りの最中で道に迷い、妖精に出会っている。もう1つはデカ歯ヘンノの話で、彼もよく似た冒険をしている。狩りと先導役の動物との結びつきは、作者不詳の『グラアランの短詩』と『ガンガモールの短詩』に、よりはっきり描かれている[6]。グラアランが森にいると、突然、白い雌鹿が現れる。彼は雌鹿を追いかけ、その後を追ううちに広野へたどりつく。そして泉で全裸の美しい貴婦人が2人の乙女を伴って水浴しているのを見かける。もう1つの不思議な動物である白い猪は、ガンガモールを「異界」の中の不可思議の城や泉へと導き、彼の恋人になる女性と出会わせる。『パルトノプー・ド・ブロワ』と題する物語（12世紀）[7]の主人公パルトノプーは、猪狩りの時に道に迷う。猪を追ううちに彼は［山の奥深くに入りこみ、2日目の夜に高台から海が見えたため、浜辺に降りていき］不可思議な舟を見つける。パルトノプーはこの舟に乗りこんだが、疲れから眠りこんでしまい、目を覚ますと舟が沖に出ていた。やがて舟は彼をビザンツの王妃メリヨールの城まで運んでいく（ちなみにジャン・ダラスの物語では、メリヨールはメリュジーヌの2人の妹のうちの1人の名前である）。

図49　カフカスのオセット神話の英雄ソスラン　鋼鉄の立派な体を持ち不死身だったソスランの唯一の弱点は膝だった。

先導役の動物は、西欧中世の文献に特有な唯一のモチーフというわけではない。実際にジョルジュ・デュメジルは、「超自然的な光」や「太陽の娘」と呼ばれるアチュルフスと、ナルトの英雄ソスラン（図49、図50）との結婚を語るオセットの物語を取り上げているが、この物語にはメリュジーヌ型の物語の性格がはっきり認められる。

図50　踊るソスランの彫像（ウラジカフカス）

ある日の晩、ソスランは「大広場」で座っていた。兄弟のウリュズメグはひどく沈んだ状態で狩りから戻り、自分の身に起きた不運な出来事を語る。彼は雄鹿を狩り出し、弓に矢をつがえたが、放った矢が急に四方八方へ飛んでしまったという。また剣は、雄鹿に命中する瞬間に手から離れてしまった。そして雄鹿は逃げ去り、突然、地下へと姿を消した。ちなみに、雄鹿の毛並みは黄金色だった。

眠れぬ夜を過ごしたソスランは、翌日、今度は自分が不思議な雄鹿の狩りに出ることにする。雄鹿の毛が黄金色の細い幾筋もの光を反射していたため、この雄鹿を目にしたソスランは眩惑される。ソスランは弓を引き絞るが、矢は兄弟のウリュズメグの放ったものと同じように四散してしまう。そこでソスランは剣をつかんだまま飛び出すが、雄鹿は「黒い山」のほうへ逃げ、洞窟の入口へ姿を消す。雄鹿はまさしく「太陽」の娘アチュルフスに他ならなかった。彼女の父である太陽神は、娘の教育を7人の「巨人」に託していた。

ソスランは、雄鹿を追って洞窟へ入る。そこで目にした7階建ての城は巨人たちの住処だった。（中略）　巨人は若き英雄ソスランの命を奪いにやってきて、「この犬め、犬の子め。俺たちの雄鹿がゆっくり草を食べられないとは」と言う。しかし巨人がどんなに力を振り絞っても無駄で、ソスランに剣で怪我を負わせることはできなかった。アチュルフスは後見役の巨人から助言を求められ、こう答える。「彼がソスランならば、私が結婚する定めになっている相手だわ！」。ソスランはアチュルフスとの結婚の条件として、巨人から難題を課される［1）海岸に黒い鉄の城を建てること、2）その4隅にアザの木を植えること、3）雄鹿、野生の山羊、あらゆる種類の獣それぞれ約100頭ずつ合わせて約300頭を集めること］。ソスランは［母親のサタナに助けられて］難題をすべて攻略し、太陽の娘アチュルフスを妻として得る[8)]。

この物語は、フランスの『メリュジーヌ物語』と多くの部分で類似している。1）雄鹿は若き英雄ソスランを「黒い山」へと導くが、実はソスランを自分の国へと引き寄せるために、ソスランの国へ彼を探しにきている。2）アチュルフスは、ソスランの兄弟ウリュズメグに対しては冒険を拒む。雄鹿から人間の姿に戻ると、ソスランこそがまさしく結婚する定めにある人だと宣言し、ソスランこそが選ばれし者であることをはっきり伝えている。3）雄鹿は太陽の娘自身に他ならず、みずから選んだ人を自分のほうへうまく引き寄せるために、先導役の動物に変身する。これと同じ語りの図式が、中世の物語にも見つかる。

図51　リュジニャンの領土の確定（テューリング・フォン・リンゴルティンゲン『メルジーナ』の挿絵）

実際に、不思議な動物こそがリュジニャン家の創始者たちの出会いをお膳立てし、その冒険にレイモンダンをはっきり指名したと考えられる。将来夫となる男を自分のもとへ引き寄せるために、妖精が猪を遣わしたのは明らかである。レイモンダンと妖精メリュジーヌがともに創り出す領地と一門を象徴するのが、雄鹿の皮である。雄鹿の皮は、まさしく不可思議な贈与の象徴であり、これをレイモンダンがうまく利用する［レイモンダンはメリュジーヌの助言に従って、新伯に「渇きの泉」の近くで雄鹿の皮1枚が広がるだけの分を領地として求めて認められる。そこで雄鹿の皮を細かく切って作った皮紐を使い、周囲2里の土地を囲いこんだ］（図51）。

3. 一門の創設

一般的にメリュジーヌには、デュメジルが提唱した［インド＝ヨーロッパ語族の3機能体系のうちの］第3機能、つまり繁栄や豊穣に関わるさまざまな側面が認められる。メリュジーヌは、ケルトの女神や、女神の持つ富をもたらす豊穣の角と関係している。しかしこうした見方では、2つの点を見落とすことになる。1つは、メリュジーヌに2人の妹がおり、まさしく3人でインド＝ヨーロッパ語族の3機能を作り上げていることである。もう1つは、メリュジーヌが2人の妹よりも優位な立場に置かれていることである（たとえばメリュジーヌMÉLusINEの名に、メリヨールMÉLiorとパレスティーヌPalestINEという妹たちの名の一部が含まれているのはそのためである）[9]。また、プレジーヌという名の母は、

［父を幽閉した］娘たちへの罰を決める際、明らかに支配権に関わる機能をメリュジーヌに割り当てている（図52）。

> さて今からお前には、毎週土曜日に、臍から下が雌蛇の姿になる定めを与えよう。だがお前を妻に迎え、土曜日に決してお前の姿を見ることなく、その姿を暴こうとせず、そのことを誰にも話さないと約束してくれる男が見つかるなら、お前は普通の時の流れを経験するだろう。（中略） お前は高貴で権勢を誇る一門の祖となるだろう。その一門は名だたる素晴らしい偉業を果たすだろう[10]。

このように、メリュジーヌが母から与えられたのは、第1機能［主権性・神聖性］である。まずレイモンダンと結婚し、次に彼との間に数多くの子供をもうけることで、メリュジーヌこそがリュジニャン家に支配権を授ける。また同時に、建設者としての妖精の不可思議な力を使って、この一門の威光に貢献する[11]。メリュジーヌは、将来の夫となる男が狩りで誤って伯父を殺めて難しい状況に置かれた時、救いの手を差し伸べる。そして夫を新たな一門の頭に据え、支配者とする。中世期の物語群（なかでも中世末期の物語群）で妖精は、権勢を誇るさまざまな一門の祖先として紹介されている。13世紀のジョフロワ・ドーセールの報告によれば、ラングル司教区で権勢を誇る一門は、高祖父と蛇女が交わってできたと主張していたという[12]［本書のコラム中、「1つ目の物語　蛇女」を参照］。別の一門（プランタジネット王朝）でも、その悪魔的な性格を説明するため、祖先にあたるアンジュー伯ジョフロワについて同じような伝説が語られていた。ジョフロワはこの世で最も美しい女性と結婚していたが、その女性はミサの時いつも同じ時間帯に、つまり（人間の姿になったキリストを象徴す

図52　プレジーヌが3人の娘に罰を与える（ジャン・ダラス『メリュジーヌ物語』の写本挿絵）

る）聖体パン（ホスティア）が奉挙される時間に、教会から姿を消した。夫が武装兵を使って妻を捕らえようとすると、妻は窓から飛び去っていった。その時、妻は息子のうち２人を一緒に連れ去り、残りの２人を夫のもとへ残したという[13]。1260年頃にベルギーの年代記作者フィリップ・ムスケが同じ伝説を再録し、トゥールーズ伯の話に使っている[14]。

西欧中世文学において、妖精と人間男性との交わりから一門が誕生する話は、よくあるモチーフだった。しかしこうした物語群は、他の文化領域にも存在している。インドの『マハーバーラタ』に記されているのはおそらくこのモチーフの最古のバージョンであり、しかも宇宙的な規模で語られている。太陽の娘タパティー（「輝く、温める、燃やす女性」）の話がこれにあたり、先述したアチュルフスとソスランの伝説に多くの点で似ている。オセットの話では、ソスランが間違いなく主人公の位置にある。これに対しインドの話は、この伝説の主人公となるタパティーの息子クルのことを語るのを唯一の目的としている。クルの話はその点で、主役が実際には妖精ではなくてその息子大歯のジョフロワとなっている、メリュジーヌの物語によく似ている。妖精の息子［ジョフロワ］は、［部分により全体を表す］換喩的な転換を使うことにより、超自然的な交わりから生まれたと主張する人々（リュジニャン家やその他の一門）の代表であるかのごとく描かれている。

太陽神の末娘タパティーは、心も身体もあらゆる美徳に包まれていた。サンヴァラナ王は熱心な太陽崇拝者で、欠点のない王だった。ある日のこと王は狩りで、ある乙女を遠くに見かけたが、彼女の放つ光輝はまわりのものすべてを黄金色に染めていた。若き王はたちまち彼女に恋をし、賛美したが、まったく相手にしてもらえず深く絶望する。相手の悲しみに気づいた彼女は、彼のもとへ戻ってくる。実は彼女も若き王に同じくらい恋心を抱いていたからである。しかし彼女は太陽神である父の許しがなければ、彼に身を捧げることはできないという。そこでサンヴァラナが使者［彼の宮廷僧である最高の聖仙ヴァシシタ］を太陽神のもとへ遣わし、問題はすぐに解決する。父のタパナ（太陽）は、王に娘タパティーを嫁として与える。この２人の結婚から生まれるクルは、「『マハーバーラタ』の主役たちが属する一族［カウラヴァ（クル族）］の名祖である」[15)]。

タパティーの話には、エピローグがある。サンヴァラナは幸福に酔いしれ、国をなおざりにして妻との生活に惑溺した。そのため、彼の王国にはもはや雨が降らなくなって干上がり、社会秩序も崩壊した。12年後に彼が王宮へ戻ると、普通の生活の営みが戻る。こうした展開はとても興味深い。ここには、一門を創り上げた後のレイモンダンとメリュジーヌの物語の反転した形が認められるかもしれない。レイモンダンの影が薄くなるのは、メリュジーヌが繁栄の立役者として活動し［町や城塞の建設と開墾を行い］、これに続く息子たちとその征服戦争の話に物語の大筋を譲るためである。妖精が立ち去ると王国は凋落し、秩序は崩壊し、統一は無秩序に変わる。しかしメリュジーヌがオリーブルという名の息子を殺害するよう夫に求め、国がもとの不毛な状態に戻らぬようにしたため、最悪の事態をかろうじて免れることができた［「恐ろしい」を意味するオリーブルはメリュジーヌの8番目の子で、悪事を働くことしか考えていなかった］（図53）。

図53　メリュジーヌの望みどおり、息子オリーブルの殺害を目論むレイモンダン（印刷本『麗わしのメルジーナの物語』1478年版・第157葉の木版画）

4. 怪物的な子供たち

メリュジーヌの息子の顔には、超自然的な誕生の痕跡が残っている［長男ユリアンの目は1つが赤くもう1つは青、次男ウードは片耳がもう一方より大きく、3男ギヨンは片方の目がもう一方より上にあり、4男アントワーヌの左頬にはライオンの脚が1本生えており、5男ルノーは目が1つ、6男ジョフロワは大歯、7男フロモンは鼻の上にモグラかムナジロテンの毛皮のような毛むくじゃらのしみがあり、8男オリーブルの目は3つあってその1つが額の真ん中についていた］。こうした異形のしるしを持つ主君を臣下は低く評価すると思われがちであるが、まったくそんなことはない。こうした怪物的なしるしは、選ばれし者の証である。メリュジーヌの息子たちの中でも、大歯のジョフロワがおそらく最も有名である（図54、図55）。

彼の生まれつきの歯の１本は、口から親指の長さ以上も外に飛び出していた。そのため彼は大歯のジョフロワと呼ばれていた。大柄で背が高く、立派な風采の彼はとてつもない力の持ち主で、勇猛で容赦なかった。噂を耳にした者は、彼のことを恐れたものだ！　これから物語の続きを聞けば分かるだろうが、彼は驚くべき偉業を成し遂げた[16]。

図54　ゲランドで巨人ゲドンを殺めた大歯のジョフロワ（印刷本『麗わしのメルジーナの物語』1478年版・第144葉の木版画）

ここで疑問が１つ生まれる。ジョフロワは神話の次元で、母の超自然的な性質のうち何を受け継いでいるのだろうか？　興味深いことに、オセットの不思議な話が蛇女と魔法の歯を持つ男を結びつけてくれている。

ある日、ヘミュツ、ソスラン、ウリュズメグ（3兄弟）が喧嘩した。誰が長男で、誰が末っ子かをはっきりさせることができなかったためだった。そこで姉に会いにティントの町へ出かけた。旅の途中で、３人はヘミュツの鞍に荷物袋を結びつけた。

３人の姉は彼らを歓迎し、質問に答えた。「あなたがたの中で末っ子は、荷物袋を持っている者です」。するとヘミュツは激怒して、姉にこう言った。「お前は嘘をついている。ボリアテ家の灰色のロバよ、飛びかかれ」。ボリアテ家のロバは恐ろしい獣で、この呪いの言葉が発せられるとすぐに、突然現れて喜びいななき

図55　大歯のジョフロワが巨人グリモーと対戦し、槍で相手を攻撃する（印刷本『麗わしのメルジーナの物語』1478年版・第159葉の木版画）

ながら駆けつけた。3人兄弟の姉が許してくれるよう頼むと、ヘミュツは姉が彼の顎にアルグィズの歯をつけてくれるのなら助けると答えた。この歯には恐るべき力があった。自分になびかない女を手に入れたい男は、その女に魔法の歯を見せるだけで、すぐにその女を振り向かせることができた。またもし男が望まないなら、その不幸な女は蛇の姿に変えられた[17]。

このエピソードにより、メリュジーヌ似の妖精と結婚した2人の英雄、ソスランとヘミュツを結びつけることができる。この2人とウリュズメグは自分たちの本当の年齢のことで喧嘩したが、この喧嘩の争点はおそらく遺産相続の優先順位である。ヘミュツは、末っ子だと言われたためにレイモンダンと同じ立場になり君主になれない。しかし、短気な性格ゆえに手に入れた魔法の歯のおかげで欠点の一部が直り、女性に対するある種の性的な魅力を手に入れている。

自分の顎にアルグィズの歯をつけてもらったヘミュツは、大歯のジョフロワを思わせる。比較してみると、実はヘミュツとレイモンダンがジョフロワの役割を担っている。ヘミュツとレイモンダンは父と息子の役割を兼ねており、もはや欲情が持てなくなった女を蛇の姿に変える力を持っている。

このエピソードでは、レイモンダンとジョフロワが、同じただ1つの神話的表象の2つの顔に過ぎないという考え方が示唆されているのかもしれない。さらにこのモチーフは、歯と蛇への変身をじかに結びつけている。ここで思い出されるのは、2重の禁忌違反のためにメリュジーヌが姿を消したことである。禁忌違反の1つは、レイモンダンが妻のメリュジーヌを信用できなくなり、水浴中の妻を覗き見したこと［「見るな」の禁忌の違反］である。もう1つは、息子のジョフロワがマイユゼ修道院の僧侶を焼き殺した（図56）後、レイモンダンが皆の前で妻を蛇呼ばわりしたこと［「言うな」の禁忌の違反］であ

図56　大歯のジョフロワがマイユゼの僧院を焼き討ちする（印刷本『麗わしのメルジーナの物語』1478年版・第148葉の木版画）

る。大歯のジョフロワはしたがって、両親の悲劇に積極的に関与しており、母が蛇に変身することの責任を一部負っている。しかし、オセットのエピソードは魔法の歯のモチーフに新たな光を投げかけ、メリュジーヌ物語のこれまでなおざりにされてきた解釈を提示している。ジョフロワの歯は超自然的な誕生の証であり、類いまれな力を象徴する補助的な魔術品でもあるが、アルグィズの歯と同じように男性の欲望のメタファー、激しいリビドーを表しているのかもしれない。しかし、ジョフロワの血気はもっぱら戦いに向けられており、女性には見向きもしない。このように、父レイモンダンが禁忌に背くことで示したのと同様に、ジョフロワも女性を拒絶する。禁忌と違反は性愛に関わるものなのだろうか？　息子と父は道徳的なタブーを犯したのだろうか？　メリュジーヌは両性具有者[18]、つまり性愛の相手をまったく必要とない（男でも女でもある）2重の存在として解釈されることもあるため、このように問う価値が十分にある。メリュジーヌ神話は、完全な男性社会というユートピアの実現性が低いのに対し、（メリュジーヌを支配者とする）完全な女性社会というユートピアが逆に十分に考えられうることを独自の形で示唆しているように思われる。この神話のメリュジーヌはそもそも、人間生活から離れた海の彼方にある遠い国で生活を続けているため、死ぬことはないのである。

5. 禁　　忌

メリュジーヌの母が定めた掟によれば、レイモンダンに支配権と豊穣を贈与することは、彼が禁忌を守ることと結びついていた。妖精とその夫との間で交わされた取り決めに従い、超自然的な光景を見たり暴露したりすることは禁じられていた。14世紀末に書かれたメリュジーヌ物語群以前の複数の文献でも、このモチーフは取り上げられている[19]。

ティルベリのゲルウァシウス［『皇帝の閑暇』］によると、ルーセ城の貴婦人は夫のレイモンが彼女の裸体を見るのを控えるならば、望みうるだけの繁栄を与えると約束した[20]（図57）。ジャン・ダラスは『メリュジーヌ物語』の序で、この作品についてはっきり記している。さらに、レイモンとメリュジーヌの夫

図57　城の貴婦人の飛翔　ティルベリのゲルヴァシウス『皇帝の閑暇』第3部所収「エペルヴィエ城の貴婦人」によると、夫とその家臣に引き留められた城の貴婦人は、悪霊に連れられて飛び立つ。

の名［レイモンダン］の類似にも注目すべきだろう。類例は他にもあり、ジョフロワ・ドーセールの『黙示録注釈』では、ラングル司教区の領主と妖精の間で交わされた取り決めが暗に示されている[21)]。この文献によると、妖精が領主のもとを離れたのは、「夫に非難され、蛇の姿で水浴中に召使い女に取り押さえられたから」だという。ウォルター・マップの『宮廷人の閑話』に登場するエドリクス・ヴィルデ（野人エドリクス）が連れてきた女性は、3日3晩沈黙を守った後で言葉を発し、彼女の姉妹についても、彼女を見つけた場所についても決して質問しないよう求めた。これらの物語群に出てくるメリュジーヌ的な妖精すべてに共通しているのは、隠さねばならない秘密があることである。つまり、重要なのはパートナーに課される禁忌の形よりも、禁忌のモチーフそのものである。このモチーフがスキタイ人の物語に見つかるとしても、驚くにはあたらない。

メリュジーヌと関連した禁忌に透けてみえる自分の身を守るための禁忌という考え方については、英雄ヘミュツが妊娠する伝説の中でうまく説明されている。ヘミュツはソスランの兄弟であり、結婚相手が太陽神の娘にあたるアチュルフスやタパティーを思わせるような女性である。そのため彼の冒険は多くの点でメリュジーヌ伝説を連想させる。

ヘミュツは狩猟に出ていた。野ウサギを追いかけて仕留め、拾い上げようとした。しかし、野ウサギは生き返り、一目散に走り出した。それが3度続いた後、とうとう野ウサギは海の中へ飛びこんだ。すると水中から突如老人が現れて、ヘミュツを慰める。「この野ウサギは海神ドン・ベッテュルの実の娘で、わし自身は海神の召使いじゃ。1ヶ月後に戻ってくれば、お前はこの娘と結婚できるじゃろう。」

実際に1ヶ月後、ヘミュツは類いまれな美貌を持つ乙女と結婚する。

彼女は太陽光線と月明かりを合わせたほど眩いばかりに美しかったので、すべての人を魅了した。しかし、ドン・ベッテュルはこう警告する。娘は海亀の甲羅を着ていないと地上の暑い気候では生きていけないので、脱ぐのは夜間に眠る時だけだという。ヘミュツはこの条件を受け入れる。

ある日、狡猾なシュルドンが甲羅を脱いだ主人の妻の姿を見たいと考えて、2人の寝室に身を隠した。夜の間にシュルドンは海亀の甲羅をつかみ、それを火に投げこんで燃やしてしまう。体を覆うものを失ったドン・ベッテュルの娘は、ヘミュツのもとを永遠に離れざるをえなくなるが、妊娠していたために胎児を夫の体に移してから姿を消す。胎児がヘミュツに移ると、ヘミュツの背中に瘤ができた。9ヶ月後にその瘤の切開が行われ、そこから全身が真っ赤に燃える赤子が飛び出してきた。この赤子こそ、鋼の英雄バトラズである[22)]。

この物語には、『メリュジーヌ物語』を彩る重要なモチーフがすべて見つかる。ヘミュツは、不思議な狩猟と先導役の動物に助けられて、妻となる女性に出会う。妖精と英雄は名門一家の祖となり、2人の子供バトラズには明らかに超自然的な出生のしるしが認められる。さらに、ヘミュツとドン・ベッテュルの娘の生活は禁忌で縛られている。ヘミュツの話の唯一の目的は息子を誕生させることであり、後継者を妊娠する父の姿はこの場面の神話的な性格を際立たせるとともに、おそらく太古の諸信仰を示している。君主と超自然的な存在との儀礼的な結婚は、一門の存続、民衆の繁栄、大地の豊穣を約束する。この時、妖精が宇宙の諸力と人間の共同体とを仲介する役割をしている。しかし、妖精は距離を保たなければならない。ドン・ベッテュルの娘の被る海亀の甲羅のように、蛇の尾はメリュジーヌにとって他者性のメタファーであり、人間界でずっと暮らすことができないことを表している。レイモンダンがこうした差異を尊重する間は、妖精は彼にあたう限りの恩恵を授ける。逆に、彼が禁忌を破るとまたたく間に彼の富は消え去り、妖精は彼のもとから永久に去らなければならなくなる。

6. 蛇・人魚・太陽

禁忌が破られると、メリュジーヌは動物の姿に戻る。

> そして彼女は悲しげに泣き、嘆息をもらすと、宙に浮かんで窓から離れ、果樹園を越えた。その身体は、15フィートの長さの大きくて幅のある雌蛇に変わっていた。皆さんもご存知のとおり、彼女が足をかけた窓の石が今も残っており、そこには足跡がはっきりと刻まれている[23]。

ここでは、2つの神話的属性がメリュジーヌの特徴となっている。彼女は尾があるために蛇（あるいはもっと正確に言えばドラゴン）の姿に似ており[24]、翼があるために鳥のように飛ぶことができる。半ば人間女性、半ば動物である彼女は、不可思議な世界へ戻った後もこうした人間と動物の両価性を保ったままである。ギリシア神話に登場するアテナイの建設者にして最初の神話の王ケクロプスは、半ば人間、半ば蛇の姿の混成的な姿をしている。同じように、豊穣と愛の女神アプロディテには、象徴として蛇の尾がある。これらのモチーフが町や一門を創り上げたこうした神々と符合するのは、おそらく偶然ではない。しかしながら、メリュジーヌが蛇の尾により大地と、翼により空と関連しているとしても、彼女は水の中から生まれている。そして毎週土曜日に（水浴の時に）水に触れることで原初の姿に戻る。レイモンダンが彼女に出会ったのは泉の近くであるため、彼女は最後の変身をした後、空を飛んで原初の海へ戻ったと推測できる。以上のことから、魚と関連したメリュジーヌの名のさまざまな形を軽視すべきではないだろう。ロレーヌ地方のサン＝ディエには、11世紀から人魚がいるという噂があった。この人魚は「メルリュッス」（merlusse）と呼ばれ、この地区の領地の名となった[25]。民話、地名、ロマネスク期の図像により、この人物は現実的な輪郭を持つようになった。だからといってメリュジーヌの出身地がこの地方に限定されるということにはならないが、少なくともヴォージュ県のこの地方にメリュジーヌ型の物語は存在し、今でも実際に読むことができる。メルリュッスという名は、メルルーサ［タラ科の魚］とのつながりを示しているが、この魚は周知のとおりメルラン［英語名マーリン］という人物とも関連がある（メルラン Merlin の名は、語源的には「水の中に住んでいる者」を指す）[26]。メルランと同様、メリュジーヌも占術と魔術に長けており、変身能力がある。日本でも周知のとおり、トヨタマヒメは「ワニ」（「サメ」）の姿になって異界へ戻って暮らす[27]。海はここでも、超自然的な存在にとっての最後の隠れ家となっている。

スキタイの伝承では、同じ関係が4大元素（水、土、空気、火）によって生じている。太陽神の娘にあたるアチュルフスとタパティーは、天空の火を擬人化した人物である。海中からやってきたへミュッの妻が天空の王国にも属しているのは、物語が「彼女は太陽光線と月明かりを合わせたほど眩いばかりに美しかったので、すべての人を魅了した」と述べていることから分かる。この物語の彼女がへミュッとの間にもうけた英雄バトラズは、生まれた時、真っ赤に灼熱していた。このように、英雄の冒険は、メリュジーヌ型の物語の図式をはっきりと思い起こさせるものである。ここには変身のモチーフも見られる。

　とても暑かった日に、ソスランは再び狩りをした。ある湖のほとりで、水を飲みに獣が来るのを待ち構えていた。突然、1頭のダマジカが近づいてきた。そのダマジカは比類のない美しさで、「朝の星」のように輝いていた。ソスランがこの獣を仕留めようとすると、獣は美しい乙女に変身し、こう言った。

「こんにちは、ソスラン！　何年も前からあなたを待っていたの！　今すぐ私を妻にしてちょうだい！」

　若き英雄は拒み、妖精をののしる。すると妖精が広げた両腕は翼になり、空へ飛び立った。遠ざかりながら彼女は、こう叫んだ。

「勇者ソスラン、私はバルセグの娘よ。これからあなたに何が起こるか、今に分かるわ！」

　バルセグは太陽に仕える陪神的存在で、太陽と同じように、天空の車輪だけでなく光のない車輪も持っていた。バルセグはソスランを罰するためにこの車輪を投げつけ、ソスランの両脚を切り落とした[28]。

このように、バルセグの娘は水辺に地上の獣の姿で現れ、両腕を翼に変えて空へ飛んでいく。そのため、メリュジーヌと同じく水界、地界、天界のいずれにも関係していると考えられる。インドのタパティーとオセットのアチュルフスのようにバルセグの娘も「太陽」の娘であり、天上の火の性質を帯び、周囲を照らし温める。メリュジーヌの太陽の（さらには灼熱の）性質[29]は、ジャン・ダラスがその形容に用いた「人魚（シレーヌ）」という形容語に表れている（図58）。メリュジーヌは1年で最も暑い時期に姿を見せるため、ポワトゥー地方にとっての太陽、すなわち繁栄と豊穣をもたらす存在となっている。そして権勢を誇る一門と大地を生み出すが、その大地は彼女なしでは肥えることはない。それだけではない。昼の後には必ず夜がやってくるし、火は灰を生み出す。もちろんメリュジーヌは太陽だが、すべての命がその下で燃え尽きる運命の黒い太陽でもある。ジョルジュ・デュメジルはこうした2重性がソスランにあることを適確に指摘したが、このことをあらゆる神話的な人物にも一般化できるかもしれない。

図58　レイモンダンに裏切られた後、末っ子に乳を与えに戻ってきたメリュジーヌ　人魚姿のメリュジーヌを描いた最古の写本挿絵（フランス国立図書館蔵フランス語写本12575番・第89葉）

> ソスランが出会った2頭の動物は、いずれも天上の若い娘、つまり太陽の娘［アチュルフス］とバルセグの娘が動物に変身した姿だった（中略）。しかしこの2つの出会いは、愛と憎しみ、幸福と不幸、結婚と殺害という対照的な結末を招いた[30]。

同じような反転が、メリュジーヌにも見られる。レイモンダンに恩恵を与える彼女が姿を消すと、一門全体が没落する。不可思議な存在が動物に変身すると、その存在がもたらした幸運も同時に消え去り、破滅へと向かう力が戻る。人間男性の罪で幸運な時期は終わり、妖精の周囲に集まっていた土、空気、火をかろうじて安定させていたバランスが決定的に壊れてしまうのである。

7. おわりに

女性・男性・権力・支配権。これらこそがメリュジーヌ神話の主要な軸である。事実、ここでは禁忌という問題をめぐって、男性の権力と女性の権力が妥協することなくぶつかりあっている。メリュジーヌ神話は実際ほとんど変わることなく、（禁忌が守られている限り）女性が支配するタイプの社会から、男性の支配がより強くなるタイプの社会への移行について語っている。また原初の母権制の敗北とさまざまな社会の父権制への移行についても、少なからず語られている。女性は禁忌に助けられ、夫に対して権力を振りかざすことができた。禁忌を課すことは、その禁忌に関わる人をみずからの権威下に置くことである。メリュジーヌのケースでは、女性の権力は妖精の特権が尊重される限り重視された。逆に、レイモンダンが禁忌を破るとすぐに、男性が権力を再び取り戻した。アンドレ・ブルトンはこのような意味からメリュジーヌ神話を分析し、「絶叫したあとのメリュジーヌ、下半身のメリュジーヌ」についてこう述べている。「そうだ、常にそれは失われた女性、男性の想像力の中で歌う女性、しかし、彼女への、また彼への、言うに言われぬ試練のあげくに、ふたたび見つけられる女性でもあらねばならない。しかも、何よりもまず、女性は自分自身を再発見しなければならない。一般に、女に向けられる男の視線が女を地獄へ引き渡すことになりながら、しかも彼女を救う手段もろくに持たずにいるとき、そのような地獄の数々を通して、女性はみずからを再認識しなければならないのだ」（入沢康夫訳）[31]。

注

1） Hartog, F. (1980).
2） Schiltz, V. (1975).
3） Dumézil, G. (1983). Dumézil, G. (1965) の中で紹介されている文献も参照。
4） Lecouteux, C. (1978). Lecouteux, C. (1999b) も参照。
5） ウォルター・マップ『宮廷人の閑話』の現代フランス語訳を参照（Gautier Map, *Contes de courtisans,* traduction du *De nugis curialium* par M. Pérez, Lille, 1987）。
6） 『グラアランの短詩』と『ガンガモールの短詩』の原文と現代フランス語訳は、フィリップ・ヴァルテール編『中世の短詩』を参照（*Lais du Moyen Âge,* édition et traduction sous la direction de Ph. Walter, Paris, Gallimard, 2018, Bibliothèque de la Pléiade, p. 688–725 et p. 378–411）。
7） *Partonopeu de Blois,* édition de J. Gildea, Villanova (Pennsylvanie), 1967–1970, 3 volumes.
8） このソスランの話の要約は、Dumézil, G. (1983), p. 134–137 による。
9） Walter, Ph. (2002b).
10） ジャン・ダラス『メリュジーヌまたはリュジニャンの高貴な物語』のテクストは、ジャン＝ジャック・ヴァンサンジニの校訂本による（Jean d'Arras, *Mélusine ou La noble histoire de Lusignan,* éd. et trad. de J. J. Vincensini, Paris, Livre de Poche, 2003）。ここでの引用箇所は p. 135–137。
11） Le Goff, J. (1977).
12） この話は Lecouteux, C. (1994), p. 43–45 にも紹介されている。
13） この文献の現代フランス語訳は、Brossard-Dandré, M. et Besson, G. (1989), p. 27–28 を参照。
14） Philippe Mousket, *Chronique rimée,* éd. de Reiffenberg, Bruxelles, 1836, p. 243–250 (collection des chroniques belges, t. 2).
15） Dumézil, G. (1983), p. 125–133.
16） Jean d'Arras, *Mélusine,* éd. et trad. de J. J. Vincensini, *op. cit.*, p. 295.
17） Dumézil G. (1984), p. 109.
18） Markale J. (1983).
19） クロード・ルクトゥーの古典的な研究『メリュジーヌとハクチョウを連れた騎士』（Lecouteux C. (1982)）を参照。
20） ルーセ城の貴婦人の話の現代フランス語訳を参照（Gervais de Tilbury, *Le*

Livre des Merveilles, traduction d'A. Duchesne, Belles Lettres, 1992, p. 148－150)。

21)　注12) を参照。

22)　ヘミュツが妊娠する伝説の要約は、Dumézil, G. (1983), p. 214による。

23)　Jean d'Arras, *Mélusine,* éd. et trad. de J. J. Vincensini, *op. cit.*, p. 705.

24)　実際にロランス・アルフ＝ランクネールが指摘しているように (Harf-Lancner, L. (1984), p. 166)、「中世期の語彙では、蛇とドラゴン、大蛇（ギーヴル）と鎖蛇（ヴィペール）の間でよく混同が起きている」。

25)　Wadier, R. (2004), p. 78.

26)　Walter, Ph. (2000).

27)　Shinoda, Ch. (2001).

28)　Dumézil, G. (1983), p. 138.

29)　André Breton, *Arcane 17* [1944－1947], Paris, Jean-Jacques Pauvert, 1971, p. 78－79に、"Elle est la Canicule ou Sirius"（「それは「天狼星」またの名「シリウス」」［アンドレ・ブルトン（入沢康夫訳）『秘法十七』人文書院、1993年、p. 98］という一節がある。Gaignebet, C. et Lajoux, J. D. (1985), p. 137－151も参照。

30)　Dumézil, G. (1983), p. 139.

31)　原文はAndré Breton, *Arcane 17* [1944－1947], Paris, Jean-Jacques Pauvert, 1971, p. 64による［邦訳は前掲書・入沢康夫訳『秘法十七』、pp.79－80］。

第3部

異界にある女神の住処

第7章

神聖な機織り場の神話
(ホメロス、『古事記』、クレティアン・ド・トロワ)

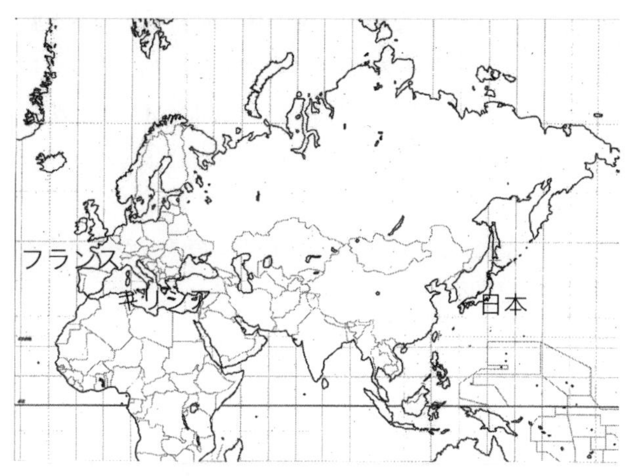

この章で扱われている主な国や地域

『古事記』の天の岩屋神話には、スサノオが逆剝ぎにした馬を投げ入れる機織り場が登場する。高天原にあるこの神聖な場所で、機織り女は神々に捧げる衣を織った。この場所は、ホメロス作『オデュッセイア』が描く織女としてのニンフの洞窟や、「聖杯伝説」の契機となったクレティアン・ド・トロワの遺作『グラアルの物語』に出てくる深紅の布を織る貴婦人たちの城と似ている。本論のもとになったのは、2012年9月1月に千葉文化センターで開催された比較神話学シンポジウム「異界と常世」での報告である。

1. はじめに

異界のテーマは、中世フランス文学にあまねく見受けられるが[1)]、なかでもアーサー王物語において顕著である。フランソワーズ・ルルーとクリスティアン・ギュイヨンヴァルフが指摘したように、異界はケルト諸語で「シード」と呼ばれ、異界の男神や女神の《住まい》を指している[2)]。ケルトの異界を詳しく描いた（非文学的な）資料はないが、魂が舟で異界へと向かう旅を描いた古代末期の文献は存在する。中世フランス文学の作品では、大まかに見ると異界は３つの異なる空間に位置づけられている。それは、1）日が沈む方角にある世界の西方（ここへは海を旅することでたどり着く）、2）湖の中か海の中（偶然入口が見つかれば入れる）、3）丘の中や（《墳丘》や《墳墓》と呼ばれる）塚の下。ここでは特に、こうした超自然的な場所に住む人々の多くが従事する、糸紡ぎと機織りに注目すべきだろう。

2. クレティアン・ド・トロワが描く女性の楽園

クレティアン・ド・トロワ（図59）作『グラアルの物語』［未完作品、1181～1190年頃］は、騎士ゴーヴァン［英語名ガウェイン］の異界での旅を描く途中で中断している[3)]。［作品後半の］ゴーヴァンの冒険についての研究が、作品前半のものに比べてはるかに後れを取っているのは、字義どおりの解釈を行った場合に多くの問題が出てくるからである。ゴーヴァンは、船頭（［ギリシア神話の］カロンに匹敵する渡し守）が操る小舟に乗って川を渡り、大理石でできた不思議な館を見つける（図60）。この城館の窓は500あり、すべて開け放た

図59　クレティアン・ド・トロワを描いた版画（1918年にパリのパイヨ書店から刊行された『ペルスヴァル』の挿絵）

れ、そこから姿が見えるのは盛装した貴婦人や乙女だけだった。その館には３人の妃が住んでいた。３人のうちの１人は、髪を編んで垂らしていた。これは、異界に住むこの貴婦人たちの主な仕事が糸紡ぎと機織りであることを前もって示している。ロッシュ・ド・シャンガン（写本の中にはロッシュ・ド・サンガンという異本もある）と呼ばれるこの城では、布地は血の色に染められていた。

図 60　貴婦人たちの城で騎士ゴーヴァンが経験する試練（左は「不可思議の寝台」で矢の攻撃を受けるゴーヴァン、右はライオンと戦うゴーヴァン）（フランス国立図書館蔵フランス語写本 12577 番・第 45 葉）

あの城の名は、もしご存知ないなら、
ロッシュ・ド・シャンガンというのです。
そこでは多くの良質の布を真っ赤な血の色に、
また多くの布を深紅の色に染めるので、
そこでは布の売買がさかんに行われているのです[4)]。（第 8816 ～第 8820 行）

ギヨ・ド・プロヴァンが筆写した写本［フランス国立図書館 794 番写本］によると、城の人々は布地を《染めている》(teint)。ウィリアム・ロウチが校訂した別の写本［フランス国立図書館 12576 番写本］の第 8819 行には、「そこでは多くの深紅の布を織っている（tist)」という異本が見つかる[5)]。この異本では、もはや染色は問題とされず、機織りのほうが重視されている。しかし、この２つの異本のいずれかを選ぶ必要はない。古代および中世のさまざまな信仰の文脈に置き直してみれば、これら２つの異本には矛盾がまったくないからである。

3. 機織り妖精の館、あるいは運命の国

機織りの象徴体系は、妖精（およびその雛形にあたる女神）が古くから織物や糸とつながっていると分かればはっきりする（図61）。［ギリシア神話の］運命の3女神モイライ［モイラの複数形］のうち、クロトは糸巻き棒を持ち、生まれた子供の運命を紡ぐ。ラケシスは糸巻きを回して、生命の糸の長さを決める。アトロポスは糸を切り、死の時期を定める。妖精は、アリアドネ（図62）、ヘレネ、ペネロペ（図63）、アラクネや他の多くの女性と同じく織女である[6]。生命を紡ぐために使われるこの糸が後に染色の対象となりうることは、この先の議論を読めば分かるだろう。

図61　糸紡ぎを行うモイライ（フランス国立図書館蔵フランス語写本143番・第14葉裏）

［ロッシュ・ド・シャンガンに住む］3人の《妖精》の中に、アーサー王の母イジェルヌ（Ygerne）がいる［他の2人は、ゴーヴァンの母と妹のクラリッサンである］。このイジェルヌという名は、イグレーヌ（Ygraine）［英語名イグレイン］という異本によって、野生の「雁」を指す古アイルランド語「ギグラン」(gigren) と関連づけられる[7]。この3人のケルトの妖精はイジェルヌを中心に集まっており、イジェルヌがこの3者1組の代表格となっている。3人は神話上の鳥女の部類に属していて、類例としては北欧神話のヴァルキューレがあげられる。ヴァルキューレの中に、スヴァンフヴィー

図62　糸巻き棒を持ったアリアドネ テセウスのお供をした3人の糸紡ぎ女 アンフォラ（両耳つきの壺）（前560年頃）

図63　ペネロペとテレマコス（アッティカのワイン用杯、前440年頃）

ト（《ハクチョウのように白い》）という名が見つかる[8]。鳥の名を持つスヴァンフヴィートは、天馬に乗って空を駆けることができる。ケルトの妖精は、誰よりも闘志を燃やしていて熱意あふれる最良の戦士ゴーヴァンを、北欧神話のヴァルキューレと同じようにヴァルハラのような自分たちの館へ迎え入れる。

3者1組をなす鳥女は、北欧神話では『ヴェルンドの歌』（11世紀～13世紀の作）に登場する。鍛冶師ヴェルンドとその2人の兄弟［スラグフィドとエギル］は、湖の岸辺で亜麻を織る3人のハクチョウ女を見かけ、羽衣を奪って隠す。逃げる手段を失った3人の女は、3人兄弟と結婚せざるをえなくなる。［『ニャールのサガ』第157節によると］ヴァルキューレは「槍の短詩」を歌いながら、人間の運命を表す布を織る。このように、ヴァルキューレが作動させる運命を、ヴァルキューレ自身が具現している。

いとおおいなる機織台が立てられたり
戦士らの死を告ぐるため
血の雨が降る
（中略）
この織物は人の首を錘（つむ）にし
人の腸より織らる
血まみれの槍が糸巻き棒となり
おさは鉄をそなえ
矢は梭（ひ）に代り
剣が打板となる
（中略）
織らん　織らん
オーディンの織物を[9]（谷口幸男訳）

ロッシュ・ド・サンガン［「血の岩山」］という城の名の意味は、このように北欧神話と比較することにより、さらにはっきりと理解できるようになる。この特殊な場所では、人間の肉と血液が使われている。そこでは、人間の身体は肉と血の服の中に具現されている（あるいは生まれ変わっている）。織女（ゲルマン神話のヴァルキューレや『グラアルの物語』の3人の貴婦人）は、パルカエ［パルカの複数形、ローマ神話の運命の女神］のように、ただ単に人間の運命の糸だけではなく、時間の本質そのものも紡ぐ。1年の決まった時期と結びついた糸紡ぎや機織りの象徴体系[10]が当然思い出されるだろう。また、織女が住む不思議な館も、戦闘で落命した特に勇敢な戦士が住む異界の館ヴァルホル（またはヴァルハラ）を連想させる（図64）。ヴァルハラの支配者は最高神オーディンであるが、そのまわりに集う英雄は皆、この世の終末にやってくるフェンリル狼との対決にそなえて日々鍛錬している。実際に、『グリームニルの歌』に次の一節がある。

図64　ヴァルハラに到着した戦士を出迎えるヴァルキューレ（ゴットランド島の8世紀の記念碑、スウェーデン国立歴史博物館蔵）

> ヴァルハラには540の扉があるように思う。狼との戦いに赴くときには、1つの扉から800人の戦士が一度に打って出るのだ。（谷口幸男訳）

『グラアルの物語』が描く館は、窓の数を始めとして、北欧神話のヴァルハラと見事に対応している。こうした類推をさらに進めれば、クレティアン・ド・トロワの描く不思議な館に住む女が、ヴァルキューレのケルト版であることの裏づけとなるだろう。

4. ホメロスと機織りニンフの洞窟

運命の岩山の上にそびえたつ異界の城には妖精が住んでいるが、この妖精のモチーフ群の検討は慎重に行わなければならない。（異界、血液、機織り、妖精などの）こうしたモチーフ群はギリシアの有名な文学作品にも見つかるが、この観点から12世紀の『グラアルの物語』と比較されたことは1度もない。それも当然のことである。中世ヨーロッパではホメロスの『オデュッセイア』のギリシア語原典そのものが読まれていたわけではないため、フランスのシャンパーニュ地方出身の作家［クレティアン・ド・トロワ］に《直接の影響を与えた》はずがない。しかしよく知られているように、ジョルジュ・デュメジルが中心となって進めてきた比較神話学というのは、《比較文学》や相互に《模倣》しあう可能性のあった文献の比較ではない。デュメジルの労作が明らかにしたとおり、さまざまな文化（たとえばゲルマンとケルト）は、さらに古い共通の神話の遺産から分化しつつ同時に進展した。ヨーロッパの主要な言語や文化（ケルト、北欧、ラテンなど）の枝分かれが起こる以前の古層の神話伝承に共通するこうした中核部分には、「インド＝ヨーロッパ」という呼称がつけられている。言語学的にも同様の観点に立てば、インド＝ヨーロッパ諸語（ラテン語、ケルト諸語、スラヴ語、北欧語）は、一方が他方から生まれたのではなく、共通の祖語から派生したと考えられる。共通の祖語により、これらの言語間に見られる語彙、形態、統辞の共通点と相違点が同時に説明可能となる。

図 65　かに座の夏至の扉（18世紀の天文学書）　後ずさりするかには、夏至を境に日が徐々に短くなっていくことを表す。

オデュッセウスは［故郷の］イタケに到着すると、持っていた財宝を洞窟の中に隠した。その洞窟には２つの入り口があり、１つは北に、もう１つは南に向いていた。この２つの扉は、夏至と冬至に太陽が通過する扉である（それぞれ「かに座」の扉と「やぎ座」の扉に相当する）（図65、図 66）。洞窟の中では、ニンフたちが石の機織り台で紫色の布を織っていた。クレティアン・ド・トロワが描く妖精の女王たちの館は、ホメロスが描いた有名なニンフの洞窟と似てい

図 66　やぎ座の冬至の扉（18世紀の天文学書）　冬の扉から飛び出してくるやぎは、冬至を境に日が徐々に長くなっていくことを表す。

る。実際に『オデュッセイア』（第13歌の第102行〜第112行）には、ナイアデス［ナイアスの複数形］と呼ばれるこうしたニンフを機女として描いた一節がある。

> 入江の奥の行き着いたところに、一本（ひともと）の葉の長いオリーヴの樹があり、その樹に近くほの暗く心地よい洞窟があって、これはナイアデスと呼ばれるニンフたちの聖域である。洞窟の中には、石の混酒器や把手2つの甕がいくつもあり、蜜蜂がそこに巣くって蜜を貯える。また石で造った巨大な機（はた）もあり、ニンフらはここで、紫色に染めなした目もあやな布を織る。また涸れることなき水も湧いている。洞窟の入口は2つあり、1つは北に向ってこれは人間の通路であり、もう1つは南に向って神のみが用いる。人はここから入ることはなく、これは神々の通路である。（松平千秋訳）

ホメロスではこのニンフの織る布が紫色に染まっているが、クレティアン・ド・トロワでは織った布を染める城はロッシュ・ド・サンガン［「血の岩山」］と呼ばれている。この血のような赤色をめぐる2つの伝承を合わせることで、人間の《加工》を暗示する神話の古層が明らかになるだろう。クレティアン・ド・トロワがホメロスの作品を読んだことはなかった。しかし、運命をつかさどるこの女神が異界の住まいにいたという同一の神話を、ギリシア人やケルト人が知っていた可能性も十分ある。女神は、（ケルト人には）母神、（ギリシア人には）ナイアデスやモイライ、（北欧人には）ヴァルキューレと呼ばれていた。この点については、古代後期の詩人・哲学者（ポルピュリオス）がホメロスの作品に施した素晴らしい注釈を読み直す必要があるだろう[11)]。ポルピュリオスは新プラトン主義的な観点から、そこに受肉のアレゴリーを見出した。つまりニンフの洞窟は人間の生成が行われる場所であり、石は身体の骨格を、紫色の布は肉と血液を表しているのである。

受肉を求める天上の魂は、こうした場所でやがて腐敗する物質の中に入りこみ、地上での運命を約束される。民俗学者ピエール・サンティーヴは、呪術的・宗教的な諸信仰（ディオニュソス、ミトラ、キュベレ、アドニス）からベツレヘムの洞窟に至るまでの、洞窟が通過儀礼を表すことの象徴的意味を明らかにした。サンティーヴは洞窟を《さまざまな儀礼伝承に不変のもの》と結論し、根強く存続してきたこの象徴的意味のうちに、《人間精神を構成する法則の1つ》を認めた（カール・グスタフ・ユング［1875～1961年、スイスの心理学者・精神医学者］なら、これを元型的反射と呼んだことだろう）。クロード・ゲニュベは、サンティーヴのこの著作の再版に寄せたあとがきの中で、緋色染料発明の神話について述べている（ポルピュリオスの名には緋色染料の名が含まれている［フランス語でポルピュリオスはPorphyre、緋色染料はpourpre］）。テュロスの人々の聖なる物語によると、緋色染料を牧人の犬が発見したのは、犬がアクキ貝を割り、その染料が顔について取れなくなったからだという[12)]。人々はこのように染料の技術を学んだそうである。ロッシュ・ド・サンガンでは、緋色染料の代わりに血液が使われ、糸を同じただ1つの色で染めた。これは錬金術によるものだろうか？［「赤」は錬金術において重要な色であり、クレティアン・ド・トロワ作『グラアルの物語』でもホメロス作『オデュッセイア』でも、織布は緋色（濃く明るい赤色）に染められている。］

時間と関連した糸紡ぎや機織りのこうした象徴体系については、ジルベール・デュランが見事に分析している[13)]（図67）。デュランは、一連の言語学的な用例に依拠して語源から検討することで、言葉に古い神話的な概念の痕跡が残っていることを明らかにした。「《創始する》《始める》を指すラテン語《オルディーリー（ordiri）》、《エクソルディウム（exordium）》、《プリーモルディア（primordia）》は、機織りの技に関連した言葉である。《オルディーリー》はもともと、織物の輪郭をつくるために経糸を張ることを意味していた」[14)]。デュランはまた次のように指摘している。「アレクサンダー・ハガティー・クラップ［1894～1947年、アメリカの民俗学者］は《運命》を意味する言葉の語源を明らかにした。《運命》を指す言葉（中高ドイツ語《ウウルト（wurt）》、古ノルウェー語《ウ

図67　羊毛を使った作業（アッティカの香油入れ壺、前550年頃）

ルドゥル（urdhr）》、アングロ＝サクソン語《ウィルド（wyrd）》）は《回転する》を指すインド＝ヨーロッパ語《ヴェルト（vert）》に由来し、そこから派生したのが《糸巻き》《糸巻き棒》を指す中高ドイツ語《ウィルト（wirt）》や《ウィルトル（wirtl）》、《回転する》を指すオランダ語《フォルウェレン（vorwelen）》である」[15]。これらの事実は少なくとも、神話の構造が言語の中に組みこまれていることを示している。語源の多くは、我々の話し方を作り上げた（合理的でない）象徴的な思考のもとになっている、原初的なカテゴリーへ遡るための手段なのである。

5. 日本神話における神聖な機織り場

機織りと糸紡ぎの同じ象徴体系が、日本最古の神話にも見つかる[16]。実際に『古事記』によれば、［姉アマテラスの治める高天原へ行き、天の安河で誓約を終えた］スサノオはまずアマテラスの田を破壊した。次に神聖な機織り場（《忌服屋（いみはたや）》）の屋根に穴をあけ、そこから逆剝ぎにした馬を投げ入れた。馬に驚いた天の機織女の1人はそのせいで、機織りの道具である梭（ひ）を陰部に突き刺して亡くなった。この乱暴を目の当たりにしたアマテラスは、すぐさま天の岩屋の中に入り、しばらく閉じこもる。『日本書紀』でもこの同じ話が取り上げられているが、これを紹介する異本の1つでは、アマテラス自身が梭で怪我を負っている[17]。

有名な織姫と彦星の話（七夕）だけでなく、数多くの民話が伝えているように、機織り女は「天女」である。「鶴の恩返し」[18]の話はこの点がはっきりしているが、それは機織りと鳥女の行う超自然的な技が関連づけられているからである。若い農夫が矢で傷ついた鶴を助けると、その正体は実は天女だった。天女はその後、若い女性の姿で命の恩人のもとに戻り、契りを結んで夫に仕える。妻は夫に機織り台が欲しいと頼み、夫に1週間妻の姿を見ることを禁じる。女が織った不思議な布はとても高く売れたので[19]、翌日に妻が再び機織りを始めると、夫は妻の仕事が気になりつい覗いてしまう。すると、白い鶴が引き抜いた自分の羽根を織っていた。そして若い妻は姿を消し、2度と戻ることはなかった。

ところで、『古事記』と『日本書紀』の梭(ひ)の挿話は何を表しているのだろうか？　ここでは、季節交替の神話を援用しながら、暦に基づく解釈を提案したい。スサノオは、神聖な機織り場へ逆剝ぎにした馬を投げ入れる前に、アマテラスが大嘗祭を行う御殿に糞を撒きちらしている。この大嘗祭と関連した「稲刈り」は、秋に行われている。また、皮を剝がれて生贄にされる馬の神話として知られるものは、古代インドの神話（アシュヴァメーダ）や、同時期のローマにもある（「10月の馬（オクトーベル・エクウス）」）[20]。太陽女神であるアマテラスが天の岩屋の中に引きこもったのは、（太陽が姿を消す）冬が始まる頃だったのではないだろうか。つまりこの日本神話は、（太陽が姿を隠す時期にあたる）冬の始まりを示唆しているのではないだろうか。この神話は、スサノオが数々の悪行に及んだ後、太陽女神がこの世から一時的に身を隠すことにした時期を指すものなのかもしれない[21]。

こう考えれば、梭のモチーフを「眠れる森の美女」の糸巻き棒のモチーフとして解釈できるようになる。王夫妻に娘が生まれ、宴の席で将来娘は糸巻き棒で怪我をすると予言される。ピエール・サンティーヴが提案した解釈によれば、ペローの童話では糸紡ぎや機織りと関連した冬の儀礼が考慮されている。サンティーヴは特に、1年の決まった時期に糸紡ぎや機織りが禁じられていた例をあげている。「糸紡ぎをすると、再生の時期、つまり新年の第一歩にブレーキをかけるおそれがある」[22]。糸紡ぎや機織りは、時間の流れに共鳴する往復運動である[23]。糸紡ぎや機織りを行う女性は誰もが妖精であり、運命だけでなく生命の秘密をも支配する存在である（図68）。特に、異界の住まいである《神聖な機織り場》に流れる宇宙的な時間を支配している。日本神話において機織女の1人が怪我で息絶える時とは、宇宙的な時間の継続が脅威にさらされる時のことである。つまり、宇宙的な時間の糸が切れてしまい、太陽女神が身を隠すのである。世界が混沌として危機的な状況に陥ったために、陽気なお祭りを催して太陽女神を

図68　糸紡ぎ女（アッティカの香油入れ壺、前470年頃）

天の岩屋から外へ引き出さなければならなかったのではないだろうか。そうすれば、世界は春の訪れとともに再生することができる。

ジャン・プシルスキー［1885～1944年、ポーランド生まれのフランスのインド学・仏教学者］によれば、モイライ（ギリシア神話の運命の女神たち）の一角を占めるアトロポス（Atropos）の名は語基 atro に由来するが、これはアジアの大女神の名アタル（Atar）に近いそうである[24)]。より最近の研究では、ピエール・レヴェックが、アマテラスとギリシアの女神デメテルとの間に、言語学のレベルではなく神話的なレベルで類縁性があると指摘している[25)]。母を指す言葉（サンスクリット語では原形が「マートリ（mātṛ)」、主格単数形が「マーター（mātā)」）に「母神」の名があると認められるなら、これら2つの仮説は矛盾しないと言えるだろう。母とは、自分の腹の中で子供の身体を《織りあげる》存在でもあるからである。

6. おわりに

機織りと関連した時間および宇宙の象徴的意味と、地上で人間がたどる運命に対して天の機織り女が及ぼす影響により、異なる時期に生まれたユーラシア神話の3つの傑作を結びつけることができる。ホメロス作『オデュッセイア』、『古事記』、クレティアン・ド・トロワ作『グラアルの物語』はいずれも同じように、異界を機織り女神の住む神聖な館だと定義している。機を織る女神は、宇宙と人間の布、すなわち時間と生命の連続性を保証する存在である。ユーラシア神話のこのモチーフは、想像世界（イマジネール）の人類学的構造が数千年にもわたってユーラシア大陸全域に共通して存在したことを証明している。また、ジルベール・デュランは「機織りと糸紡ぎの道具とそれが生み出すものが、普遍的に生成の象徴である」[26)]ため、この同じモチーフは普遍的な象徴の構造であり、ユーラシア大陸にとどまらないと主張した。この魅力的な仮説は、（他の3大陸に広がる）複数の言語・文化圏について体系的に検討することで、妥当か否かの判断が初めて可能になることだろう。

注

1) Jodogne, O.（1960）; Ueltschi, K. et White-Le Goff, M.（éd.）（2009）.

2) Le Roux, F. et Guyonvarc'h, C.（1986）, p. 281.

3) Frappier, J.（1972）, p. 213–254.

4) *Le Conte du Graal,* édité et traduit par D. Poirion, dans : Chrétien de Troyes, *Œuvres complètes,* Paris, Gallimard, 1994, Bibliothèque de la Pléiade, p. 901.

5) Chrétien de Troyes, *Le Roman de Perceval ou Le Conte du Graal* publié d'après le ms. 12576 de la Bibliothèque nationale par W. Roach, Droz et Minard, 1959.

6) Frontisi-Ducroux, F.（2009）.

7) Walter, Ph.（2002a）, p.107.

8) Boyer, R.（1980）.

9) Texte extrait de la *Saga de Njall le Brûlé* : Boyer, R. et Lot-Falck, E.（1974）p. 491–495.［邦訳は、谷口幸男訳『アイスランドサガ』新潮社、1979年、p. 840］

10) Scheftelowitz, I.（1912）.

11) Saintyves, P.（1918）.

12) Gaignebet, C.（1981）.

13) Durand, G.（1969）, p. 368–372.

14) *Ibid.*, p.371.

15) *Ibid.*, p.370.

16) Yoshida, A.（1961–1963）.

17) 神聖な機織り場についてのこの一節は、『日本書紀』巻第1第7段正文が伝えるスサノオの乱行の挿話に出てくる。しかし第7段1書第1では、アマテラスのために服を織っていたワカヒルメ（「若い太陽の女性」）が逆剝ぎにされた馬に驚き、持っていた梭で身を傷つけて亡くなっている。ワカヒルメが誰を指すかについては、『日本書紀』の新しい版（小学館「新編日本古典文学全集2」）の注によれば、断定は難しいがアマテラスの子か妹の可能性がある。第7段1書第2によると、スサノオは日神（ひのかみ）（＝アマテラス）が機織り場にいた時、生きたまま皮を剝いだ斑駒を投げこみ、神聖な機織り場を汚した。しかしこの異本では、梭による太陽女神の怪我や死については触れられていない。また第7段1書第3では、機織り小屋のことはもはや触れられておらず、スサノオの行った数々の悪行を強調するにとどめられている。

18) Coyaud, M.（1984）, p. 24–25.

19) 同じ話が、「ロレーヌ人のサイクル」に属する13世紀のフランスの武勲詩『エルヴィス・ド・メッス』(*Hervis de Metz*) に出てくる（フィリップ・ヴァルテールによる現代フランス語訳は、1984年にメッスのセルプノワーズ出版から刊行された)。

20) Dumézil, G. (1975).

21) ジャン＝ピエール・ジローが『神話の声・諸文明の学－フィリップ・ヴァルテール教授献呈論文集』の中で展開した説（Giraud, J.-P. (2012)）は、『古事記』の逆剝ぎにされた馬の挿話を冬至の時期と関連づけた私の解釈を、暗黙に裏づけてくれている。ジローの論考は、スサノオの乱行が日本の1年の「農耕のリズムを超越する宇宙論的な次元に」含まれている理由と、逆剝ぎにされた馬の挿話とその前後の挿話が暦の上で冬至を起点としている理由を明らかにしている。

22) Saintyves, P. (1987), p. 88.

23) Walter, Ph. (1997).

24) Przyluski, J. (1950), p. 172 (Durand, G. (1969), p. 370 からの引用).

25) Lévêque, P. (1998).

26) Durand, G. (1969), p. 369.

第8章

異界の女王

(『ガンガモールの短詩』、浦島伝説、ソーマデーヴァ)

この章で扱われている主な国や地域

中世フランス語で書かれた「ブルターニュの短詩」の1つ『ガンガモールの短詩』は、主人公が異界で3日過ごし、故郷へ戻ってみると300年経過していたという話である。これは日本の浦島伝説と驚くほど似ている。もちろん、両者に直接の影響関係はない。しかし、カシミールの詩人ソーマデーヴァが11世紀に著した王とその従卒が海底の国を訪ねる話を重ねて読んでみると、こうした「異界」訪問の物語のルーツは太古のユーラシア神話にあると想定することができる。本章ではこの問題を、富と豊穣と永遠が支配する「異界」の美しい姫君から考察している。本章は、本書のための書き下ろしである。

1. はじめに

12世紀にフランス語で書かれたブルターニュの短詩[1]（『ガンガモールの短詩』）と8世紀に作られた日本の長歌（「水江の浦島子を詠む一首」）（図69）は、未知の国への不思議な旅に我々を誘う。その国は、妖精の国、生きている死者や亡霊の国であり、あえてその中に入りこむ者は必ず罰を受ける。中世期のさなかにユーラシア大陸の両極で書かれたこれら2つのバージョンは奇妙なほどよく似ており、いずれも異界への旅について語っている。異界は、人間の運命を左右する超自然的な女性によって支配されている[2]。ユーラシア大陸の中央にあるカシミールでもよく似た物語の別のバージョンが見つかっていることから、神話が相互に密接につながっていると想定される。ユーラシア神話の存在は、この驚くべき符合のおかげで裏づけられる。ユーラシア神話が伝播し始めた場所は、極西と極東のほぼ等距離にあるインド亜大陸だったのかもしれない。

まずはフランスと日本の物語のうち、筋書きが詳しいフランスの『ガンガモールの短詩』を手短に紹介しよう。この短詩は、13世紀末に筆写された写本［フランス国立図書館新収1104番写本］が収録する「ブルターニュの短詩」24作品のうちの1つである。若き騎士ガンガモールは名うての狩人だった。彼はそれまで誰も捕獲できなかった白い猪[3]を、人々が驚く中で、1人で追いかける。その冒険に挑んだ者は皆、不思議なことに姿を消していた。しばらくさまよった後、ガンガモールは白い獣を見つける。難しい追跡だったが、森の最深部へ入りこんだ時、気がつくと驚くほど美しい宮殿の中にいた。だが白い猪はどこへ行ったのだろうか？　ガンガモールは猪を追跡し、裸の若い姫君を見つける。その姫君は泉で水浴びをしていた。ガンガモールは姫君の衣服を奪って木の窪みに隠し、猪の捕獲後にそこへ戻って姫君

図69　海で亀を釣る浦島太郎（フランス国立図書館蔵『浦島太郎』BN Japonais 4169）

に話しかけるつもりだった。しかし姫君に気づかれ、衣服を返し、姫君に愛を告白して受け入れられる。その後、ガンガモールは美しい姫君の不可思議な宮殿で歓待を受ける。そこにはあらゆる享楽が集まり、多くの騎士がそれぞれ美しい恋人を連れていて、踊りやチェス、祝宴を楽しんでいた。3日目に、ガンガモールは親族との再会を望んだ。そこで美しい姫君はまず、彼に白い猪の頭を差し出す。これにより狩猟の謎が明らかになる。つまり猪の頭は姫君の不可思議な仮面で、姫君はまず猪に変身して森で狩人を迷わせ、狩人のほうが姫君の獲物となっていたのである（図70）。姫君はガンガモールの出発を認めるが、警告を忘れなかった。それは人間界との境である川を渡り終えたら、飲食を控えるというものだった。こうしてガンガモールは馬に乗って故郷へ戻ったが、もはやかつての光景は見られなかった。炭焼きの話では、ガンガモールが探す人々は300年前に亡くなっていた。極度の空腹を覚えたガンガモールが野生のリンゴの木から実を3つ取って食べると、たちまち年老いて落馬し動けなくなる。妖精の姫君は、ガンガモールを迎えに2人の侍女を遣わす。侍女たちはガンガモールを女人の国に連れ帰り、以後2度と彼の噂を聞くことはなかったという。

図70　猪にまたがった小さな女神像（青銅製、フランス国立考古学博物館蔵）

2. アヴァロンの国へ

「異界」はアーサー王物語群や数多くの民話に出てくる神話の国であるが、この「異界」への旅のテーマは『ガンガモールの短詩』ではきわめて簡素に取り上げられている。この「異界」は、（神や聖人がそこにいないため）キリスト教の「天国」でも、ウェルギリウス［前70～前19年、古代ローマの詩人］が描く「冥府」でもない。むしろ極西に位置する陸地と大洋の果てにある「福者の国」、冬が来ることのないクレタ島のエリュシオン［英雄や有徳な人の魂が安らぐ地下の野］に近い。『ガンガモールの短詩』の「異界」は、「真実の国」や「生者の国」、もともと「常若の国」だった「逸楽の平原」、なかでもいくつかの中世アイルランドの物語で「果樹園」や「女人の島」と呼ばれるアヴァロン[4]に相当する。ケルト起源のアヴァロンという名前は、『ランヴァルの短詩』という別の短詩に出てくる。主人公ランヴァルは会いにやってきた妖精から、2人の愛を秘密にしておくよう求められる。しかしランヴァルはこの約束を破り、王妃を侮辱した咎で死罪を言い渡されて苦しむ（アーサー王の妃は彼の愛する妖精ほど美しくないと、彼が述べたからである）。ランヴァルが秘密を守る約束を破ったため、妖精は沈黙したまま悲惨な境遇にある彼をすぐには救おうとしない。しかし裁判当日、妖精は判決の直前に姿を見せてランヴァルの無罪を勝ち取り、彼をアヴァロンの国へと連れ去る。物語はこのように、2人が異界へと旅立つ場面で幕となる。ジェフリー・オヴ・モンマス作『メルリヌス伝』では、アヴァロン島について、次のように描かれている。

> 『至福の島』と呼ばれる『リンゴの島』［＝アヴァロン］はあらゆるものを自然に産み出すと言うことにその名が由来している。（中略）この島の土地は草の代わりにあらゆるものをごく自然に豊かに稔らせる。そこには百年以上もの間、人びとが住んでいる。（中略）そこには9人の姉妹たちがいて、彼女たちはこの世から行く（逝く）人びとを、心地よい掟で治めている。彼女たちの第1の姉妹は誰よりも治療術に熟練していて、その姿形も他の姉妹たちより優れていた。彼女の名はモルゲンと呼ばれ、病気の体を治療するため、あらゆる薬草の薬効を知っていた。さらに彼女は変身術や、ダエダルスのように奇妙な翼で空を飛ぶ術も知っていた[5]。（瀬谷幸男訳）

つまりこの島は、そこでモルゲン［フランス語名モルガーヌ］と呼ばれる女王の国である。モルゲンは学識豊かで、絶大な権力を持ち、魔術を駆使するだけでなく、変身することもできる。これはまさに『ガンガモールの短詩』の名の知れぬ姫君が白い雌猪の姿になって、時の経過がもはや存在しない異界の国へ人間男性を招き寄せたのと同じである。したがって、『ガンガモールの短詩』の姫君の宮殿は、アヴァロンのような場所に他ならないだろう。この宮殿自体も、川を越えた先にある森に位置する、いわば森の中の島だからである。

3. 不可思議な死

これまでに何度も触れたが、ガンガモールの話は、創作年代がそれより400年も古い日本の浦島の話と驚くほどよく似ている。いずれの話も、民話の国際話型ATU（アールネ・トンプソン・ウター）470B（《不死の国》）の図式に基づいている。日本でガンガモールに対応する主人公は浦島［『万葉集』では浦島子］と呼ばれる漁師であり、舞台は森ではなくて海である。海神の娘が突如、浦島のところへやってくる（図71）。2人は恋におち［契りを結び］、一緒に常若の国へ赴く。2人は海神の豪華な御殿に滞在し、《老いもせず死ぬこともなかった》（図72）。ある日、今一度両親に会うことを望んだ浦島は、必ず妻のもとへ戻ってくることを約束する。妻は浦島が出ていくことを認め、不思議な玉手箱を渡す。再会を望むのなら、絶対にその箱を開けてはいけないと妻は教える。浦島は故郷に戻って両親の家を探したが、家は見つからず、村さえも消えていた。浦島は、家族のもとを離れてから3年しか経っていないと思っていた。そして妻が渡してくれた玉手箱を開ければ家族と再会できると考えたが、それがかえって仇となった。白雲が玉手箱から出てきて、浦島は叫び、地団太を踏んだ（図73）。そして彼の肌には皺が寄り、髪も白くなった。その後、浦島は死んでしまったという。開けてはいけなかっ

図71　浦島のもとへ舟でやってきた海神の娘（フランス国立図書館蔵・木版『浦島太郎』BN Japonais 389）

図72　海神の豪華な御殿に滞在する浦島（フランス国立図書館蔵・木版『浦島太郎』BN Japonais 389）

た浦島の不思議な箱には、いったい何が入っていたのだろうか？　そこには絶対に軽々しく扱うべきでない実に貴重なもの、つまり浦島自身の魂が入っていた。箱を開けることで浦島は自分の魂を手離し、命を失ってしまったのである[6)]。

図73　玉手箱を開けた浦島（フランス国立図書館蔵・木版『浦島太郎』BN Japonais 389）

ジェイムズ・フレーザーは（この日本の素晴らしい例を援用することなく）、民話に現れる外魂のモチーフについて見事に説明している[7)]。フレーザーが指摘したように、古代の考え方では、魂は一時的に肉体から完全に離れることができ、それでも死ぬことはなかった。その場合、危険にさらされることのないよう、魂は安全な場所に置かれた（浦島のケースでは箱の中がこれにあたる）。たとえば無敵の戦士は、戦争に向かう前に自分の魂を自宅の箱の中にしまっておいた。海神の娘はもちろん浦島に箱の中身を教えてはいない。そのため、浦島は妻からの警告に背くという悲劇的な過ちを犯した。実のところ、浦島の魂は妻に握られていたが、彼自身がそれを知らなかったのである[8)]。

『ガンガモールの短詩』と浦島伝説は、驚くほどよく似ている。いずれの物語でも、異界の女性が人間男性を探しにやってきて、異界の国（『ガンガモールの短詩』では森、浦島伝説では海）へと連れていく。この異界はあらゆる種類の富を有した驚異的な国であり、人間界と対極をなしている（そこではもはや人々が働くことはなく、時間は止まっているかのようである）。ある日、男は家族と再会するために妖精の国を離れようとする。妖精はそれを認めるが、条件を1つ課す（ガンガモールは飲食を控えねばならず、浦島は箱を開けてはならなかった）。いずれの物語でも禁忌が破られ、男は死ぬか異界へ戻って2度と帰ることはない。

明らかにすべき問題は、これら2つの物語のルーツである。細部にさまざまな違いがあるものの、いずれも全体的に話の展開が酷似している。当然だが、一方が他方を模倣したわけではない。そうだとすれば、この類似は何に由来するのだろうか？　やはり太古の共通のルーツに由来するのではないだろうか。

4. 仏教発祥の地インド　ユーラシア神話群の伝播の源

『ガンガモールの短詩』の話は、大ブリテン島起源のブルターニュの短詩の1つである。いろいろな短詩のすべての姓と同様に、ガンガモール（Guingamor）もラテン語起源やゲルマン諸語起源ではない。この名は明らかにケルト起源である。この場合のケルトとは、ブリトニック語（ウェールズとブルターニュ）とゲール語（主としてアイルランド）を使う文化領域のことである。ケルトの文化領域では、グウェンガット（Guengat）は《白い（または恵まれた）戦い》を指すよく知られた名前であり、「モール」（mor）は《大きな》を指す。しかし《大きくて恵まれた戦い》とは何を指しているのだろうか？　おそらく、物語の冒頭で語られている戦い、すなわち狩猟のことである。この狩猟の獲物は動物に変身した妖精であり、手ごわい相手との戦いとして描かれている。このように動物に変身する存在は、民話では「不可思議な」存在と呼ばれることが多い。『ガンガモールの短詩』と浦島伝説では、相手はとてつもない力を持った妖精である。このように古い口承物語がブルターニュを舞台にした作品となった過程は、ユーラシア文化から連綿と続く変貌の最終段階にすぎなかった。

『ガンガモールの短詩』と浦島伝説は相違点がかなり多く、直接の影響関係を想定することはできない（ヨーロッパが日本を発見するのは16世紀になってからのことである）。しかしまた、両者の構成には、偶然の産物とは思えないほど多くの類似点もある。これらの類似を説明するためには、ヨーロッパの伝承と極東の伝承という2つの伝承に共通のモデルを想定しなければならないだろう。ここでのケースに限れば、そのモデルはユーラシア大陸の中央部、インド、より正確にはカシミールにある。周知のとおり、ヨーロッパ諸語はインド＝イラン起源の母体となる言語から派生しており、サンスクリット語が原型に近い姿を留めている。数多くのヨーロッパの神話がヒンドゥー神話を連想させることから、諸言語に当てはまることは諸神話にも同じように当てはまるはずである。日本の場合はインド＝ヨーロッパ諸語の領域に属していないためこの限りではないが、仏教を介してヒンドゥー教の伝承や神話を間接的に受け入れていたことがよく知られている。仏教は、たとえば仏陀の教えに基づく瞑想を具体的に伝えるような、インド起源の古い話を伝えた。こうした観点に立てば、現世の欲望を捨てることのできなかった浦島は、《悟り》に至らなかった者だと解釈できる。観音に似た海の女神に招き寄せられ、浦島は「福者の国」に行くことができた。しかしみずからの不徳のために、そこから完全に遠ざかることになったのである（図74）。

図74　故郷へ帰る浦島（大蘇芳年『帰国浦島』）

5. ユーラシアの長期記憶

カシミールの詩人ソーマデーヴァが11世紀に『カター・サリット・サーガラ』（「物語の諸川が大海に流れこむ」の意）と題する物語集に収録した話[9]は、いわば『ガンガモールの短詩』と浦島伝説との橋渡し役である。『カター・サリット・サーガラ』に含まれる『屍鬼（ヴェーターラ）25話』の第7話によると、ガンジス河口の港町［タームラリプティー］のチャンダシンハ王のもとへサットヴァシーラというデカン出身の王子がやってきて、王の従卒となった。サットヴァシーラは王に忠実に仕えたが、王から報酬をもらうことはなかった。「猪狩り」の時（ガンガモールと共通するこの細部に注意しよう）、馬に乗った王が道に迷ってしまい、サットヴァシーラは自分の命も顧みず徒歩で王の後を追い、「2つのアーマラカの実」（もう1つの重要な細部）と水を王に差し出して王を安心させる。その献身的な振舞いに感動した王は、セイロン王女に求婚するため、サットヴァシーラをセイロン島に派遣する。サットヴァシーラが船で進むと、突然、海中から巨大な旗が現れ、船を海底へ引きずっていく。彼の前に現れた不思議な女性は、阿修羅王の娘だった。王女は神々しい都を2つ統治しており、いずれ劣らず豪華だった。サットヴァシーラは王女に恋をするが、気がつくと魔法で王のもとに戻されていた。サットヴァシーラから旅の話を聞いた王は、彼とともにこの不思議な国を訪ねることにする。2人は、海上に出現した魔法の旗を追って海底へ降りていく。海の王女はここでチャンダシンハ王との結婚を望むが、王はその求婚を断り、サットヴァシーラを夫として授ける。王女はサットヴァシーラとの結婚に同意し、都の支配権を夫に与える。チャンダシンハ王は、海の王女からアパラージタ（「無敵」）という名の剣と、不老不死の果実（その名前は記されていない）をもらって自国に戻る。以後サットヴァシーラが生者の国に戻ることは2度となかった。ここでもまた、「異界」の女王が人間男性に目をつけ、巧みに異界の国へと招き寄せている。後代になって、キリスト教はこうした異界を利用して「天国」を創り上げた。

このように、アジアに『ガンガモールの短詩』よりもずっと前に書かれた奇妙なほどよく似た筋書きの物語があることは、中世期の日本、インド、フランスで「異界」が同じように描かれていたことを示している。これら3つの物語は、ヨーロッパの物語群とアジアの物語群に、深い文化的なつながりがあったことを証明している。しかしアジアの物語群が直接の典拠というわけではなく、むしろキリスト教時代よりもずっと前の古い共通モデルまで遡る類話が3つ残っていると考えられる。カシミールとフランスの物語に登場する果物の役割から、リンゴがユーラシア大陸に広がっていったおおよその時期を知ることはできるのではないだろうか？

6. 不死の果物

『ガンガモールの短詩』とソーマデーヴァの話に現れる果物のモチーフは注目に値する。アヴァロン（《リンゴ園》）がケルトの諸伝承で異界を指すことが分かるのは、リンゴが知恵と不死の果実だと考えられているからである。また、アヴァロンが人間の運命を支配する妖精の国であることを示すのもリンゴであり、肉体はそこで生まれ変わる。ローマ神話でも同様に、果物の成熟や収穫をつかさどるのは男神ではなく、ポモナという女神である。この女神の役割は、果樹の保護だった（図75）。ポモナは、花と果物が入った籠の上に座り、ブドウの枝と実でできた冠を被り、片手に豊穣の角を持つ姿で描かれる。ポモナの支配地では、アヴァロン島と同じように、果物がたわわに実った。ジェフリー・オヴ・モンマスがアヴァロンを《至福の》島と呼んだのは、あらゆるものが自然に産み出されたからである。以上のことを踏まえたうえで、なぜこのタイプの果物が常若の国の象徴となったのかを考える必要があるだろう。

図75　ポモナ（ニコラ・フーシェ作、1700年）

ラテン語の「ポームム」(pomum) や「ポーマ」(poma) は、(イチジク、ナツメヤシ、クルミなどを含む) 種や芯のある果物すべてを指した[10]。5世紀からこの言葉は西ヨーロッパ一帯で支配的だったリンゴの木の実を主に指すようになり、もともとリンゴを指していたラテン語「マールム」(malum) に取ってかわった。地中海地域では、この「マールム」という言葉自体も、かなり広範に流布していた *abel- や *abol-[11] を語根とするユーラシア語と交替したものだった。その派生語としては、epli（古ノルド語)、apful（古高ドイツ語。ここから現代ドイツ語のApfelや英語のappleが生まれた)、ubull（古アイルランド語)、aval（ブルトン語)、obuolys（リトアニア語)、jablko（古スラブ語）などがあげられる。しかしながら、イラクからインドまでの地域で使われるリンゴの名称は、北ヨーロッパおよび西ヨーロッパで見られる名称[12] や *maHlo を推定上の語基とする地中海地域の形態とは何の関連もない。したがってリンゴの名称は、非インド＝ヨーロッパ諸語や前インド＝ヨーロッパ諸語からの借用語に由来すると考えられる。そうだとすれば、リンゴを重視する神話群は、接ぎ木によりリンゴの木の栽培を行った定住民族の農耕社会[13] ではなく、ユーラシアに存在した遊牧民族の狩猟・採集文明に由来するのかもしれない。

最古の栽培用のリンゴの木は、ダシュピュルス（学名マルス・ダシュピッラ・ボルク）だと判明している。この木はその葉も実も綿毛に覆われている。原産地は西アジアの山岳地帯で、カスピ海と黒海の間（アルメニアとイランの境）である。この木は地中海全域に広がり、紀元前3000年以降には、ヨーロッパの森林地帯の固有種で学名がマルス・アケルバ・メラット[14]という別のリンゴの木との交配が行われた。後者の木は（自然に生育し接ぎ木されない）《野生の》リンゴの木であり、プリニウスによって「マルス・シルウェストリス」と呼ばれている（図76）。ガンガモールはこうした野生のリンゴの木から実を摘み取ったため、これを食べて年老いてしまった。（マルス・プルニフォリア・ボルクという学名を持つ）別のリンゴの木も中央アジア原産で、シベリア、中国、日本へと広がっていった。このように、リンゴの木の運命は奇妙にも、本章で取り上げた神話群に対応している。つまり、原産地が中央アジアにあり、そこからユーラシアの両極へ伝播し、土着のさまざまな種に接ぎ木されることが多かった点で共通している。

図76　マルス・シルウェストリス（野生のリンゴの木）

リンゴの特徴の１つとして、長持ちすることがあげられる。他の果物と違って、リンゴは摘み取られてすぐに腐ることはない。ケルト文化圏の神話では、リンゴと同じように長期保存が可能なクルミやヘーゼルナッツにも、神聖な価値が与えられた[15]。まさにこの性質により、リンゴは《不死》の果物だと言われるようになったのではないだろうか？　長持ちするという際立った特性は、神聖な起源によるものでしかありえないと考えられた。豊穣と常若が支配するアヴァロン島はしたがって、語源的にも論理的にもリンゴ園である。またさらに、リンゴの注目すべき特徴として、種と芯の重要性があげられる。この特徴はヒンドゥー教によってその価値を認められた諸信仰に関わるもので、まずはリンゴがもたらす長寿や、さらには不死の観念と結びつけて考えるべきである。リンゴの木とその実は、種と芯によってみずから生まれ変わる。一言で言えば、リンゴの木は、種が次に生えてくる木の芽になるため、種のおかげでみずから再生できる。こうした種はいわば果物が持つ不死の《魂》であり、そこから新しい生命のサイクルが開始される。こうした特徴は、人間にも当てはまる。人間が異界にたどり着いた時、その魂（比喩的には、リンゴの種がこれにあたる）は転生を待っている状態にある。人間の転生は、種から新しい木が生まれるのと同じように、胚胎から新たな肉体が生まれることで実現する。これにより、浦島を襲った悲劇を説明できるだろう。海の王女から手渡された箱を開けたために、浦島は生命の源を取り逃がしてしまう。それを手もとに留めておけば、蘇ったり転生したりできたかもしれない。浦島は自分の魂を失い、それにより転生する可能性もすべて失ったのである。

『ガンガモールの短詩』では、（飲食を控えず）人間界にあった「野生のリンゴ」（第638行）の実を食べたために、ガンガモールはすぐさま年老い、たちまち衰弱してしまう。クレティアン・ド・トロワは『エレックとエニッド』と題する物語の中で、「異界」の果物は「異界」の中でしか食べることができないと述べている[16]。その結果、ひとたび「異界」の果物を味わってしまうと、以後はもはや人間界に生えている普通の果物を食べることができなくなる。この特徴は、阿修羅の王女を訪ねたチャンダシンハ王が異界に留まることができなくなるというソーマデーヴァの話にも見られる。王は阿修羅の王女から人間界に戻っても老いることのない果物をもらうが、その種類は記されていない。しかし、同じ物語の初めのほうに出てくる「アーマラカ」の実は、神話の次元ではとりわけ目立って興味深い（図77）。従卒サットヴァシーラは、チャンダシンハ王に2つのアーマラカを渡した。この2つの果物が魔法物語の発端となり、従卒と王は相次いで異界へ導かれている。それはまるで、この果物も彼らを海底にある国へ招き寄せる役割を担っているかのようである[17]（カシミールの物語では、日本の浦島伝説と同じように、異界は海底にある）。

図77　アーマラカの木と実

「アーマラカ」の実の学名は「エンブリカ・オフィキナリス」であり、「アムリタパラ」(amritaphala)［「不死の果実」］とも呼ばれている。「アムリタ」（《不死》）と形容されるこの植物は、アンブロシアの神話と関連がある。アンブロシアは、成長、発生、生命の絶えざる更新を約束してくれる神々の食べ物である[18]。植物学的に見ると、アーマラカの実は「エンブリカ・オフィキナリスであり、ミロバランスモモの木とも呼ばれる。《アーマラカパラ》(amalakaphala) はミロバランスモモの実であり、インディアン・グーズベリーのことである。この実が透明であることから、特に仏陀の千里眼のメタファーとして使われる。建築では（アーマラカの実の形で)、北インドのいくつかの寺院の屋根（シカラ）を飾るモチーフとして使われる」[19]。

7. おわりに

西ヨーロッパのリンゴの実と木の神話は（アヴァロン島を介して)、おそらくアーマラカの実がカシミールで表していた異界の哲学を（別の文明という文脈と別の生態系で）翻案したにすぎない。いずれにせよ、西ヨーロッパのリンゴの実と木の神話は、異界と関連したいくつかのユーラシア神話が驚くほどよく似ていること、さらにはそうした神話群の謎は「相互に」解明が可能であることを示していると考えられる。

注

1) 「短詩」(lai) というのは、詩人や語り部たちが演目として扱っていたケルト起源の短い物語詩のことである。中世フランス語で書かれた短詩よりも古いバージョンは現存していない。
2) Watanabe, K. (2012). [『ガンガモールの短詩』と浦島伝説の比較については、渡邉浩司「浦島伝説の日本語版とフランス語版の比較—中世フランスの短詩『ガンガモール』と8世紀の浦島譚」(吉村耕治編『現代の東西文化交流の行方第2巻—文化的葛藤を緩和する双方向思考』大阪教育図書、2009年、pp. 41–79) を参照]
3) ケルトの神話伝承に出てくる不思議な猪とその同類については、クロード・ステルクスの著作を参照 (Sterckx, C. (1998))。
4) アヴァロンという名については、Bromwich, R. (1961a), pp. 266–268 を参照。

またアヴァロン島の神話については、Chotzen, Th. M.（1948）と Rio, M.（2008）を参照。

5）ジェフリー・オヴ・モンマス作『メルリヌス伝』の原典と現代フランス語訳（ジャン＝シャルル・ベルテ訳）は、フィリップ・ヴァルテール編『呪われた占者』に収録されている（Geoffroy de Monmouth, *Vita Merlini (La Vie de Merlin)* dans : Ph. Walter, *Le devin maudit. Merlin, Lailoken, Suibhne. Textes et étude,* sous la direction de Ph. Walter, Grenoble, ELLUG, 1999（collection "Moyen Âge européen", 3), p. 124−127）。

6）『万葉集』が収録する「水江の浦島子を詠む一首」は、『萬葉集 2（巻第5～巻第9)』小島憲之・木下正俊・東野治之校注・訳、小学館、新編日本古典文学全集 7、1995 年、pp. 414−417 を参照。

7）Frazer, J.（1984), chapitre X, p. 250−284. ［邦訳はフレイザー（永橋卓介訳）『金枝篇（5)』岩波文庫、1967 年（第 2 刷改版)、pp. 55−76「民話における外魂」を参照。］

8）玉手箱の中身についてはこれまでさまざまな解釈が出されてきたが、ここではジェイムズ・フレーザーから借用した新たな論拠を加えることで、渡邉浩司氏が提案した解釈（Watanabe, K.（2012), p. 51）を全面的に支持する。ハルトムート・ローテルムンドも、『万葉集』の長歌に出てくる「玉手箱」について同じような解釈を試みている（Rotermund, H.（1998), p. 136)。ローテルムンドは、このモチーフを魔術的な「玉手箱」と突き合わせ、箱の中には浦島の《生霊》が含まれていたと明言している。ローテルムンドによるこの神話の異なるバージョンについての注解も参照（Rotermund, H.（1998), p. 139−141）。

9）現代フランス語訳は、プレイヤッド版『カター・サリット・サーガラ』を参照（Somadeva, *Océan des rivières de contes,* Paris, Gallimard（« Pléiade »), p. 898−1033)。この話は、『カター・サリット・サーガラ』に含まれる『屍鬼（ヴェーターラ）25 話』第 7 話にあたる（ルイ・ルヌーによる現代フランス語訳と注を参照（*Contes du vampire,* traduits du sanskrit et annotés par L. Renou, Paris, Gallimard-Unesco, 1963, p. 71−79)。プレイヤッド版所収の現代フランス語訳が底本としたのは、インドの校訂本である（Durgaprasad et Kasinath Pandurang Parab, *Kathasaritsagara,* Bombay, Nimaya Sagar Press, 1915)。『カター・サリット・サーガラ』には英訳もある（*The Ocean of story,* trad. par C. H. Tawney, London, 1924−1928, 10 volumes. 再版は Delhi, Motilal Banarsidass, 1968)。

10）De Gubernatis, A.（1882), p. 300.

11）　Pokorny, J.（1959）, p. 1–2.

12）　Markey, T. L.（1988）.

13）　Marinval, P.（1988）.

14）　Wasserman, H. et als.（1990）, p. 11 を参照。

15）　Le Roux, F. et Guyonvarc'h, C.（1986）, p. 152–161.

16）　*Érec et Énide* dans : Chrétien de Troyes, *Œuvres complètes,* Paris, Gallimard, 1994, Bibliothèque de la Pléiade, p. 140–141（v. 5742–5750）.［ケルトの「異界」については、渡邉浩司「〈アーサー王物語〉における〈異界〉―不思議な庭園とケルトの記憶」（細田あや子・渡辺和子編『異界の交錯（上巻）』（リトン、2006 年、pp. 127–148）を参照］

17）　西ヨーロッパでは、リンゴの神話的機能は人間を異界へと招き寄せることにある。Gaidoz, H.（1901）を参照。モチーフ・インデックス中 F343.15* に分類されるモチーフ（妖精の贈り物としての魔法のリンゴ）には、数多くの例が見つかっている（Cross, T. P.（1952）, p. 261）。最も有名なテクストは『百戦のコンの息子コンラの異界行』である（Le Roux, F. et Guyonvarc'h, C.（1986）, p. 158）。

18）　De Gubernatis, A.（1878）, p. 33–35.

19）　Huet, G.（2015）, p. 108.

第4部

人間界でのかりそめの暮らし

第9章

羽衣とケルト人の「白い女神」

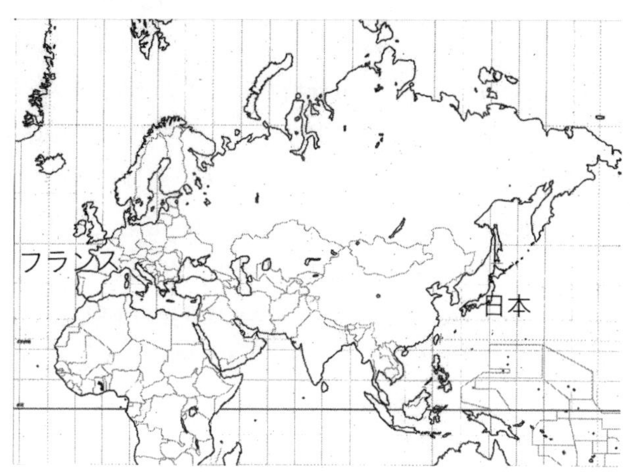

この章で扱われている主な国や地域

「ブルターニュの短詩」と総称される中世フランス語の作品群には、白い動物（鹿、猪・豚、牛、ハクチョウなど）が登場する。これはケルトの大女神やその化身である妖精が変身した姿であり、主人公を異界へと導く役割を担っている。キリスト教の世界では、こうした異教の大女神の属性は特定の聖女に受け継がれている。日本では最初期の例である『風土記』の「羽衣伝説」の天女がケルトの鳥妖精に似ていることから、両者の元型はユーラシア神話にあると考えられる。本稿のもとになったのは、1999年1月6日にウィル愛知で開催された比較神話学シンポジウム「冥界の大女神」での発表「白い女神—動物の姿で示現するケルトの大女神（アーサー王物語を例に）」であり、その改訂・増補版は篠田知和基編『神話・象徴・文学Ⅲ』（楽浪書院、2003年）p. 17-30に掲載された。

1. はじめに

中世ヨーロッパ文学、主にアーサー王文学においては、ケルト神話を受け継ぐ人物が重要だと考えられている。中世ヨーロッパ文学を彩る有名なヒロインの大半は、正誤は別として、ケルト人にとっての「大女神」と比較されてきた。ロバート・グレイヴスはこの「大女神」を「白い女神」と呼んだが[1]、フォークロアでは白い貴婦人、つまり妖精だとされている。その名が「白い亡霊」や「白い幽霊」(*vindo-semara) を指すグニエーヴル (Guenièvre)〔英語名グウィネヴィア〕のケースは特に分かりやすく[2]、とりわけ白い色を特徴とする「大女神」の守護神としての姿に近い。この白という色を説明するために、ジョルジュ・デュメジルが提起した象徴体系の中に置き直して考える必要がある。神話学者デュメジルは、インド＝ヨーロッパ世界の色彩論を用いて、3機能理論と結びつけた[3]。それによると、白は、赤、黒および緑という別の色と、対立しながらも補完しうあうと考えられている色である。デュメジルは、この重要な3色がインド＝ヨーロッパ社会の3つの階層に対応すると考えた。それぞれの階層に識別を示す色があり、赤は戦争（第2機能)、黒および緑は豊穣性（第3機能)、白は「支配権」(第1機能）に対応している。このように、白は典型的な王権の色であり、最上位の階層に属すことを表している。フランソワーズ・ルルーとクリスティアン・ギュイヨンヴァルフも指摘しているように、これは「女神自身が〈支配権〉である」ことを示している。そしてこの女神こそ、ケルト世界の3機能体系全体の要である。

この白い女神はおそらくインド＝ヨーロッパ起源であり、中国、朝鮮、日本の神話のよく似た存在と比較することで、その意味がより明確になるだろう。特に白い雌狐のケースがこれに当てはまる[4]が、仏教のマーヤー夫人の夢も検討してみるべきだろう。王家の祭祀階級に属す釈迦（仏陀）の母は、釈迦の誕生に先立って受胎を告知された。それによると、後光に包まれた白い象が天空から降り立ち、彼女の胸の中に入るのを夢の中で見たそうである。夢解きたちは、マーヤー夫人の身ごもった息子が「全世界の皇帝」か「仏陀」になると解釈した[5]。この白い象は、ケルトの諸伝説の白い雄鹿、白い雌鹿、あるいは白い豚と同類なのではないだろうか？　白という色が、これらすべての動物が持つ聖性を表している。白は生みの親とその子孫が神聖な性質を持つことを示しており、その子孫は大抵英雄となる。

ごく最近の研究成果によれば、クリスティアン・ギュイヨンヴァルフとフランソワーズ・ルルーは、ケルト人の神界で唯一の女神である「母神」が「偉大な至高神それぞれにとって娘であると同時に姉妹、妻であると同時に母」[6]だと証明した。「母神」のさまざまな名前は、その神聖な性質を表す同じ数の側面に対応している。たとえばブリギッドという名では、ダグダ（「善良な神」）の娘にして詩人・鍛冶師・医者の守護神、「アイルランドの神々の母」である。「母神」はさまざまな姿を取る。ボアンドの名では「白い雌牛」（*bo vinda）、ファンの名ではツバメ、ボドヴの名ではハシボソガラスである。したがって、ケルト人の大女神の神話をきちんと理解するには、さまざまな動物への変身に注意を払わなければならない。

12世紀と13世紀に中世フランス語で書かれたフォークロアをもとにした短詩では、「大女神」のさまざまな動物の化身が登場している。多くの場合、それは白い動物で、主人公がいわば不可思議な狩猟中に仕留めようとする[7]。物語の図式はほとんど不変である。大抵は、あらかじめ選ばれた人物が不思議な動物を求めて出立する。その動物は主人公を追跡で疲労困憊させると、森の泉（あるいは湖）の近くにある異界へと導き、姿を消す。その泉で狩人が出会うとても美しい乙女は、追い立てられた動物に他ならない[8]。それは白い雌鹿か雄鹿、白い猪（豚）、白い雌牛、あるいは白い鳥（ハクチョウ、雁）である（図78）。

図78　白鹿狩り（クレティアン・ド・トロワ『エレックとエニッド』冒頭、フランス国立図書館蔵フランス語写本24403番・第119葉）

2. 白い雌鹿

作者不詳の『グラアランの短詩』の主人公グラアランは、森の中で真っ白な雌鹿を見かける[9]。その雌鹿が彼の眼前に飛び出してきたので呼びかけたが、雌鹿は離れていく。彼は馬で雌鹿の後を追うが追いつけず、広野にある泉へと導かれる。泉では１人の乙女が水浴びをしていて、２人の別の乙女がそのほとりにいた。水浴びしている乙女の衣服は、草叢の中に置かれていた。グラアランはその衣服を奪い、娘を無理やり引き留めようと考えた。その後、グラアランはこの娘を妻に迎える［後にグラアランは宮廷で皆が王妃の美貌を称える中、王妃よりも美しい女性が見つけられると断言する。これにより、２人の恋を誰にも明かさないという妻との約束を破る。妻を失ったグラアランは、王妃を侮辱した罪で判決を待つ身となったが、判決の日に妻が現れて無罪放免となる］。そして妻は馬で森に向かい、川へ入っていく。後を追ったグラアランが川で溺れそうになると、妻は彼を一緒に自国へ連れ帰ったという。

『グラアランの短詩』の類話はフォークロアに数多く見つかるが、なかでも日本の神話を題材とした能楽作品『羽衣』は驚くほどよく似ている。『羽衣』が語る伝説の鳥妖精は、水浴びをするために脱いだ「羽衣」がなくなり、地上に引き留められる[10]。このテーマを描いた複数の類話が、８世紀に編纂された『風土記』に見つかる。『近江国風土記』が伝える話によれば、８人の天女が白い鳥の姿で湖へ水浴びにやってきた。伊香刀美（いかとみ）という名の男が、飼犬に１番年下の乙女の服を盗ませる。その乙女は、彼の妻となって４人の子供をもうけた後、完全に姿を消し、天へと戻っていった。これはまさしく「メリュジーヌ型」の物語に分類される[11]。国際民話話型 ATU（アールネ・トンプソン・ウター）413番の「盗まれた服」（旧「服を盗むことによる結婚」）にあたるこのタイプの民話は、ユーラシア全域に伝播している[12]。

マリー・ド・フランス（図79）の『ギジュマールの短詩』では、騎士ギジュマールが挑む不思議な狩猟について語られている（ギジュマール Guigemar という名は、《駿馬を持つのにふさわしい》を意味するブルトン語名ギュイヨマルフ（Guyomarc'h）

図79　執筆中のマリー・ド・フランス（パリ、アルスナル図書館蔵フランス語写本3142番・第256葉）

に由来する）[13]。騎士ギジュマールは恋愛に無関心で、女性に関心がなかった。ある日、彼は狩りに出て、雌鹿が藪の中で子鹿と一緒に身を潜めているのを見かける［その雌鹿は色が白く、雄鹿の角をはやしていた］。彼が雌鹿に向けて矢を放つと、その矢は跳ね返ってギジュマールの腿に突き刺さる。その直後、雌鹿が人間の言葉で話し始める。雌鹿はギジュマールの怪我が決して治らぬよう望む。しかしこれから後に、たった1人の女性だけが彼の怪我を治すことができると告げる。

ギジュマールの怪我は、確かに不治のものだった。ある日、彼は一艘の船に乗り、「異界」に他ならない不思議な国へとたどり着く。彼はその地で妖精と恋に落ちる。このことから、白い雌鹿＝雄鹿と妖精は同一の存在だと分かる。この雌鹿＝雄鹿は、ギジュマールを「異界」へおびき寄せようとした「異界」の妖精に他ならなかった。この雌鹿＝雄鹿は「大女神」の化身である。注意すべきは、この白い動物の性別が曖昧なことである。当然だが、どちらかといえば、雌の動物、さらには性別を超越した動物の姿の「大女神」に出会うと予想がつくに違いない。しかし、実際にこの大女神を具現するのは、雌鹿と雄鹿を兼ねた両性具有的な存在である。動物の姿をした妖精には、両方の性の特徴がある。そのため、この動物は人間界で厳格に規定されている性の掟に当てはまらず、それが極めて神的な存在であることの証になっている。

3. 白　い　猪

白い猪狩りは、作者不詳の『ガンガモールの短詩』で語られている。この短詩は紛れもなく妖精民話であり、猪が不可思議な「異界」と結びついている[14]。ブルターニュ王の甥ガンガモールは、ある日、騎士の誰も挑もうとしなかった白い猪狩りに出かける。狩りは長く続いたが、ガンガモールはようやく藪の中に猪を見つけ、すぐに猟犬の群れに猪を追わせる。ガンガモールは［王から借り受けた]猟犬を放ってしばらく猪を追うが、結局見失ってしまう。がっかりして丘の上で立ち止まった時、再び猪の咆哮を耳にする。そこで猪を追って敢然と広野を進み、川にたどり着くと、対岸に不思議な城があることに気づく。猪を追ううちに泉のほとりにたどり着いたガンガモールは、全裸で水浴びするとても美しい乙女を見かける。ガンガモールはずっと猪とその追跡のことを考えていたため、乙女の衣服をオークの木の中に隠して乙女をその場に引き留め、狩りを終えてから戻って乙女に話しかけるつもりだった。乙女は彼の振舞いを非難しただけでなく、猟犬を使って白い猪を追い回しても骨折り損になると言う。しかし、乙女は彼を自分の城に招いた。彼はそこで3日過ごしたつもりだったが、その城が「異界」にあったため、実際には人間界から遠く離れたまま300年が経過していた[本書第8章を参照]。

クロード・ステルクスは論集『豚の神話』所収の論考[15]でケルト神話において雌猪が極めて重要な役割をしていると分析したが、実は白い猪(あるいは白い豚)がこの雌猪に他ならないことが分かる(図80)。ステルクスは、この雌猪の始祖的性格が、大地母神と雌猪の同一視によるものだと力説している。母神はさまざまな動物の姿を取って自分のものである大地を神聖なものとし、みずから選んだ人と結婚することで大地を共有できるようになる。

レイチェル・ブロムウィッチ[1915～2010年、イギリスの中世ウェールズ文学研究者]は、不可思議な狩りのテーマを、『レンスターの書』に収められたアイルランド神話文学のいくつかのモチーフと比較した[16]。『レンスターの書』は最も膨大なアイルランド語古写本の1つで、神話文献をまとめたものである。ブロムウィッチは、魔法の動物が魔力を持った妖精であり、1度も会ったことのない主人公に恋する点に着目している。狩りは、より一般的には、不可思議な存在が目をつけた人間を「異界」へおびき寄せるために用いる手段であるように思われる。不可思議な動物は、人間界と神界の媒介役である。狩人を「異界」へ引

図80　ガロ=ローマ期の猪像(ロット県カオール出土、フランス国立考古学博物館蔵)

き寄せることで、不可思議な動物は狩人を思いどおりに従わせることができる。これは不可思議な狩りのテーマの2重の側面である。なぜなら、こうした狩りは相互可逆的で、最終的に狩人自身にはね返るからである。つまり、これは追い立てられる狩人というテーマであり、ギリシア版としてはアクタイオンの神話がよく知られている［アクタイオンはキタイロン山中で、狩りの最中に水浴する女神アルテミスの裸身を見たため、女神の怒りにふれて鹿の姿に変えられ、自分の犬に八つ裂きにされて死んだ］（図81）。

図81　自分の猟犬に食われるアクタイオン（前465年頃、パレルモ国立博物館蔵）

4. 白い雌牛

大女神と白い雌牛との関連については、いくつかのケースを見つけるために、むしろアイルランドの神話文学へ目を向けなければならないだろう。最初に注目すべきは、まさに《白い（vinda）雌牛（bo）》を指すボアンド（Boand）の名である。大女神ボアンドは、神エルクワルの妻でありながら、ダグダと不倫関係になる［ダグダは太陽を9ヶ月停止させ、ボアンドとの間に息子オイングスをもうける］。ある日ボアンドはシェギジュ川の水源にある「ネフタンの井戸」へ行き、そこに身を浸して犯した罪をきれいな水で清めようとしたが、死を招く水のせいで命を落とす。3つの波が彼女を襲い、片腕、片脚、片目を奪い取る。泉の水は彼女を海まで追いかけていく。こうしてボアンドは自分の名をとどめるボイン（Boyne）川になったという[17]。ボアンドは雌牛そのままの姿ではないが、アイルランド神話の象徴体系において実に重要な役割をする雌牛の名をつけられている。ここで思い出されるのは、『クアルンゲの牛捕り』に代表される叙事詩群である。アイルランドの神話物語で最も重要な『クアルンゲの牛捕り』［3つの版が現存し、古い版は11世紀の『赤牛の書』に収録］には、神聖な雄牛が登場する。ケルト人にとって牛の神話が重要なことはよく知られているため、ここでは比較項として暫定的にヒンドゥー教の神聖な雌牛をあげておくべきだろう。

これとは違い、アイルランドの別の大女神（モリーガン）は白い雌牛に変身する[18)]。モリーガンとアイルランドの有名な戦士クー・フリンとの確執は有名である。クー・フリンから侮辱を受けたモリーガンは、彼の邪魔をするためなら何でもすると誓う。そして彼を亡き者にするため、すべての策略を用いると言い放つ。まず灰色の雌狼に変身して呪いをかけ、右手と左腕を麻痺させてやるという。するとクー・フリンも、投げ槍でモリーガンの片目を射抜くと脅す。モリーガンもこれに応じて、自分が赤い耳をした白い雌牛になると予言し、「私はお前がある戦士と戦う浅瀬の水の中へ入る。そうすれば、赤い耳をした他の100頭の雌牛がその浅瀬に入り、お前は首を刎ねられるだろう」[19)]と付言する。モリーガンについては、ボアンドと同じように、水との特別なつながりが注目される。インド＝ヨーロッパの大女神の持つ「水」の性質は、重要な3価性、すなわち3機能を同時に制御する能力とともに指摘されてきた。

この白い雌牛姿のモリーガンは、戦いの支配権の象徴である。変身によって、戦士より女神が優位にあることが神話的に証明されている。周知のとおり、鳥もまた大女神が取る動物の姿である。モリーガンのケースでは、死を予告する不吉な鳥のハシボソガラスが出てきているが、白い鳥もこうした不吉な場面にかなり頻繁に登場する。

5. 白い鳥（ハクチョウ、雁、雌アヒル）

『クー・フリンの病』は、「大女神」が鳥の姿で現れるケースを描いたアイルランドの神話物語である[20)]。（万聖節＝ハロウィンの時期に対応する）サウィン祭の日［11月1日］に、クー・フリンは湖で2羽の白い鳥を捕まえようとする。さして警戒することもなく槍を放つと、それが片方の鳥の羽に突き刺さる。しかし2羽ともすぐクー・フリンから逃れ、水中に姿を消す。クー・フリンはこれを悔しがって、眠りこむ。すると2人の女性が彼を打ちのめしにやってきて、その後1年もの間、クー・フリンは昏睡状態に陥る。実は2羽の鳥、より正確には２人の鳥女は、妖精、すなわち異界の女神であり、クー・フリンから受けた侮辱の仕返しに来たのだった。『クー・フリンの病』には、チャイコフスキー［1840 ～ 1893 年］のバレエで不朽の名作となったロシアの民話『ハクチョウの湖』の最古のバージョンが収録されている。

よく知られているものに「シード」（つまり「異界」）の鳥のモチーフがある。これはアイルランドの複数の神話物語に繰り返し現れるモチーフだが[21]、アーサー王物語群にも挿話的な形で登場している。たとえば、『散文ペルスヴァル』［1215 ～ 1220 年］という物語でペルスヴァルはある騎士と対戦するが、そこへ鳥の群れがペルスヴァルを攻撃しにやってきて、相手の騎士を守る。ペルスヴァルが鳥の１羽を殺めると、その鳥の死骸はすぐに地面で見事な美女の亡骸に変わり、他の鳥がその亡骸のもとへやってきて、悲しげな叫び声をあげながら空へ運んでいく。騎士はペルスヴァルに、やってきた鳥の群れは《妖精の王女》である騎士の恋人に仕える侍女たちであり、ペルスヴァルが仕留めた鳥女は亡くなってはおらず、アヴァロン島へ運ばれたのだと説明する[22]。

考古学者により、鳥の象徴をかたどった青銅期時代のオブジェが数多く発掘されている[23]。これは、最古のケルト神話でこうした象徴や生き物が重要視されていたことを示している。したがって、水と明らかにつながっている（不可思議な）女性がアーサー王伝説に数多く出てくることに注目すべきだろう。たとえば、アーサー王物語に出てくる「湖の貴婦人」［ヴィヴィアーヌ、ニニアーヌなどの名で呼ばれている］、クレティアン・ド・トロワ作『ライオンを連れた騎士』に出てくる泉の妖精［ローディーヌ］がこれにあたる。また、その名が「白い幽霊」を意味する王妃グニエーヴルが誘拐された後で、泉の近くに［髪の毛がついたままの］櫛が残されていたことも思い出される。これは彼女が突然、鳥に変身したということなのだろうか？　さらにクレティアン・ド・トロワは、『クリジェス』という物語にフェニスという鳥の名を持つ女性の話を記している［フェニスは不死鳥フェニックスを思わせる名である］。ギリシア語の名をつけられたこの鳥女には、実際にケルトのモデルと同じ鳥女の特徴がすべて備わっている。意に染まぬ結婚をしたフェニスは死者を装い、死んだふりをする。モンフォールの雌アヒルの伝説はシャトーブリヤンによって不朽の話となったが、これに代表される数多くの伝説において、嫌いな男から求婚を受けた女性が迫りくる強制結婚から逃れるため鳥（アヒル）の姿にしてほしいと願っている。実はこれらの人物は皆、ケルト神話やおそらく前ケルト期の神話にも出てくる水鳥と関連づけて考える必要がある。こうした水鳥は、神聖な処女がもともと不可侵の存在であることを表しているからである。

6. 異教の大女神がキリスト教化された姿

異教の大女神をキリスト教化しようとする波は複数存在し、この試みは程度の差はあれ何とか成功した。実際、中世期には幾人もがこうした「グレート・マザー」のキリスト教化のプロセスにこたえた。聖母マリアを大女神ととらえる古典的な解釈は、少なくともエドウィン・オリヴァー・ジェームズの古典的な著作[24]以来よく知られている。マリア信仰が広がる中でも残っていたケルトの宗教に固有の基層を考慮しながら、この分析を補足しておく必要があるだろう。この作業は、ベルナール・ロブローの『シャルトルの聖母の奇跡集』に関する著作[25]において行われている。また、異教まで遡る３者１組の母神をなぞるようにして生まれた、プロヴァンスの３人のマリア信仰についても検討すべきだろう[26]。しかし、特に興味深い研究の方向性を示してくれるのが、聖女グウェン、聖女アンヌ、聖女ブリギッドである。

(1) 聖女グウェン

ブルターニュの聖女グウェン（Gwenn）の名は、まさしく「白い女性」を意味している。ブルターニュの民間伝説によると、聖女グウェンは３人の息子（グウェノレ、ジャキュ、グウェネック）を産んだ。３人目の子供にも乳を与えられるよう、グウェンの２つの乳房の間に３つ目の乳房ができたという。ブルトン人は彼女を「３つの乳房を持つ聖女グウェン（サンテス・グウェン・テイルブロン）」[27]と呼んでいる。キリスト教の伝来前から、ここでは豊穣信仰がガリア人好みの３者１組への信仰に合わせられたと、歴史家グウェンクラン・ル・スクエゼックは指摘している。ル・スクエゼックによると、母神（マトロネス、マトラエ、マトレス）はガリアにとりわけ顕著な痕跡を残した神々の仲間であり、中央の女神が産着でくるんだ赤子を抱える３者１組の座像で描かれることが多い［本書第１章を参照］。また、こうした母神には常に泉の聖殿とのつながりがあったことが指摘されており、言語学的な事実からこれに関するものの説明が可能である。要するに、現代ブルトン語で「母」を指す「マム」（mamm）と「泉」を指す「マメム」（mammen）の間に言語学的な類似性が見られることから、乳母が泉の女神に加護を求めに行けば乳が出るようになると信じる者が多かったようなのである。このことから、泉はいわば大地の乳房であると考えられ、乳房と泉とを結ぶ関係が証明されている。ウェールズ語（アルモリカのブルトン語と同系の言語）で「ア・ママイ」（Y mamau）は「母たち」を意味するが、この表現は妖精を指すのにも使われている。このように、母神（マトロネス）の役割は特に子供を守ることだった。ヨーロッパ全域に、妖精が名付け親となり、生まれた赤子のもとへやってきて、赤子に幸か不幸を予言するという民話がある[28)]。こうした３者１組の女神については、３重化が強調にすぎないもの（いわば神の単一性を誇張した形態）と、女神のそれぞれがインド＝ヨーロッパ語族の３機能のどれかに対応するという分類上の価値を持つものとを、デュメジルにならって区別する必要があるだろう。

アーサー王物語の１つ『名無しの美丈夫』には、主人公ガングラン（［ブルターニュの］グウェノレ［フランス語名ゲノレ］に対応する人物）の母がブランシュマル［「ブランシュ」は「白い」の意］という名の妖精だと記されている。「白い女性」グウェンと同じように、ブランシュマルには白い母神の属性がすべて備わっている。ガングランは母から授けられた類いまれな戦闘能力のおかげで、支配権の継承を認められている[29)]。

(2) 聖女アンヌ

聖女アンヌの資料がより興味深いのは、彼女がおそらく異教ケルトの中心的な母神まで直接遡る「キリスト教神話」の人物だからである。聖女とケルトの母神との暗黙のつながりは、アンヌ（Anne）とアナ（Ana）という名前によってすでに示されている。アナまたはダナ（Dana）はケルトの唯一の大女神の名前の1つであるが、これはすでに先述したとおり、3機能体系にうまく当てはまる複数の男神に寄り添う女神が1柱のみだからである。

マリー＝ルイーズ・ショステッド［1900～1940年、フランスのケルト学者］は、著書『ケルトの神々と英雄たち』の母神を扱った章で、「アナはアイルランドの神々の母である」という『コルマクの語彙集』［900年頃成立した語源論的な語彙集］の一文を引用し、すぐにこう付言している。「多かれ少なかれ、アヌ（Anu）はダヌ（Danu）やダナと混同されてきた。ダナの名をもとにしているのがトゥアタ・デー・ダナン〈女神ダナの一族〉であり、トゥアタ・デー〈女神の一族〉とも呼ばれている。これは至高女神を指している」。

これに対し、ヤン・デ・フリース［1890～1964年、オランダの神話学者］は次のように指摘している。

「アナの名は豊穣の女神を指すが、このことはマンスターのキラーニー南方のなだらかに傾斜した2つの丘にまつわる伝説によってなお一層明らかである。この2つの丘が〈ダー・ヒーヒ・ナナン〉つまり〈アナの両乳房〉（図82）と呼ばれていることから、アナが〈母なる大地〉としてマンスターだけでなくアイルランド全域に豊穣をもたらすと、見事なほどにはっきりと示されている。」[30)]

5世紀のブリトン人の移住は、アイルランドからアルモリカ［ブルターニュ地方の旧名］に向けて出発した。そのため、アイルランドの古い女神がブルターニュの聖女に姿を変えたとしても、驚くにはあたらない。このアナは、トゥアタ・デー・ダナン（「女神ダナ（またはアナ）の一族」）の名祖となったケルト女神ダナと無関係ではない。

図82　アヌの両乳房（アイルランド、ケリー州）

聖女アンヌ信仰が西ヨーロッパで広まったのは、12世紀になってからである。この聖女は聖母マリアの母［アンナ］だと伝えられた。もちろん福音書に聖女アンヌへの言及はまったくないが、地元の人々が儀礼や神話で特別に重視していた人物をキリスト教化する必要にかられ、聖書に書かれたことを引き継いだとも言えるような人物である。聖女アンヌはキリストの母を２重化したが、３者１組の母神になりきれず、３番目の「母」は補足されていない。

アナという名については、ケルトの母神の名がガロ＝ローマ時代［前 50 年〜５世紀］に雌アヒルや鴨を指し、ハクチョウを指すインド＝ヨーロッパ語（「ハンサ（hamsa)」）と結びつきのあるラテン語（「アナス（anas)」）と関連していた可能性もある。鳥の神話（特に渡り鳥の神話）は、ケルトの神話と芸術において重要である。ジョゼフ・デシュレットはケルト考古学の手引きの中で、１つの章をハクチョウや他の水鳥の研究にあてている。これらの鳥があちこちに描かれた青銅器時代のさまざまな種類のオブジェとしては、たとえばハクチョウや他の鳥のついた奉献用の戦車、水鳥の頭で飾られた奉献用の舟、ハクチョウの帯状装飾で飾られた盾あるいは剣革の輪（バックル）、同じ鳥で飾られたシトゥラ［ワインを混合するためのバケツ型の容器］や壺などが見つかっている（図 83、図 84）。ケルトの文献や伝承をよく知らなかったデシュレットは、ギリシア神話との関連からこうした象徴を解釈する方法を提案している（ヒュペルボレイオス［極北］のアポロン神話、キュクノス神話、太陽礼拝など）。生命のサイクル（生や死）と結びついていることの多いこうした鳥類が神話において一貫性を持っていることを認めるには、むしろアイルランドの神話物語の鳥女に目を向けるべきだろう。

図 83　ハクチョウの曳く車（紀元前 2000 年末、旧ユーゴスラビア出土）

アナまたはダナの子供は神的な存在であり、首のまわりにつけている黄金の鎖を奪われると、ハクチョウに変身する。これは『リルの子供たちの最期』のテーマである。ある日、この鎖が盗まれ、子供たちはハクチョウの姿のままになってしまう。ただ１人、彼

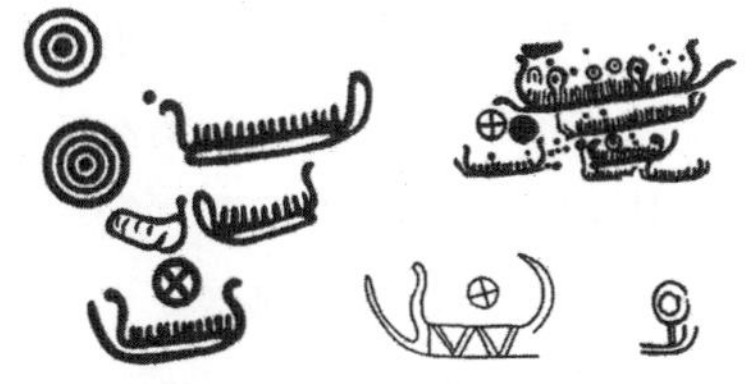

図 84　舳先がハクチョウの首の形をした太陽の舟（北欧の洞窟壁画）

らの妹だけが鎖を盗まれなかったので、ハクチョウ姿の兄たちを養うようになる。このモチーフは『グラアランの短詩』や能楽作品『羽衣』のモチーフとは逆だが、同じ神話的な論理に行きつく。つまり、（神的な起源の）天上の存在は、人間の姿から別の姿へ、ここでは動物の姿へ変わることができるのである。

(3) 聖女ブリギッド

聖女ブリギッドの祝日2月1日は、ケルトのインボルグ祭[31]と同じ日であり、キリスト教の「聖燭祭」または「聖母お清めの日」の前日にあたる。こうした暦の上での偶然の一致により、異教の神話的特徴を数多く受け継ぐ聖女ブリギッドの聖母マリア的な特徴が引き立てられている。ブリギッドという聖女ただ1人に、ケルトの大女神の主要な特徴が集約されている。

キルデア修道院を創設した聖女ブリギッドに関する10世紀の聖人伝資料によると、彼女は雁や野生のアヒルを育てていた。大ブリテンでは、ブリギッドは足もとに水鳥を従えた姿で描かれた。ブリクスタ［別名ブリクタ、ガリアの泉の女神］やミネルウァ＝ブリギッドをかたどったガロ＝ローマ期の影像の中には、野生のハクチョウが上に載った形の兜を被っているものがある。聖女ブリギッド［フランス語名ブリジット］はブルターニュでも人気があり、人々は産婦や乳母を助けに来てくれるよう祈願した。ブリギッドは大地の豊穣と、人間女性と動物の多産をつかさどる聖女だった。聖女ブリギッドはケルトの女神ブリギッドの子孫に他ならず、ブリギッド（Brigit）の名（その語根は「高い」を意味するbrig）は彼女が支配権の女神であることを表している。聖女ブリギッドには治癒力があり、雌牛や家畜を守るとされていた。

フランソワーズ・ルルーとクリスティアン・ギュイヨンヴァルフの指摘によれば、ブリギッドはダグダの娘であり、「諸芸術と原初の神々の母である（中略）。アイルランドの詩人であるフィリたちは、己を正当化するためにブリギッドを引き合いに出している。ブリギッドは詩人、鍛冶師、医者の母と言われている」[32]。（中略）「アイルランドではブリギッドは常に、ボアンド、エーダイン、エトネ、タルティウ（「大地」）、さらにはエーリウ、バンヴァ、フォードラなど多彩な異なる名で知られている。これらのさまざまな名前は、取り上げられる神話の形に応じて、アイルランドでよく使われている。戦闘女神モリーガン（「大女王」）の名は、ダグダの妻として使われている。しかし、この女神には母、娘、妻、妹のいずれであっても、矛盾や無理がいくつもある。まさにこのことが、この女神の神学的な定義を示している」[33)]。

このように、考古学者に誤って（出土した場所にちなんで）「メネゾムのブリジット」（図25）と名づけられたミネルウァだと考えられるこの戦闘女神は、兜を被っているが、その上に鳥（雁かハクチョウ）が載せられていたとしても、驚くにはあたらない。この鳥は、女神の運命をつかさどる性質、すなわち人間の運命に及ぼす影響を示唆している可能性がある。渡り鳥が生命のサイクル（誕生や死）と密接に結びつけられているのは、2つの世界、つまり人間界と神界をつないでいるからである。また渡り鳥が納骨壺の上に当たり前のように描かれているのは、鳥が魂の束の間の移動と結びついているためである。

アイルランドやアルモリカのブリギッド（ブリジット）は、機織りという時間と密接に結びついた仕事との関係により、こうした運命の力とつながっている。ブリギッドはゲルマン神話のペルヒタに似ているが、ペルヒタ（Perchta）の名は糸紡ぎ女ベルト（Berthe）の名に似ている。ベルトとブリギッドは、古ドイツ語の「ヴィルテル」（virtel）や「ベルテル」（bertel）が「糸巻き」を指すことに特に注目してみると、おそらくインド＝ヨーロッパ語の共通の語源形まで遡ることができる[34)]。ペルヒタやベルトは「12日間」［12月25日〜1月6日］に現れ、夜間に空中飛行する群れを先導する。その群れは「荒猟」や「エルカン軍団」の名でも知られている。つまり、ペルヒタやベルトは、豊穣をもたらすのと同時にクロックミテーヌ［子供を怖がらせるお化け］でもある、両価的な鳥女なのである（図85）。死者や亡霊の群れを先導するこの存在が糸紡ぎ女であることは、パルカエや糸紡ぎ妖精のような運命の女神と糸が

図85　恐ろしいペルヒタに仮装したクリスマスの道化たち（オーストリア、ザルツブルク）

神話上で密接に結びついていることに思い至れば、納得がいくだろう。ブリギッドは、生命のリズムとその長さを決めることで人間の運命に極めて重要な影響を与える、守護女神の仲間なのである。マリヤ・ギンブタス［1921～1994年、アメリカ合衆国で活躍したリトアニア出身の考古学者］のよく知られている説に従えば、新石器時代の大女神は、まさに生と死の支配者だと考えられる[35)]。

7. おわりに

本章を締めくくるにあたって、ケルトの諸伝説の動物妖精と自然景勝地に、頻繁につながりが認められることに注目しておこう。これは実際に大女神が「大地」だけでなく、もっと具体的な巨石、河川、木々といった、いわば大女神の住処である馴染みの場所とも完全に同一視されているからである。アルモリカのブルターニュでは、先史時代の巨石のいくつかが「ブリジットの糸巻き棒」と呼ばれている。この事例は、こうした景勝地と運命の女神との昔からのつながりを示している。マイルズ・ディロンとノラ・チャドウィックの説明によれば、アイルランドの神々は、オリュンポスの神々のように天空で共同体を作っているのではなく、むしろ水や火などの元素や、湖や森などの現実的、あるいは想像上の場所と結びつけられている。ケルト人の神話的遺産の記憶がこうした自然景勝地と強く結びついているため、そこに異教やキリスト教の聖殿が見つかるのである。したがって、大女神の神話は時間だけでなく、とりわけ神話的な空間にも刻みこまれていると考えられる。

ケルト文化圏で「支配」という名を持つ大女神の神話のもう1つの特徴は、動物や怪物と常につながりがあることである［たとえばアイルランドの神話伝承には、ダーレ王の5人息子の話にフラティウス（「支配」の意）という名の女神が出てくる。それによれば、狩りに出かけた5人息子がある家にいた醜い老婆から同衾を求められた時、他の兄弟は拒絶したがルギド・ライグデだけが従うと、老婆は美女に変身し「私はフラティウスです。そなたはアイルランドの王権を手にするだろう」と予言したという］。アナンダ・クマラスワミ［1877～1947年、スリランカ生まれの美術史家・哲学者］は「醜い妻」のテーマを取り上げながら、それがインド＝ヨーロッパ世界では特に「支配権」の概念を理解するための真の鍵であることを明らかにした。醜い妻は、動物の姿をしたフィアンセ、つまりケルトの諸伝説に出てくる動物に変身した女神に他ならない。たとえば、ルノー・ド・ボージューが著した物語『名無しの美丈夫』の大蛇（ヴイーヴル）がこれに当てはまる。この物語の主人公［ガングラン］は、大蛇が人間女性［ブロンド・エスメレという名の王女］の姿を取り戻すために「危険な接吻」を行わねばならないが、その儀礼を終えると同時に王権を手にする。「支配権」は常に、自然と動物いずれにも関わるこうした原理との結びつきを想定している。これは「ブーパティ」（Bhupati、「大地（ブー）の主（パティ）」）、つまり王にまつわるインドの概念でもある。王権は、王が大地を具現する女性と結婚して王国を手にするという事実に基づいている。そしてこうした女性と大地との特別なつながりは、動物の姿で表されることが多い。そのため、インドのナーガは水域の竜蛇の姿をしており、王族の存立に手を貸してくれる。アナンダ・クマラスワミ[36]はこれを研究するにあたり、フランスの妖精でリュジニャン家の神話上の始祖にあたる蛇女メリュジーヌというとても分かりやすい例をあげている（図86）。クマラスワミはさらに、13世紀の中国の著作家が書きとめたカンボジアの神話にも触れている。この神話には、「異界」の女性と王族の結婚という特徴がある。アンコール・トムの宮殿に黄金の塔があり、王はその天辺で眠らなければならない。噂ではその塔には国全体の「主」である9頭の蛇の精霊が住んでおり、毎晩その精霊が女性の姿でそこへ現れるという。王はまずその女性とともに眠り、一緒に暮らす必要がある。もし蛇の精霊が現れなければ、それは王の最期が迫っていることを意味する。逆に王が行かなければ、災厄が起こる。この9頭の蛇がケルトの諸伝説に出てくる動物妖精に対応する存在だと考えれば、ユーラシアの広大な空間で神話の道

図86　『麗わしのメルジーナの物語』（アウスブルク、1480年の印刷本）の木版画　多くの王侯を生んだリュジニャン一族の系統樹が、妖精メリュジーヌ（メルジーナ）の身体を起点として描かれている。

をつないでいくことができるだろう。

注

1) Graves, R.（1948）.
2) Guyonvarc'h, Ch.（1997）, p. 380–392.
3) Dumézil, G.（1953）.
4) なかでも『モンゴル・シベリア研究』誌第15号（1984年）が収録する論考を参照（Bouchy, A.-M.（1984）, Mathieu, R.（1984））。
5) Coomaraswamy, A.（1949）, p. 81.
6) Le Roux, F. et Guyonvarc'h, C.（1991）, p. 115.
7) 短詩については、フィリップ・ヴァルテール編著・プレイヤッド版『中世の短詩』を参照（*Lais du Moyen Âge. Récits de Marie de France et d'autres auteurs (XIIe-XIIIe siècle),* éd. et trad. sous la direction de Ph. Walter, Paris, Gallimard, 2018, Bibliothèque de la Pléiade）。特に『ギジュマールの短詩』（*Guigemar*）、『グラアランの短詩』（*Graalant*）、『デジレの短詩』（*Désiré*）を参照。
8) Harf-Lancner, L.（1984）.
9) *Lais du Moyen Âge, op. cit.*, p. 688–725（白い雌鹿のエピソードはp. 699）.
10) Siffert, R.（trad.）（1979）, p. 90.
11) Gallais, P.（1992）, p. 101–102（国際民話話型ATU413）には、他の類話が見つかる。
12) Berezkin, Y.（2010）.
13) *Lais du Moyen Âge, op. cit.*, p. 6–49（作品の原文と現代フランス語訳）およびp. 1111–1116（訳注）.
14) *Ibid.*, p. 378–409（作品の原文と現代フランス語訳）およびp. 1223–1226（訳注）.
15) Sterckx, C.（1999）.
16) Bromwich, R.（1961b）.
17) Guyonvarc'h, C.（1980）, p. 241 et suivantes.
18) Le Roux, F. et Guyonvarc'h, C.（1983）. Hennessy, W. M.（1870）も参照。
19) Le Roux, F. et Guyonvarc'h, C.（1983）, p. 17（『クアルンゲの牛捕り』の「前話」の1つ『レガウォンの牛捕り』の一節）.
20) Guyonvarc'h, C.（1958）. Cf. Walter, Ph.（2014b）.
21) Le Roux, F. et Guyonvarc'h, C.（1986）, p. 288–292.

22）The Didot-Perceval, éd. de W. Roach, Genève, Slatkine, 1977, p. 200–202.

23）Déchelette, J.（1910）, p. 426–453.

24）James, E. O.（1989）, p. 209–245.

25）Robreau, B.（1994）.

26）Brasseur, M.（1998）, p. 43–63.

27）Le Scouezec, G.（1989）, p. 43–63（聖ヴェネックの石像についての注解）.

28）Le Scouezec, G.（1976）, p. 51.

29）Walter, Ph.（1996）.

30）Le Scouezec, G.（1989）, p. 457 からの引用による。

31）Guibert de la Vaissière, V.（2003）, p. 151–201.

32）Le Roux, F. et Guyonvarc'h, C.（1990）, p. 136–137.

33）*Ibid.*, p. 137.

34）Kluge（2002）, p. 993.

35）Gimbutas, M.（1974）, Gimbutas, M.（1982）.［邦訳はマリヤ・ギンブタス（鶴岡真弓訳）『古ヨーロッパの神々』言叢社、1989 年］

36）Coomaraswamy, A.（1997）, p. 139.

第10章

アマテラスと笑ったことのない娘

——民話の国際話型 ATU571 をめぐって——

この章で扱われている主な国や地域

ヨーロッパの民話には、若者が「笑わぬ娘」を笑わせて妻に迎える話がある。ロシアの民族（俗）学者ウラジーミル・プロップは、この話型に属するロシア民話「笑わぬ王女」に出てくる「笑い」のモチーフを、独自の視点から分析した。日本の神話の類例は、天の岩屋に閉じこもった女神アマテラスを誘い出すために、アメノウズメが裸で踊って男神たちを笑わせる話である。中世フランス文学ではクレティアン・ド・トロワ作『グラアルの物語』に、笑わなくなった娘が主人公ペルスヴァルと出会って笑うエピソードが出てくる。いずれも魔術的な働きを持った「儀礼的な笑い」である。本論は、篠田知和基編『神話・象徴・文学』（楽浪書院、2001年）p. 35–50 に掲載された。

1. はじめに

儀礼的な笑いという問題は、神話学全般において最も難解な謎の1つである。本章では、ロシアの有名な民俗学者ウラジーミル・プロップ［1895～1970年］（図87）が刊行した著作のうちフランス語訳がないもの[1]を参照しながら、この問題の諸相に迫ってみたい。ソ連の碩学プロップは、その研究生活の中で常に笑いと滑稽に関心を寄せていた。当時の知識人の流行と政治的な制限の影響により、プロップの理論は著しい変遷をたどり、さまざまな視座が生まれたようである。笑いが筋書きの中心的なモチーフで神話の徴候と認められるタイプの民話群、すなわち「笑ったことのない娘」の話を、プロップの方法論と照合させてみると面白いだろう。国際的にもよく知られているこの民話から、アマテラスのエピソードが想起されるに違いない。これはアマテラスの閉じこもる天の岩屋の外で、おびただしい数の男神を前にアメノウズメが裸で踊り、アマテラスを岩屋から誘い出す話である。

図87　1928年のウラジーミル・プロップ

2. ウラジーミル・プロップと笑いの問題

モスクワの出版社ラビリント（「迷路」の意）がロシアの民族（俗）学者ウラジーミル・プロップの全集を出版する計画を立てているが、この全集は全部で8巻になる予定である。すでにフランス語訳のある3つの重要な著作は、有名な『民話の形態学』（1928年にレニングラードで刊行）[2]、『魔法民話の起源』（レニングラード、1946年）[3]、『ロシアの農耕祭礼』（レニングラード、1963年）[4]である。フランス語訳のない他の3つの著作は、『ロシア英雄叙事詩』（レニングラード、1955年）、『滑稽と笑いの諸問題』（モスクワ、1976年）、『ロシア民話』（レニングラード、1984年）[5]である。残り2つの巻の大半は、未完の文章をまとめたものである[6]。『フォークロアの詩学』(1998年) はロシアのフォークロアの理論と歴史を扱っており、『雑記・日記・回想』(2001年) は自伝的な著述の集成である。プロップは著作全体においてフォークロアの真の史的類型学を目指したが[7]、時に神話とフォークロアの間に存在する質的な違いを十分に見定めることなく、それぞれ特殊性を持ったこれら2つの分野をひどく混同していることもある[8]。『滑稽と笑いの諸問題』は、プロップが1965年から亡くなる1970年まで書き記していた (未完の) 遺作であり、彼の妻がその初版を準備した。初版には文体上の不備が数多くあり、考証資料は錯綜し、序文も冴えないものだった。現行の版はより学術的で、著作の内容がきちんと見直され、引用部分が修正され、注釈も追加されている。1999年に刊行されたこの著作のロシア語版[9]には、補遺として「フォークロアにおける儀礼的笑い」という別の論文が収録されている。この論文は『魔法民話の起源』と『ロシア農耕祭礼』の注に記されており、フランス語圏の読者はすでにその存在を知っていた。これは1939年に『レニングラード大学学術論集』に発表された論文で、1976年にモスクワで刊行された論集『フォークロアと現実』に再録されている。

3.「フォークロアにおける儀礼的笑い」(1939年)

笑いの問題が初めて提起されたのは、1939年の論文「フォークロアにおける儀礼的笑い」においてである。この論文のテーマは、「笑わぬ女性」という意味の名を持つ王女ネスメヤーナの話の分析である (図88)。この民話はアファナーシエフがまとめた民話集では130番にあたる[10]。しかし、ロシアに特有の話というわけではなく、アールネとトンプソンとウターによる有名な民話の国際話型分類の571番 [「みんなくっつけ」] に見つかる[11]。王女はふさぎこみ、笑えなかった。そのため父王は、娘ネスメヤーナを笑わせることができ

図88　笑わぬ王女 (ヴィクトル・ヴァスネツォフ作、1916～1926年)

た者に嫁がせると約束する。王女の前に現れたのは家畜番をしている正直者の下男で、それ以外のことも何でもこなせた。以前この若者はナマズとカブトムシとネズミにそれぞれ銀貨を１枚ずつ与えたことがあり、３匹の動物は若者に恩返ししようと考えていた。この民話の主要な場面は以下のとおりである。

> 窓辺に笑わぬ王女がすわって下男をじっと見つめていた。さて、どこへ身を寄せたものだろう。下男は目がかすんで気が遠くなり、泥の中にばたんとたおれてしまった。するとどこからともなく、大きな口ひげを生やしたナマズとカブトムシのおじいさんとネズミのおばあさんが次つぎとあらわれて駆けより、かいがいしく世話をやいた。ネズミが服をぬがせたかと思うと、カブトムシが長靴をみがき、ナマズがハエを追いはらった。その連中のまめまめしい働きぶりを見ているうちに笑わぬ王女が笑い出した[12]。
> (中村喜和訳)

このロシア民話の類話には３種類の結末があるが、プロップによるとそのうちの２つは大した特徴がないという。３つ目の結末によってのみ、ネスメヤーナの分析と、この民話を構成するモチーフ群の通時的な変化の理解が可能となる。それは、主人公が魔法の笛を手に入れ、それを吹いて王女の部屋の窓の下で３匹の豚を躍らせ、王女を笑わせるという結末である。踊る豚と同じモチーフが、「王女の誕生のしるし」という別の民話にも出てくる[13]。プロップはこの２つの民話を同時に検討し、両者の共通点をただ単に形態的な面だけでなく、その生成過程の面からも考察している。一方の民話では王女が豚を見て笑うのに対し、もう一方の民話では豚を手に入れるために王女は誕生のしるしを見せている。また、これらの民話は必ずしも結婚で幕を閉じるわけではなく、最後のエピソードではライバルが現れ、追い払われている。

プロップはモチーフ群の分析に入る前に、よくある方法論の問題点を指摘している。プロップが民話の類話と伝播の比較研究に踏みこまないのは、この問題をすでにチェコの研究者仲間ポリフカが取り上げているためである[14]。こうしたことから、プロップは後に『魔法民話の起源』の中で展開される方法を、特に用語と説明のレベルで先取りして用いている。また、特に民話のテーマ群やモチーフ群を、個別ではなく相互関係において検討する必要性を語っている（この考え方は明らかに言語構造主義からの転用である）。さらに、マルクスとエンゲルスの史的唯物論を踏襲し、民話が物質生産と社会の諸制度の最古の形態を反映していると推察した。他にも、「難題」のモチーフのような、『魔法民話の起源』の中で詳しく検討されたいくつかの興味深いモチーフにも言及している。一見しただけでは、プロップの方法はネスメヤーナの笑いのモチーフの分析に有効ではないように思われる。このモチーフには、はるか昔の神話起源からの変化をたどれるような、通時的な指標が1つも含まれていないからである。プロップはこの謎を解明しようと研究領域を拡大し、そこへ笑いのテーマを導入した。笑いのテーマもまた、「その展開と、観察対象となる諸民族の生活との具体的な関係から」（p. 224）検討されなければならない。プロップによるこうした問題の立て方には、主要な要素の萌芽が見られる。これはその後、滑稽と笑いに関する彼の著作で展開されていった。また、プロップはベルグソンの哲学的抽象化を受け入れなかったが、ウーゼナー、レナック、フェルレ、フリュク、ミュラーの代表的な研究によって提案された、儀礼的笑い、嘲笑的笑い（サルデーニャの笑い）、「復活祭の笑い」を解釈する試みにも満足しなかった。

プロップは、この現象を慣例どおり一面的に見ないように気をつけながら、儀礼的笑いの分析に取りかかった。続いて笑いと関連した儀礼、フォークロア、神話のすべての要素の分類を行ったが、その対象は古代ギリシア・ローマだけでなく、アメリカ、オセアニア、アフリカ、さらにはシベリアの未開社会にまで及んだ。そして、誰かが亡くなった時や種まきの時にも人は笑うことから、（人はいつ、何について笑うのかという）基準について考察している。さらに、（さまざまな社会の経済発展の段階を見据えた）地理と歴史の基準についても検討している。プロップは優秀なマルクス主義者としてこの研究の方向性が限られていることを明らかにしたが、これは笑いのそれぞれのタイプが諸民族の経済および社会の発展の決まった段階に対応すると考えられるためである。このようにしてモチーフのさまざまな実例の中から歴史的な時代区分を抽出し、古い神話群まで遡るこうした伝承の鎖の最後の環が民話であると指摘した。プロップは1939年の論文で、詩的ジャンルとしての民話は資本主義に特有のものだと結論づけている。しかしながら『魔法民話の起源』では、このひどく教条主義的な考え方を繰り返さなかった。この本では、資本主義が民話を統御するのではなく、民話が資本主義を反映すると主張している。

プロップが興味を持った最初の儀礼的要素は、異界の旅で笑いが禁止されていることである。この場合の笑いは死者と生者を区別する特徴であり、北アメリカのインディアンの神話やエスキモー、ロシアの民話にその例が見つかる。主人公は異界で笑いの誘惑（眠気、あくび、しゃべること、食事の誘惑もまた同じである）に屈すると、死の危険にさらされる。同じ禁忌が通過儀礼にもある。プロップによれば、こうした禁忌の来歴はとても古く、生の裏返しとしての死の表象だという。プロップがこの禁忌を重要視したのは、それが反転を起こすからである。つまり、死者の国ではいかなる笑いも起こらないが、生の世界へ入れば逆に必ず笑いが生まれる。さらに、笑いには命を生み出す力があると考えられている（宇宙創成の笑いがこれにあたり、神々の笑いが世界を創り出すというテーマである）。飲みこまれた後で吐き出される英雄のモチーフ[15]が神話群に残存していることから、このモチーフの分析により、生への帰還（すなわち新たな誕生の瞬間）には笑いが伴うと結論づけることが可能である。その例として、古代ローマのルペルカリア祭の笑いがあげられる［2人の若者は、この祭りで犠牲の血に浸したナイフで額に触れられ（象徴的な殺害）、その血を動物の毛で拭き取られると（象徴的な再生）笑わなければならなかった］。ヤクートの神話ではこうした側面がうまく説明されており、女神イイエフシトの神話において、この女神は女性の出産を手助けするために3日間笑う[16]。ヤクートでは妊娠中と分娩中の女性も笑うことに注意すべきだろう[17]。フェルレおよびノルデン、レナックがそれぞれ引用している宇宙創成に関するギリシアとエジプトの文献や、3世紀のライデンのパピルスでは、神が笑いながら世界を創造したり、あるいは神の笑いが世界を創造したりする。こうした資料により、「サルデーニャの笑い」は新たな解釈が可能となる［地中海の島サルデーニャの太古の住民には老人殺しの風習があり、老人を殺害する時、大声で笑った。これが「サルデーニャの笑い」と呼ばれている。現在ではこの言葉は「嘲笑的な笑い」と同義である]。プロップによれば、「サルデーニャの笑い」は死（または虚無）を新たな生に変えることから、「敬虔な行為」(p. 237) である。したがって儀礼的な笑いとは、生命を作り出す魔術的な手段である。先述した神話や民話は、狩猟が行われる氏族社会のタイプに由来する。猟師が獣を殺害する時に笑う（それは獣の次の再生を意味する）としても、この笑いという現象が狩猟と直接関連しているわけではない。むしろ生殖が普通の条件で行われないことに注目するほうが適切である。人間を生み出すのは、人間の夫婦ではなく、女性だけである。それは常に母であり、母神、女シャマン、お産の女神である。配偶者はまったく現れない。ロシア民話のヤガーばあさんやエスキモーの話に登場する雨の主「老婆」は、いずれも明らかにセクシャルな面が強調されているが、配偶者がおらず、古い母権制文化と関係がある。そうした文化では、創造と受胎を行う笑いが、生殖において男性が果たす役割に取ってかわっている。プロップによれば、農耕の登場が急激な変化を引き起こしたのだという。以前は人間の生命だけが魔術的な笑いに依存していたが、農耕の登場とともに笑いの影響が植物にも広がった。植物は、微笑みで花を咲かせる王女のイメージを生み出した。女神の笑いは春のメタファーである。結婚のモチーフが登場する物語でも、問題となるのは既婚女性ではなく処女である。結婚が祭祀的な意味を持ち、笑いの古い伝統と混ざりあうのは、笑いの「農耕的」概念においてのことである。農耕の開始以前は子供を産む時や狩猟で獣を殺害し獣の再生を願う時に笑ったが、農耕の開始以後は畑に種を撒く時や大地が実り豊かになることを願って畑で性交をした時に笑った。農耕によって神々も生まれたが、そうした神々の話はネスメヤーナの話に奇妙なほど似ている。植物が生育するには、大地の女神を笑わせ、彼女に配偶者を授けなければならないのである。

プロップは男根崇拝の儀礼をまったく扱わないまま、「復活祭の笑い」に言及している。H・フリュクは「復活祭の笑い」のキリスト教起源説を提唱したが、プロップはそもそもこの説を認めていない。プロップの関心をひいたのは「復活祭の笑い」が持つ要素の１つで、聖職者が復活祭の日に冗談を言って信徒を笑わせる風習である[18)]。これはエレウシスのデメテルの前で下女のバウ

図89　バウボ像（エジプト・プトレマイオス朝の時代の作とされる。デンマーク、コペンハーゲン国立美術館蔵）

ボ（またはイアムベー）が行った所作に似ている（図89）。デメテルは豊穣と穀物をつかさどるギリシアの女神で、娘のペルセポネがハデスに誘拐されてからは、笑おうとしなかった[19)]。復活祭の日に行う聖職者の行動は、ギリシアの女性がかつて農耕の時期に種まきや収穫をしながら取った行動にも似ている。さらにまた、主人公に自分の誕生のしるしを見せたネスメヤーナの行動にも似ている。裸になることは、性行為への誘いである。しかし、もし最古の時代に配偶者のいない母神デメテルが笑いで応えたならば、この魔術的な行為だけで大地に春が戻ると考えられる。ロシア民話のネスメヤーナは、このモチーフの終着点を示している。父王が娘婿の条件としてあげた王女の誕生のしるしを知る者とは、王女と一夜をともにする者ということである。余談ながら、アファナーシエフもフジャコフも、「王女のしるし」の民話群をすべてまとめた版をこれまで1度も刊行していないことを付言しておこう。

議論のこの段階で、ネスメヤーナの姿にデメテルのような農業女神の特徴が含まれていることを証明する必要がある。プロップはこの点について4つの論拠を示している。1）彼女が笑わないのは、大地が実り豊かになるために、彼女の笑いが人間に必要だからである。民話には彼女が「9日間歩きまわり、その後の9日間は眠る」（p. 251）と記されているが、それはおそらくペルセポネのケースと同じく季節の交替を表している。2）テスモポリアのデメテルと同様、彼女は知識や知恵の源である。3）彼女はデメテルの娘と同じく地下で王位に就いており、馬車に乗って宙を飛ぶ女性として描かれている。馬車が農業の象徴であるのは、馬車が猟師の移動手段だと考えられていなかったからである。4）ネスメヤーナから民話の王女の規範的なタイプへと論を進めるにあたり、プロップは動物全般（トーテミズムの反映かもしれない）と水とのつながりというテーマを加えている。ネスメヤーナは農夫が必要とする淡水の創造者であり、みずからが地下で眠ることで淡水を授けてくれる。この王女が候補者に自分を妻として捧げるのは、結婚を重要視しているためではないだろうか。ネスメヤーナの話の男の主人公も普通の人間ではない。プロップは魔法の笛について詳しく書いていないが、それは儀礼的な踊りに用いられた聖なる笛に由来する[20]。しかしこれとは違い、プロップにとって子豚は大変重要な意味を持っている。普通、魔法民話の想像世界を支配しているのは野生の動物である。魔法民話には家畜化された動物もまれに出てくるが、ここでの豚は挿話的な役割を超えている。「王女のしるし」の民話のすべての類話において、豚を他の動物に置き換えることはできない。プロップはこの点について、古代には豚が豊穣をもたらす動物だったと指摘している。豚は夫婦生活と関連し、デメテル信仰で重要な働きをしていた。ギリシア人に子豚を大地の割れ目の中へ投げ入れる習慣があったのは、そこがデメテルの住まいだと考えられていたからである。その後しばらくしてから腐敗した肉を穀物と混ぜ、神官が農耕儀礼を行う間に犂路へ落とした。また「豚」を指すラテン語「ポルクス」には性的な意味があり[21]、それはバウボの行動（図90）、ネスメヤーナの行動、農耕儀礼的な行為としての笑いと関係があると思われる。

王女を笑わせる主人公には、植物や動物を実際に支配する力がある。アファナーシエフの民話集に収録された類話の主人公は、商人のもとで3年間働くが、みずからは何の努力をしなくとも商人の畑を実り豊かにし、奇跡的な収穫をもたらす。つまり、王女が笑うのは、主人公が豊穣をもたらすからであろう。まず子豚を連れてくることにより、次にごく普通の人間であるライバルにまさに王女のベッドで勝利を収めることにより、主人公は雄々しい力を証明する。主人公は夫としてネスメヤーナに必要な豊穣をもたらす。王女と若き主人公との結婚がすべての人間にとって必要なのは、それが繁栄の証だからなのである。

図90　豚の上に乗ったバウボ（古代ローマ後期の彫像）

4.『滑稽と笑いの諸問題』(1976年)

プロップが1939年に書いた笑いについての論文には、彼の後の著作全体に関連する要素が随所に見つかる。しかし、その考え方は変遷している。『魔法民話の起源』と『ロシアの農耕祭礼』に続き、プロップは笑いを『滑稽と笑いの諸問題』の中で最後に理論化した。プロップの著作は一作ごとに常に理論においてさらに高い帰納のレベルへと進化しているが、これは2つの軸に従っている。1つは垂直軸(通時的な軸)で、対象となった諸現象の歴史的側面が検討されている。これにより、魔法民話の構造から、太古とは言わないまでもはるか昔の歴史に民話の起源を遡る研究へと移行した。もう1つの軸は水平軸(共時的な軸)で、これにより資料体(コーパス)が拡大されている。つまり魔法民話から出発し、他のジャンル(英雄叙事詩など)、ジャンル理論(これが『フォークロアの詩学』の骨格となる)へと向かっている。プロップはこうした2つの軸に基づいて総括することで、検討中のテーマの(採集、解釈、構造、図像、主題の内容、出現に必要な歴史的諸条件といった)あらゆる側面を(『ロシア民話』という著作の中で)同時に体系化しようとし、また[『滑稽と笑いの諸問題』の中で]すべての文学ジャンルにおいて主要な構成要素の1つである「滑稽」の美的、心理学的、理論的な本質を扱ったのである。

『滑稽と笑いの諸問題』の最初の2章は、方法論を扱っている。プロップはまず、帰納的な方法で多様な笑いを分類することに取り組んだ。彼が(主としてドイツの)美学理論を断念したのは、演繹法で考えると笑いをあまりにも抽象化しすぎてしまう危険があったためである。プロップによれば、美学理論は議論すべき2つの前提に依拠している。1つ目はジャンルの対立という前提である(たとえば滑稽は悲惨や崇高と対立する)。この定理はアリストテレスによるもので、滑稽を悲惨と崇高の反定立(アンチテーゼ)と考えるロマン派が使った。この議論において、プロップはドイツの実証主義者の側についた。たとえばフォルケルト[1848～1930年、ドイツの哲学者・美学者]は、悲惨との関連で滑稽の《外在性(エグゾトピア)》[22]を説いた。プロップの著作が唱えた根本的な説の1つは、滑稽の本質と特殊性を理解するためには滑稽それ自体を別個の現象として研究する必要があり、悲惨や崇高との依存関係や反定立として研究すべきではないというものである。悲惨や崇高と関連させると、滑稽は結局、二義的で高尚ではないものだとされてしまうからである。ゴーゴリ［1809～1852年、ロシアの小説家・劇作家］に代表されるロシアの作家の作品では、ごく頻繁に滑稽と悲惨とが自然に結びついている。つまり、滑稽は内在的に悲惨と関連しているため、滑稽を表面的あるいは娯楽的なものだと軽視してはならないのである。プロップのドイツ美学に対する2つ目の非難は、この学派が滑稽について形式と内容という議論の余地のある対立を導入したためである。プロップは、ショーペンハウアー［1788～1860年、ドイツの哲学者］の言う、先入見と一致しないこの世の事物を見つけた時に人は笑うという説に異議を唱えた。そして不調和が滑稽を生み出さない場合も見つかることから、この説には含みを持たせるべきだとしてその正当性を主張した。プロップはこうして独自のアプローチを提起する。「それぞれの具体的なケースで、滑稽の特殊性を定義しなければならない。つまり、決まった現象がどの程度まで、どのような条件で滑稽を生み出すのか、それはすべてのケースで起こるのか、あるいはそうではないのかを検討しなければならない」(p. 10)。プロップは「白紙（タブラ・ラサ）」から出発し、すべての実例の検討を終えた後で、初めて結論を出すように提案した。ヘーゲル、ショーペンハウアー、フィッシャーが特に行ったような、「下品な」滑稽と「繊細な」滑稽との区別や、高尚な笑いと笑劇との区別を、プロップが認めなかったことも付言しておこう。こうした区別を行うと、シェークスピア［1564～1616年、イギリスの劇作家］やセルバンテス［1547～1616年、スペインの小説家］から、モリエール［1622～1673年、フランスの劇作家］やゴーゴリに至る古典劇の滑稽のかなりの部分が、大衆劇の滑稽だととらえられてしまうことになる。しかしこれは間違った見方だろう。

プロップは、任意に追加されたさまざまな要素を資料体（コーパス）とし、取捨選択せずにすべての要素を集め、傑作も失敗作も同じように検討した。つまり文学の古典的作品、フォークロア、ユーモラスで風刺好きの新聞雑誌、サーカス、バラエティーショー、喜劇映画、日常生活にあふれる冗談を同列に扱った。年代的には18世紀から20世紀に限定されており、明らかにロシアの作家を好んで取り上げた。このようにプロップが経験的にゴーゴリの素晴らしさを認めていたことにより、すべての笑いのタイプのほとんどの実例がゴーゴリの作品から使われている（図91）。

図91　ゴーゴリの肖像（F･A･モレル作、1841年）

プロップはレッシング［1729～1781年、ドイツの劇作家・批評家］にならい、「冷笑」（彼によれば最も広い範囲の表現を提供する）と二次的な笑い（「親切な」笑い、「悪意がありシニカルな」笑い、生きる喜びの笑いなど、『滑稽と笑いの諸問題』第２部で扱われている笑い）とを区別して分類を行っている。そして1939年の論文で出した諸説を再び取り上げ、フランソワ・ラブレー［1494年頃～1553年頃、フランスの作家］に関するミハイル・バフチン［1895～1975年、旧ソ連の文芸学者］の著作（1965年刊）［『フランソワ・ラブレーの作品と中世・ルネサンスの民衆文化』］を用いて補足しながら、儀礼的な笑いについても触れている。プロップが冷笑自体を一般的なカテゴリーとして考察しようとしていたことから、笑いを引き起こす理由について検討してみなければならないだろう。この検討により、笑いを引き起こすための芸術的な手順が明らかになるだろう。つまり、滑稽の研究を進めるためには、滑稽な対象と笑う主体という２つの構成要素の関連を考慮する必要がある。しかし、19世紀と20世紀に出された諸説では、これら２つの構成要素は常に分離され、美的な側面や心理学的な側面が検討されていた。ベルグソン［1859～1941年、フランスの哲学者］は笑いを日常生活で統計的に導き出されるメカニズムとして解釈したが、プロップはこれに反論した。理由を正しく定義したとしても、人が必ず笑うわけではない。人間は社会的、国家的、個人的な理由により、笑いをこらえることができるためである。（もともと不思議なテーマというものも）滑稽なテーマというものも、それ自体としては存在しないことを確認しておこう。笑いを引き起こすのはこうしたテーマの扱い方や、とりわけ具体的な状況を作っている諸要素である。プロップによれば、最初は何もかもが笑いの原因になりうるような気がする。しかし笑いには決して向かない要素があり、無機的な植物の世界がこれにあたる。これとは異なり、動物がおどけて見えることが多いのは、人間を思わせるからである。祭日にロシアの村々で引き回される熊が滑稽に見えるのは、化粧の最中の娘の真似をしているかのように、人間と似ているからである。このように、笑いが人間に固有のものであるため、滑稽は人間の特性、知性、意思、情動と絶えず関連しているという、プロップの理論構造全体の中心的な考え方に到達する。

プロップが提案する滑稽のメカニズムは、ゴーゴリの作品の実例によって明らかにされている。イワン・イワーノヴィッチとイワン・ニキーフォロヴィッチの喧嘩を取り上げた中編小説［『イワン・イワーノヴィチとイワン・ニキーフォロヴィチが喧嘩をした話』。初出は1834年、わずかに修正をして1835年に小説集『ミールゴロド』に収録］では、ニキーフォロヴィッチが裁判所に出廷し、些細なことを口実にして隣人を告訴するが、太りすぎていたため扉口にはまりこんで動けなくなる。ニキーフォロヴィッチを扉口から引き出すために、裁判所の職員が彼の腹部に片膝をあてがって、ありったけの力で押さねばならなかった。プロップによると、笑いは常に外的な状況によって隠されていた欠点が浮き彫りになり、突如白日のもとにさらされることから始まる。すなわち、笑いの犠牲者の望みが叶わなかったり、何らかの表現に意味がなかったりする場合に起こる。ニキーフォロヴィッチのケースでは、彼が怠け者で貪食だという悪い性格であることへの罰として冷笑が起こっている。彼は太っているためにすでにかなりひどい印象を与えるので、扉口にはまりこんで動けなくなるだけで笑いを誘うのに十分なのである。しかしながら、実際の人物より見た目で笑いを引き起こすためには、非難される欠点が重大であってはならない。それからプロップは、身体、裸、食事のような生理的機能、匂いといったいくつかの滑稽なモチーフについて長々と論じている。鼻、口、口ひげは、顔の中でも滑稽を生み出すのに適した部分である。身体と関連した職業（料理人、医者、床屋）は、文学的に滑稽の様式（モード）で扱われやすい傾向がある。双子は滑稽を生みにくいモチーフだが、逆に登場人物の名前、外見、意図が2重化する過程は、いつの時代にも滑稽文学の糧となっている。

笑いの諸原因に続き、プロップは滑稽を生み出す技法についての考察にたどり着いた。その技法とは、パロディー（プロップは、揶揄の対象に中身がないことを発見する手段だと言っている）、誇張法、グロテスク（プロップによればグロテスクが芸術でしか成立しないのは、描かれるモデルとの間に異化［日常見慣れたものを未知のものに変えて驚きを生み出すこと］が必要だからである）、不合理、嘘、欺瞞である（これらすべてのテーマが神話群に現れることに注意しよう）。取り違えのような滑稽な状況、地口、逆説、皮肉、隠語の使用は、言語が滑稽で意図的な病に冒されていることを示している。「ディスクールの生理学的変化」についての彼の考察（たとえばゴーゴリ作『外套』の主人公［アカーキー・アカーキエヴィッチ］の支離滅裂な言葉についての考察）では、滑稽の分析に隠喩の多様な広がりが導入されている。プロップは内容と形式の矛盾というはっきりした基準を再び取り上げ、こうした矛盾が確かに存在するものの、それを笑いの対象（ディスクールの指向対象）や笑う主体ではなく、両者の相互作用の中に探さねばならないと結論づけている。こうした相互作用が笑いを生み出すには、主体が（道徳的な、あるいは常識の）規範に従う考え方をしている必要がある。それにより、非道徳的な人や偏狭な人がなぜ笑わないかが分かる。笑いを起こすには、外界がこうした規範の本能を呼び起こさねばならないのである。

このように、プロップは『滑稽と笑いの諸問題』において、滑稽に関する形式主義的（フォルマリスト）な考察の新たな段階に至っている。（1939年の論文で書かれた）滑稽のテーマの研究から笑いの美学と心理学の諸問題への移行は、結局のところ民話の（共時的な）形態学と（『魔法民話の起源』の中で実践された）テーマ群の通時的変化の研究という２項対立と同じ流れである。笑いの問題をめぐる根本的に異なる２つのアプローチが相補的に２つの理論的な著作で示されているが、それはプロップの理論が進化したことを表している。

5. 民話の儀礼主義的読解のために

笑いについてプロップが展開した２つの理論的アプローチのうちの１つ目のアプローチのほうは、名古屋で開催された一連のシンポジウムで例証された

［名古屋では1998年9月に「荒猟師伝承の東西」、1999年1月に「冥界の大女神」、1999年9月に「東西の老賢者—マーリン」、2000年9月に「古今東西のおさな神」、2001年9月に「鬼とデーモン」というテーマで、比較神話学シンポジウムが開催された］。このシンポジウムにおいて、篠田知和基教授とユーラシア神話プロジェクトに携わる研究者全員が、ユーラシア神話の分野に多岐にわたる視点をもたらした。そもそもプロップの著作は研究者の間でも論争を呼んでおり、プロップとレヴィ＝ストロース［1908～2009年、フランスの文化人類学者・構造主義者］は物語の内容と形式の二律背反という問題が根本的な火種となって対立していた。イデオロギーの問題も、この対立と無縁ではなかった[23]。しかしプロップが1939年の論文で展開した神話的なテーマ群と諸文明の儀礼や信仰とを関連させる方法は、イギリスのアンドリュー・ラング［1844～1912年］の人類学派に代表される比較神話学の古い伝統によるものである。（19世紀に）ラングは、同時代のマックス・ミュラー［1823～1900年］の比較神話学と対立していた。プロップは明らかに比較人類学の系譜に属してはいるが、彼の場合、多少マルクス・レーニン主義の公式教義を受け入れていた。こうした共産主義（コミュニズム）の聖典への言及は、当然の義務であり、ソ連の知識人が自分の研究を続けるために払わねばならない代償だった。しかし今日ではもちろん、こうした短絡的な偏見から説明されるような価値観に惑わされることはない。反対に、プロップの考察は儀礼主義とイデオロギーの双方の観点から神話を検討できる点で、より充実しているように思われる（すなわち、神話を発展させた信仰、迷信、文明のさまざまな思想を、神話の周辺に復元しようとしている）。フランスの民俗学者ピエール・サンティーヴの著作を読めば、プロップの儀礼主義的な視点が思い出されるだろう。

図92　天岩戸を引き開けるアメノタジカラオ（大蘇芳年作）

ヨーロッパの民話の「笑わぬ娘」は当然、『古事記』に登場するアマテラスを連想させる[24]（図92）。これらの話の共通点をいくつか明示しておこう。

──身分の高い処女で王女にあたる若い娘（日本神話では女神）が突然ふさぎこむ（笑わなくなる）。そして人目を逃れ、引きこもって暮らす。

──王女（または女神）の憂鬱は、社会や宇宙に深刻な影響を及ぼす。（『古事記』では）世界は暗闇に包まれ、（ヨーロッパの民話では）王国は世継ぎを失う危険にさらされる。

──ある人物の滑稽な振舞い（大抵は踊ること）により、最後にはふさぎこんでいた娘が笑い、元の生活に戻る。

──娘の笑いが、宇宙や社会の通常の流れを回復させる。

アメノウズメの比較項として注目すべきはケルト世界のかなり古い神話的な存在であり、『古事記』のアメノウズメと同じような猥褻な動作をしている。その神話的存在は慣例でシーラ・ナ・ギグと呼ばれており、これについての文字資料は皆無であるが、創造と破壊の女神として紹介されることが多い[25]。その影像はイングランド[26]やアイルランド[27]（図93）の他、フランスでも11世紀から15世紀にかけて作られ、教会の正面玄関に配置されている。シーラ・ナ・ギグは明らかにケルトの（さらには前ケルトの）異教の古い存在であり、いまだ説明のつかないさまざまな理由により、キリスト教の中で生きのびたと思われる。しかしながら、シーラ・ナ・ギグの民間信仰はとても盛んだったようである。教会は手荒で抑圧的な形でこの信仰を根絶するよりも、その影像を教会の上に（もちろん周辺的な場所へ）移すことで信徒たちをキリスト教の礼拝の場へ引き寄せ、徐々

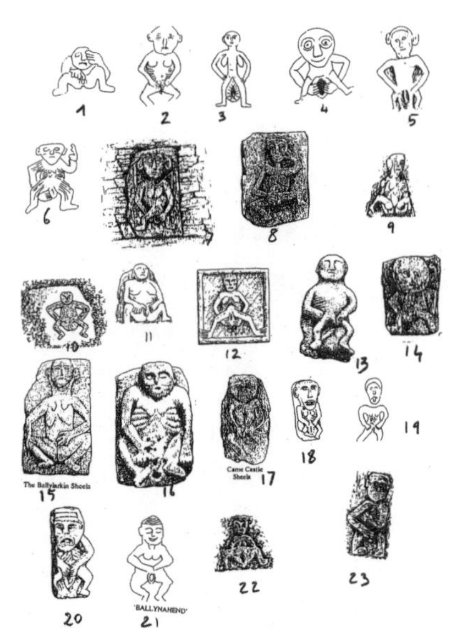

図93　シーラ・ナ・ギグを描いたさまざまな図像（大ブリテンとアイルランド、1100年から1450年頃まで）

に真の神を称えてもらえるように誘導した。クロード・ゲニュベが共著書『中世の世俗芸術と民間宗教』掲載の図版に寄せた短いコメントで指摘しているように[28)]、古代と中世には、女性器を露出すると悪霊を追い払ったり嵐を鎮めたりすることができると信じられていた。またさらに、プリニウス〔79年没、帝政期ローマの博物学者〕があげている卑近な例によれば、害虫の退治ができるとも考えられていた。しかも、女性器を露出したシーラ・ナ・ギグは、邪眼から身を守る手段だと考えられていた。このような着想がアメノウズメにもそのまま当てはまるように思われるのは、太陽を呼び戻し、自然を覆う暗闇と死を祓おうとしたからである。アメノウズメの動作はまさしく、災いを追い払う手段である。

したがってここで、笑いを取り戻す娘や猥褻な踊りを行う娘は、ユーラシアに共通する太古の遺産を通じて相互に関連していると考えることができるかもしれない。こう考えれば、さまざまな類話の類似だけでなく相違も説明がつくようになるだろう[29)]。神話的なテーマは、ユーラシアに共通する原型[30)]によって、こうした物語を記したそれぞれの言語において、太古の神話素の共通の幹から特別な経路をたどって変化したとの説明が可能である。その場合、さまざまな類話の中のどれか1つが他の類話全体に影響を与えたのではなく、それぞれの類話が個々の文明という文脈の中で独自に変化したと考えられる。

当然ながら、ある民話の類話全体の照合は有益である。バスクの類話では、いくつかの生き物が不思議な力でくっついて離れなくなる。子羊、司祭とその家政婦、キャベツの葉と山羊数頭、パン屋、鍛冶屋、2人の女、犬、盲人、これらすべてが一緒にくっついたのを見て王女は笑い出す[31)]。しかも王女は大笑いしたとされている。王女が笑うと、すべての生き物はバラバラになり、つながりが解かれる。笑いには魔力があるのかもしれない。この例は、憂鬱な娘が普通の人間にはない特別な力を持っていること、つまり彼女が神話の母神やフォークロアの妖精にあたることを改めて証明している。

中世ヨーロッパの作品群について考えてみると、1度も笑ったことのない（あるいはかなり前から笑わなくなった）娘のモチーフは、クレティアン・ド・トロワの遺作『グラアルの物語』〔1181～1190年頃〕にも出てくる。アーサー王宮廷に到着したペルスヴァルは、(物語の第1045行〜第1046行に記されているとおり)6年前[異本では10年前]から笑わなくなった娘と出会う。ペルスヴァルが(おかしな服装をしていたので)異様な服装で娘を笑わせると、娘の笑いによって予言がもたらされる。

> さてその場をあとにした若者[=ペルスヴァル]は、1人の美しく品のある娘を目にし、挨拶した。すると娘も挨拶を返し、笑い始めた。そして笑いながら、次のように言った。「若い方、もしあなたが十分に長生きしたら、私は心の底から思い、そう信じているのですが、この世の中にあなた以上に優れた騎士は、これからも出てこないし、かつても存在せず、人々の知るところとはならないでしょう。私はそう思いますし、信じているのです」。ところで、この娘は6年以上も笑ったことがなかった。そして彼女がこんなにも声高に話したので、誰もがその話を耳にした。するとクウ[アーサー王の家令]が飛びあがった。なぜなら娘の言葉がクウをひどく苛立たせたからである。そしてクウは掌で娘の柔らかい顔を激しく叩き、娘を地面へ打ち倒してしまった[32)]。

謎だらけのこの娘は、その後2度と物語に現れない。彼女は明らかに民話によく登場する娘に似ている(民話の主人公は、決まった試練を果たさない限り結婚適齢期の娘と結ばれることはない)。しかし、6年前から笑わなくなったこの娘は、女予言者でもある。メルラン[英語名マーリン](あるいはデモクリトス[前460年頃〜前370年頃、古代ギリシアの哲学者])の笑いと同じように、彼女の笑いの後には作品の鍵になる人物、ペルスヴァルその人の運命に関する予言という真面目な言明が続く。彼女は「異界」の存在、つまり儀礼的な時間に姿を現す女神が人間化した姿だと考えられる。このように、神話的な笑い(または儀礼的な笑い)のモチーフが、暦の時間とも結びついていることを強調しておく必要があるだろう。プロップや彼が引用する他の神話学者が述べているように、人は1年の任意の時に慣例で笑うわけではない。こうした笑いは、神話的次元の季節の文脈から説明が可能である。『グラアルの物語』のペルスヴァルと憂鬱な娘との出会いは、拙著『時間の記憶』で明らかにしたように[33]、春の初めに起きている（物語は象徴的に5月1日に始まる）。さらに、主人公ペルスヴァルは冒険の途上で出会った社会や個人の問題をことごとく解決するが、これは彼に備わる時間を回復させる力、彼が通過する「荒廃した」国々に繁栄や春にふさわしい肥沃を新たにもたらす力から説明できることに注目すべきだろう。ペルスヴァルは多くの場合、再生の英雄として描かれている。このように娘に笑いが戻ることは、否定的な時間が肯定的な時間へと反転することを表している。5月のさまざまな儀礼は、同じような喜びを想定して行われていた。春という季節の典礼において人々には笑うという行為が求められ、5月の歌と踊りは笑いを招き寄せた。

しかしながら、この笑いはメルランのケースと同様[34]、神的な存在（ダイモーン［神々と人間の中間に位置する超自然的存在］としての「精霊」）が憑依したことの証でもある。予言者としての娘は、笑うことで「異界」の神の直感を得ている。神の力が宿った娘は、最終的にはその力の命じるまま、適切な内容の予言を行う。つまりこの娘のケースでは、笑いと予言が不離の関係にある。同じ1つの現実を伝えるこの2つの表現は、神の秘跡に基づいている。したがって、ペルスヴァルの運命に影響を与える予言をしたこの娘は、妖精なのではないだろうか。つまり、生まれた子供の運命を定める妖精にかなり近い存在なのではないだろうか（先見の明があるこの娘は、まだ成長期の少年にすぎなかったペルスヴァルにこれから起こる驚くべき運命について教えている）。

6. おわりに

本章で取り上げたすべての物語に出てくる笑いの問題は、極めて重要な神話学的・人類学的な諸問題とつながっていることが分かるだろう。これらは、付随的で奇妙だったり、特定の型に収まらなかったりするエピソードではない。ユーラシア神話研究をさらに進めることでいつの日かその解明に貢献できるような、神話のヒエログリフなのである。この鍵になるモチーフが、大変重要なイデオロギーと暦の文脈に挿入されているのは間違いない。『古事記』のアマテラスとアメノウズメをめぐる一節は、笑わなくなってしまったためどうしても再び笑わせる必要のある娘や女神の問題を、徹底的に再検討するよう求めている（図94）。この研究を行うには、必ず神話といわゆる豊穣儀礼における猥褻についての問題を再検討しなければならないだろう。1805年に刊行されたジャック＝アントワーヌ・デュロールの古い著作[35]に、この問題に関する重要な事例や資料が集められている。篠田知和基教授が主宰するユーラシア神話研究グループは、その研究過程で間違いなくこれらの重要な諸問題にぶつかるはずである。

図94　天岩戸から外へ出たアマテラス（歌川国貞『岩戸神楽の起顕』）

注

1）　プロップの著作に関する貴重な情報はユリヤ・プフリ氏から寄せていただいた。プフリ氏に心より感謝申し上げたい。

2）　『民話の形態学』のフランス語訳は Propp, V. (1970) を参照。イタリア語訳はその4年前にトリノのエイナウディ出版から *Morfologia della fiaba* というタイトルで刊行された。

3）　『魔法民話の起源』のイタリア語訳は1949年に早くも（エイナウディ出版から）刊行され、1972年にはトリノのボリンギエリ出版から別のイタリア語訳が出ている。スペイン語訳は1974年にマドリッドで刊行された。フランス語訳は1983年にガリマール出版から出ている（Propp, V. (1983)）。

4）　『ロシアの農耕儀礼』のイタリア語訳は、バリのデダロ出版から1963年と1978年に刊行された。フランス語訳は1987年になってようやく、メゾンヌーヴ・エ・ラローズ出版から刊行された（Propp, V. (1983)）。

5）　ロシア民話選集のイタリア語訳は、1966年にエイナウディ出版から刊行された。

6）　（かつてはドイツ民主共和国（東ドイツ）にあった）ハレ大学への出張の折に、私はプロップのかつての弟子にあたる、フォークロアの専門家2人と出会った。この2人の話によると、プロップの著作の多くは未刊行の状態で残され翻訳されていないため、西欧の研究者たちが参照できないままである。

7）Sorlin, I.（1990）.

8）この点については、フランソワーズ・ルルーとクリスティアン・ギュイヨンヴァルフの著作（Le Roux, F. et Guyonvarc'h, C.（2000））のうち、特に方法論が記された示唆的な「序」を参照。

9）Propp, V.（1999）.

10）Afanassiev, *Les contes populaires russes,* traduction et notes par L. Gruel-Apert, Paris, Maisonneuve et Larose, 1992, t. 3, p. 73–74. アファナーシエフとプロップについては、Bremond, C. et Verrier, J.（1982）を参照。

11）Aarne, A. et Thompson, S.（1928）; Uther, H.-J.（2011）. この話型に相当するのはグリム兄弟の童話64番（「黄金の鵞鳥」）である。対応するフランスの類話については、Delarue, P. et Ténèze, M. L.（1977）, p. 467–477を参照。

12）Afanassiev, *Les contes populaires russes,* Traduction citée, p. 74.

13）この民話はアファナーシエフがまとめた民話集では104番にあたる。

14）Bolte, J. et Polivka, G.（1913–1932）. グリム兄弟の童話64番（「黄金の鵞鳥」）を参照。

15）このモチーフは『魔法民話の起源』第7章で分析されている（Propp, V.（1983）, p. 296–302）。

16）プロップは『ロシアの農耕儀礼』第6章「死と笑い」で、この神話を再び取り上げている。

17）中世フランス文学では、歌物語『オーカッサンとニコレット』の奇妙なトールロール国のエピソードも想起される。このエピソードでは、笑いが重要な位置を占めている［『オーカッサンとニコレット』の邦訳は、『フランス中世文学集3』（白水社、1991年）所収、神沢栄三訳を参照］。

18）中世期のこの特殊な伝承については、拙著『時間の記憶』（Walter, Ph.（1989））巻末の書誌を参照されたい。

19）Devereux, G.（2011）.

20）モーツァルトがオペラ『魔笛』の作曲にあたり、通過儀礼に関わる数多くのテーマを用いながら、魔法の笛のモチーフをどのように活かしたかはよく知られている。

21）ガフィヨの『羅仏辞典』（Gaffiot, F.（1934））の「ポルクス」（porcus）の項には、ウァロの著作に見られる「結婚適齢期の娘の性器」という意味が出ている。

22)　2つの存在や2つの思想が出会う時、それらは融合しないが、相互に影響を与え、固有のアイデンティティーをそれぞれが修正する。滑稽が悲惨に出会う時にも同じことが起こる。これら2つの概念の性質は、こうした出会いによって内側から修正される。

23)　Lévi-Strauss, C.（1960）.　レヴィ＝ストロースに対するプロップの反論は、『民話の形態学』のイタリア語版に掲載された（*Morfologia della fiaba,* Turin, Einaudi, 1966, p. 202−227）。

24)　ここではこのエピソードに関する神話学的考察を行った3つの著作をあげるにとどめる。Lévêque, P.（1988）; Matsumura, K.（2014）; Matsumae, T.（1998）

25)　バリー・カンリフが著作『ケルト人の世界』で図版とともに紹介しているとおりである（Cunliffe, B.（1993）, p. 72）。

26)　最も有名なのはヘレフォードシャー州（イギリス）のキルペック教会に見つかる彫像である（図93の4）。

27)　イギリスとアイルランドの例については、図93に掲載した。これはグウェナエル・ル・デュック教授［1951～2006年、ブルターニュの聖人伝研究者］が提供して下さったものである。

28)　クロード・ゲニュベとドミニック・ラジューの著作に掲載された図版を参照（Gaignebet, C. et Lajoux, J. D.（1985）, p. 196−197）。

29)　篠田知和基教授は日本とヨーロッパの民話を比較し、他の話型の民話との類似点をあげた。Shinoda, Ch.（1994）を参照。

30)　おそらく新石器時代まで遡る可能性がある。この問題については、母神の図像の研究が有益なものとなるだろう（マリア・ギンブタスの著作 Gimbutas, M.（1974）, Gimbutas, M.（1982）を参照）。

31)　Delarue, P. et Ténèze, M. L.（1977）, p. 467−470を参照。

32)　Chrétien de Troyes, *Œuvres complètes,* édition et traduction de D. Poirion, Paris, Gallimard, 1994, Bibliothèque de la Pléiade, p. 711. この一節は『グラアルの物語』（*Conte du Graal*）の第1034行～第1052行に対応している。

33)　暦から見た『グラアルの物語』の諸相については、拙著 Walter, Ph.（1989）を参照。

34)　こうした笑いに備わる「ダイモーン的」側面については、拙著 Walter, Ph.（2000）を参照。

35)　デュロールのこの著作の一部は、1974年に再版されている（Dulaure, J. A.（1974））。

第11章

発見された観音像と聖母マリア像

――ユーラシアの大女神を祀る聖殿の創建譚をめぐって――

この章で扱われている主な国や地域

ヨーロッパの各地に残る地方特有の伝説では、牛などの動物が聖母マリア像を偶然発見したことにより、そこを聖地として教会が創設されたと伝えられている。このように、もともと異教の聖地だった場所が、キリスト教の聖地にかえられていった。『浅草寺縁起』の伝える漁師が隅田川で観音像を発見した話は、動物が聖母マリア像を発見した話と基本的な特徴がとてもよく似ている。本章は女神のような存在を祀る聖殿創建の由来譚の元型を、ユーラシア大陸に想定する試みである。本論の初出は、『流域』第70号（2012年）pp. 55−59である。

1. はじめに

ユーラシア大陸の両極で、観音および聖母マリアについてのよく似た話が見つかっている。観音像とマリア像が発見されたその場所に、像を祀る聖殿が建立された話である（図95、図96）。日本とヨーロッパの物語のこうした《シンクロニシティー》（カール・グスタフ・ユングの重要な概念）は、もちろん双方の直接の影響関係からでは説明がつかない。日本の文明とヨーロッパの文明が初めて接触したのは16世紀で、ポルトガルの船員が九州南部［種子島］に流れ着いたのが始まりとされているからである。そうだとすると、さまざまな物語や信仰に共通するはるか昔の、おそらくインド起源の遺産を想定すべきなのだろうか。その可能性は十分にある。インドに残るインド＝ヨーロッパ神話と日本に伝わるインド＝仏教神話は、神名がそれぞれの系統ごとに異なっているものの、いずれも共通の特徴をそのまま継承しているからである。これから具体例を検討してみよう。

図95 救世観音（法隆寺・夢殿、7世紀初）

図96 夢違観音（法隆寺・大宝蔵殿、白鳳時代）

2. 聖殿の創建

東京の浅草寺（浅草観音）は、首都圏の中でも特に参拝客で賑わっている寺社の1つである。［『浅草寺縁起』によると］628年に隅田川で2人の漁師が、金色の観音像を釣り上げたという（図97）。観音は仏教の菩薩の1尊で、慈母とされて

図97 東都金龍山浅草寺図（魚屋北渓画、1820年）

いる。漁師 2 人は土地の長である土師中知(はじのなかとも)に相談した。[この観音像を持ち帰った] 土師中知が後に出家し、自宅を寺としたことが浅草寺の始まりだとされている。645 年には、同じ場所に勝海(しょうかい)上人という僧侶が観音堂を建立し、以後数世紀の間に何度か再建された。毎年 3 月 18 日 [観音示現会(じげんえ)] に、浅草寺では「金龍の舞」が奉納される。浅草の若者たちが長さ 15 メートルの金龍を運び、[観音を象徴する]「蓮華珠(れんげしゅ)」の後を追い、浅草組合花組のお囃子の中で伝統的な舞が行われる。この祭は、7 世紀に観音像が奇跡的に釣り上げられたことを記念するものである。

今もなお日本で語り継がれている、この観音にまつわる伝承の基本的な特徴をまとめてみよう。

1）観音が彫像の姿で地中から（あるいは水中から）出現する。

2）観音像を偶然発見するのは庶民であることが多く、ほとんどが仏道に帰依する者ではない。

3）観音像が発見されたまさにその場所に、観音信仰が根づく。

3. ヨーロッパの類話

フランスには（さらにヨーロッパ全域にも）、『浅草寺縁起』とよく似た伝説が残っている。そうした伝説に出てくる聖母マリアは、日本の観音と同じ《大女神》の役割を果たしているように思われる。観音と同じく、聖母マリアも慈母である。マリアは病人や貧者といった困窮を極める人に救いの手を差し伸べる。彼女を信じる人々に必ず報い、その願いを叶える。ヨーロッパと同様日本でも、先に定着していた多神教に一神教が取って代わる傾向がある [ヴァルテール氏にとっては、八百万(やおよろず)の神を畏怖の対象とする神道が多神教であるのに対し、仏陀の説いた教えにならって悟りの道を目指す仏教は一神教的なものに映るようである]。異なる宗教の融合から生まれた数多くの特徴が、中世ヨーロッパのキリスト教[1)]にも、日本の仏教[2)]にも影響を及ぼしている。

フランスについては、意外かもしれないが、文学作品の例から始めることにしよう。偶然発見された聖母像の 1 つ（ノルマンディー地方の「ラ・デリヴランドの聖母」）について、ギュスターヴ・フロベール［1821～1880年、フランスの小説家］の『ブヴァールとペキュシェ』（第9章）に、真実味のありそうな証言が記されている。2人の主人公は聖母マリア参詣に行くことに決め、ノルマンディー地方のある聖殿を目指す。宿屋に到着した2人は、霊験あらたかな影像が祀られている礼拝堂の話を聞く。

この話に喜んだペキュシェは、礼拝堂についての紹介文を下の台所から見つけてくると、それを大声で読み上げた。

この礼拝堂は、2世紀初めにリジューの初代司教であった聖レニョベールによって、あるいは7世紀に生きた聖ラニュベールによって、あるいはまた11世紀半ばにロベール華麗公によって創設されたものである。

デンマーク人、ノルマン人、それにとりわけプロテスタントによって、様々な時代に火を放たれ、荒らされてきた。

1112年、最初の聖母像が1頭の羊によって発見された。羊が牧草地の中を足で叩いたところ、そこから影像が出てきたのである。ボードワン伯爵がこの場所に聖堂を建立した。（菅谷憲興訳）

1頭の羊によるラ・デリヴランドの聖母像の発見は、神秘的な啓示によるものではない。キリスト教で高く評価される羊は、過越の子羊（キリストのアレゴリー）と、秣桶の中で生まれた幼な子キリストをあがめに行く牧者の羊を同時に連想させる。羊は特に、神と人間をつなぐ媒介の役割をしている。しかし､羊だけが重要なわけではない。他の動物が聖母像を発見する伝説も数多く存在する。たとえばマノスク［アルプス山脈南西麓の町］の黒マリアがその1つである(図98)。

図98　ロミジエの聖母（アルプ＝ド＝オート＝プロヴァンス県マノスク、彩色木像、12世紀末）

973年頃のある日、農夫がどこかの農地を耕していたところ、飼い牛の群れが立ち止った。農夫は

> 牛の群れを移動させようとしたが、まったく動かなくなってしまった。牛の群れが「茨の茂み（ロミジエ）」のせいで動けなくなったと考えた農夫は、茨に火をつけた。茨の茂みが燃え尽きると、農夫は再び畝溝を引き始めた。牛の群れは灰の中へ入りこむと、再び立ち止まった。ところが今度は、跪いて鼻面を地面に押しつけた。農夫は異教徒だったので、何かの呪いのせいだと考え、恐くなって助けを求めた。近隣の人たちが駆けつけ、牛の群れが立ち止まっていた場所を掘ってみることにし、石棺を見つけた。司祭に来てもらってから、皆で石棺を開けると、金糸で織られた高価な布ですっぽり包まれた美しい彫像が見つかった。その日から、「茨の茂み（ル・ロミジエ）の聖母」の噂が絶えることはなかった[3]。

この話では、牛の群れが奇跡的な発見をしている（図99）。発見場所は、茨やサンザシの茂みであることが多い[4]。（ブルターニュ地方の）ジョスランでは、ある農夫が茨の野原で聖母像を発見しているが、聖母像は人々が動かそうとするたびに必ずもといた場所へと戻ってしまった。この出来事自体は9世紀まで遡るが、15世紀に完成した「茨の茂み（ル・ロンシエ）の聖母」を祀る礼拝堂がこの彫像の奇蹟的な出現の記憶を残している。また、ブルターニュ地方には、ロストルナン（《野薔薇の花》の意）で真冬に薔薇の花が咲いた例がある。1370年12月8日に、ある農夫がこの薔薇の木のまわりの地面を掘り、聖母像を見つけた。この聖母像は、特に目の見えない人やてんかん患者の治癒に効果があるとされた。また、アンジェには「レスヴィエールの聖母」の像が祀られている。1400年2月に、アンジュー伯爵夫人ヨランド・ダラゴンは、飼い犬の群れが茨の茂みのまわりに集まっているのに気づいた。そこから1匹の野兎が飛び出し、伯爵夫人の胸へと逃げてきた。そこで茂みの中を隈なく調べてみたところ、半円形の石が見つかった。そして、その石の下に

図99　牛によるサランスの黒マリアの発見（祭壇画、ピレネー・アトランティック県サランス）

図100　モンセラートの聖母（12世紀、木製）

聖母像が埋まっていた。この聖母像には《地下の聖母》という別名がつけられ、これを安置するための礼拝堂が建立された。またいくつかの類話がバスク地方にもあり、そのうちの1つは1459年の出来事だとされている。その話では、ある山羊飼いがサンザシの茂みで聖母像を見つけ、その場所に教会が建立されている。この像はサン・セバスティアン司教区の「アランザズの聖母」となり、今日でも崇敬されている。他にも類例が数多くある。

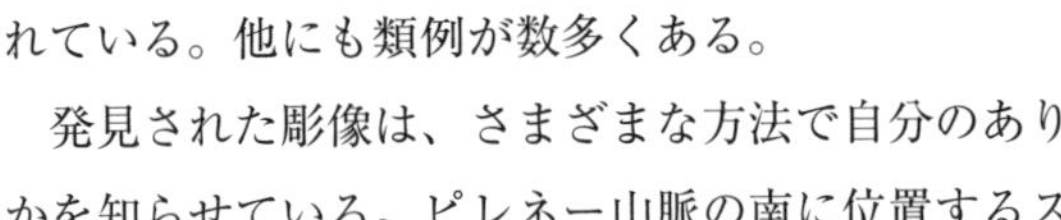

発見された彫像は、さまざまな方法で自分のありかを知らせている。ピレネー山脈の南に位置するスペイン・カタルーニャ州のモンセラートの例を見てみよう[5]（図100）。この伝説は14世紀から15世紀にかけて形成され、多くは17世紀から19世紀に広まっていった。これは、家畜の世話をしていた子供たちが一条の光と天上のコーラスに導かれて、聖母像が隠された洞窟にたどり着くという話である。土曜日になると、聖母像は何度も姿を現した。事の次第を知った宗教界の高位者たちは、聖母像を安置するのにもっとふさわしい場所を探すことにする。聖母像を掲げた行進が始まるが、聖殿が現在建っている場所に着くと、聖母像がひどく重くなり、それ以上先へ進むことができなくなった。そのためこの場所に聖殿を建てることにしたという。

（ロワール＝エ＝シェール県の）「ヴィラヴァールの聖母」は、ハシバミの木立で発見された黒マリア像である。見つかった場所よりも町に近い場所に礼拝堂を建てようとしたが、毎晩、礼拝堂の建築現場がひとりでに壊れてしまった。そのため、彫像が見つかった最初の場所に、教会を建てることにしたという。

動物が聖地を発見する話には、キリスト教化された版もある。ヤコブス・デ・ウォラギネが編纂した『黄金伝説』［1264～1267年頃］が収録する版は、これと同じ題材のはるかに古い話を再録したものである。390年のイタリアのシポントゥムに、ガルガーノ［フランス語名ガルガン］という名の男が住んでいて、牛の大群を飼っていた。ある日、牛の群れが山腹で草を食んでいると、1頭の雄牛が群れを離れて姿を消した。ガルガーノはこの雄牛を探しに出かけ、[山頂の] 洞窟の入口でようやく発見した。ガルガーノが雄牛に向けて矢を放ったが、矢は向きを変えて、矢を放った者のほうへ舞い戻ってきた。ほどなくして大天使ミカエル [フランス語名ミシェル] が現れ、この場所にミカエルのための教会を建てるよう告げる。この話では、聖母マリアではなく（性別が特定できない）大天使が人間に教会の建立を決意させる（ノルマンディー地方のモン＝サン＝ミシェルにも縁起譚 [大天使ミカエルがアヴランシュ司教オベールに聖堂の建立を命じる話] がある）。しかしながら、聖母像発見の場合と同じように、牛が媒介の役割を演じている。「ミカエルの山」（モン＝サン＝ミシェル）の起源伝説は、実のところ、神のお告げという超自然的な出来事が教会創建につながる話の神話的な異本にすぎない。宗教史家ミルチャ・エリアーデが指摘したように、《人間が自由に聖地を選ぶことはできない。人間にできるのは、不思議なしるしを頼りに、聖地を探して発見することだけである》。この点で、牛は重要な役割を果たしている。例としては、（聖牛が出てくる）ヒンドゥー神話があげられる。またイランのマズダ教でも、オルムズドは原初の雄牛エヴァグダートと、原初の人間ガジョーマルドを大地の中心で創っている[6]。超自然的な力の働きかけによって建立された聖殿はどれも、霊的な中心である「オンパロス」となる運命にある。

4. 海の聖母

神の介入により聖殿が創建される話には、数多くの異本が存在する。そうした伝説の大半では陸地が舞台となっているが、海と関連した話もある。たとえば、（フランス北部の）ブーローニュ＝シュル＝メールに伝わる「舟を率いる聖母」の話は、15 世紀の写本により次のように伝えられている。

> 昔、ブーローニュの町の、今では聖母マリアを祀る教会が建っているところには、小さな礼拝堂しかなかった。それはエニシダに覆われた小さな礼拝堂で、豪奢とは程遠かった。神の母にあたる聖母マリアはこの小さな礼

> 拝堂のある場所を気に入り、特別なはからいによりこの場所を選び、彼女の名のもとで聖別され、巡礼地にしてもらえるようにした。そしてマリアは次のような形で実行に移した。ある日のこと、マリアはマストも帆も綱も櫂もない小舟に乗って、海上からブーローニュの町人や平民の前に姿を現した。この小舟には、船乗りも男もおらず、乗っていたのは魅力的な盛装した若い娘1人だった。娘は弁舌さわやかで、足取りは控えめ、物腰は優雅で、その美貌はこの世のすべての女性に勝っていた。小舟が港のあるブーローニュのサン＝ピエールに向けて進んでいくと、乙女の到着を見届けた町人もそれ以外の人々も、皆が呆然としてしまった。（中略）　聖母は人々にこう言った。《私がここへ来たのは、神の光があなたがたとあなたがたの町に降り注いでほしいからです。私の望みは、ふさわしい場所をここで選ぶことです。その場所をあなたがたに示して教えますから、そこで私に仕え、私を祀ってほしいのです。この機会にあえてここへ来たのは、この目でその場所を確認して定め、祝福するためなのです》[7]。

ブーローニュの「舟を率いる聖母」は、中世フランス文学に登場する、数多くの漕ぎ手も舵もない小舟を思わせる話である。たとえば、12世紀にマリー・ド・フランスが『ギジュマールの短詩』の中で描いた舟がこれに相当する[8]。この豪華な舟には絹の帆がついており、人の力をまったく借りずに進んでいく。矢を受けて深手を負った騎士ギジュマールは、この舟に乗ってまもなく、魔法にかかったかのごとく異界へと運ばれていく。そこは妖精の国だった。同じマリー・ド・フランスの『短詩集』が収録する別の短詩（『トネリコの短詩』）は、生まれたばかりの娘がトネリコの木の中に捨て置かれる話である。ギリシア神話では、トネリコの木はメリアデス［メリアスの複数形］と呼ばれるニンフと関連している[9]［メリアスとは、クロノスがウラノスの生殖器を切り取った時に滴った血から生まれたトネリコの精である］。捨て置かれたこの娘は尼僧院長に引き取られ、修道院で育てられる。いわば樹木の中から発見された聖母像といったところである。マリー・ド・フランスの語る伝説の異教版によれば、出現するのは妖精、つまり一時的に人間界に入りこんでくる異界の住人である[10]。

図 101 「告解の聖母」(黒マリア) マルセイユ・聖ヴィクトール修道院の地下聖堂（クリプト）

日本の観音像発見をめぐる状況に最も近いのは、(ロワール＝エ＝シェール県の)「ブロワの聖母」である。この聖母は 13 世紀にはすでに崇敬の対象だった。船乗りらがロワール川の砂の中に埋もれていた聖母像を発見し、まずリル＝ド＝ヴィエンヌ教会に安置した。1716 年には「救いの手を差し伸べる聖母（ノートルダム・デ・ゼード)」を祀る聖殿に安置されていたが、フランス革命の時に失われてしまった。また、ジャンヌ・ダルクが軍旗を受け取った後の 1429 年 4 月に、この聖母へ嘆願にやってきたという言い伝えが残っている。

マルセイユの黒マリア像についても触れておく必要があるだろう。この像は、12 世紀からは「告解の聖母」と呼ばれている（図 101)。キリスト教の伝説によると、パレスティナで聖ルカが作ったこの影像を、聖ラザロがプロヴァンス地方へ運んできたという。聖ラザロがある洞窟の中にこの影像を安置したとされているが、これはサン＝ヴィクトール修道院の地下聖堂（クリプト）の現在の場所にあたる。毎年、クリスマスから 40 日目にあたる 2 月 2 日に、厳かな巡礼がこの教会で行われている。2 月 2 日は「聖母マリアお清めの日」にあたり、「聖燭祭」とも呼ばれる。この日には、巡礼者がサン＝ヴィクトール修道院の近くで小舟の形をしたお菓子を買い、それを家族や友人と贈りあう風習がある。

5. おわりに

ミルチャ・エリアーデが指摘したように、あらゆる聖殿創建における決定的瞬間は、聖地、つまり「オンパロス」と呼ばれる《世界の中心》の確定である。《すべての聖なる空間にはヒエロファニー、つまり聖なるものの突然の出現が結びついており、それにより特定の領域が周囲の宇宙から引き離され、質的な変化を被る》[11]。創建伝説では、影像がこうした聖なるものの突然の出現を表している。影像の起源が誰にも分からないため、こうした出来事は神の発現とみなされる。影像は神自体の分身となる。ヒエロファニーは聖地を明らかにするが、そもそも聖なる空間は聖なる時間と不離の関係にある。浅草寺の観音示現会が催される３月18日は、春分の時期にあたる。ヨーロッパでは、その１週間後に聖母を称える大祭の１つ、「受胎告知」の祭りが行われる。これはクリスマスの９ヶ月前にあたる。天使ガブリエルの精液としての御言葉を介して、聖母マリアがキリストを宿したとされる日である[12]。聖母を称える重要な祭りは２月２日にもあり、「聖燭祭」と呼ばれている。これは日本の節分と同時期にあたる。女性をかたどった影像をめぐるこうした伝承が偶然にもヨーロッパと日本で見つかることは、《想像世界(イマジネール)の人類学的構造》（ジルベール・デュラン）に対応するものだと仮定してみよう。そうすれば、日本とヨーロッパの母神に関係した暦の検討により、ユーラシア大陸全体において元型となるいくつかの傾向を、必ず拾い上げることができるだろう。

注

1）Walter, Ph.（2003a）.

2）Frank, B.（2000）.

3）Letellier, M.（1969）, p. 20.

4）Pannet, R.（1982）（伝説の一覧つき）. ドロションの『図版入りいとも聖なる処女マリアのフランス巡礼物語』（*L'histoire illustrée des pèlerinages français de la très sainte Vierge* de J. Drochon, Paris, Plon, 1890）には他の例が掲載されている。黒マリアについては、エミール・サイヤン、ソフィー・カサーニュ＝ブルケ、ピエール・ゴルドンの研究書、およびフィリップ・ヴァルテールの論考を参照（Saillens, E.（1945）; Cassagnes-Brouquet, S.（2000）; Gordon, P.（2003）; Walter, Ph.（2020））。

5）Imperiali, O.（2008）.

6）Eliade, M.（1969）, p. 29.

7）Leroy, J.（1985）; Coussée, B.（1994）, p. 141－142. 岸辺での聖母像発見については、Delattre, C.（2007）も参照。

8）Marie de France, *Lais,* édition bilingue de Ph. Walter, Paris, Gallimard（Folio classique）, 2000, p. 47.

9） Grimal, P. (1969), p. 286.

10） 同じモチーフは周知のとおり、日本の有名な説話『竹取物語』（860年から910年頃）にも現れる。それはかぐや姫が光り輝く竹の中から発見されるモチーフである。柳田國男『昔話と文学』（創元社、1938年―『柳田國男全集』第9巻、筑摩書房、1998年に再録）を参照。

11） Eliade, M. (1965), p. 25.

12） マリアを称える祭日とキリスト教以前の諸信仰とのつながりについては、James, E. O. (1989), p. 209-246. を参照。

第12章

メリュジーヌとトヨタマヒメ

この章で扱われている主な国や地域

妖精メリュジーヌは、下半身が蛇の姿で水浴しているところを夫のレイモンダンに覗き見られて、人間界から離れる。この話は、トヨタマヒメが巨大なワニの姿で出産しているところを夫のホオリ（別称ヒコホホデミ、異称は山幸彦）に見られ、これを恥じて海の国へ戻っていく『古事記』の話と驚くほど似ている。本章は、時代と空間を越えてモチーフ群や筋書きを共有するフランスの妖精メリュジーヌ神話と日本のトヨタマヒメ神話に共通のルーツを、太古のユーラシア神話まで遡る試みである。本章は、本書のための書き下ろしである。

1. はじめに

メリュジーヌの神話は、中世期（800年から1500年まで）に関する限り、確かに極東の神話物語（『古事記』のトヨタマヒメの話）と極西の神話物語（ジャン・ダラスがフランス語で著した物語[1)]）が見事に符合する[2)]最良の例となっている。この符合からだけでも、《インド＝ヨーロッパ》諸語が話されている限られた範囲をはるかに越えたユーラシア神話の存在が裏づけられる。そのため次のような根本的な問題が提起される。ユーラシアの両極に早くも中世初期（8世紀～12世紀）からよく似た話が見つかるが、それらの物語が文字で書きとめられた段階では、ユーラシアの両極には文化上の直接の接点はまったくなかった。この事実をどのように説明したらよいのだろうか？

2. フランスと日本のメリュジーヌ

形式とモチーフ群が酷似している物語タイプの1つが、慣例で《メリュジーヌ型》と呼ばれている。この型に属する物語群は筋書きの展開がはっきりしており、物語の流れが以下の順序で分かりやすく組み立てられている。1）主人公が超自然的な存在に出会う。2）主人公は超自然的な存在と愛で結ばれ、相手が課した禁忌を守ると約束する。3）主人公はそのかわりにさまざまな恩恵を受ける。4）ある日、主人公が禁忌を破る。5）不思議な存在が完全に姿を消してしまう[3)]。メリュジーヌというのはこうした物語タイプのヒロインのフランス語名であるが、この名は中世末期に書かれた伝承まで登場していない。しかし、メリュジーヌの名は、ゲール語起源のさらに古い名前、すなわち妖精シーン（Sín）の名をもとにして作られたのではないかとも考えられる（メリュジーヌ Mélusine の中に sin という音節が含まれている（Mélu-SIN-ne）のはおそらくそのためである。ただし14世紀にフランス語の散文で書かれたテクストでは一貫して Melusigne と綴られている）[4)]。このシーンという異界の女性は、『ムルヘルタハ・マク・エルカの死』というタイトルのアイルランドの神話物語に登場する。以下がそのあらすじである。

ある日、ムルヘルタハ王が狩りに出かけた。同行した仲間たちは、王を狩猟場である丘へ1人残した。頭が白く、輝く肌をし、緑色のマントを羽織った1人の若い娘が、王の前に突然現れた。気がつくと娘は土塊の丘の上で、王の横に座っていた。王はたちまち娘に恋をし、求婚した。娘が王のことやアイルランドのすべての神々と人々のことを知っているのが分かり、王は驚く。娘はシーンと名乗り、王との結婚を承諾する。ただし王が決して娘の名を口にしないこと、彼女の住まいに学僧を決して入れないことという条件つきだった。シーンは王と結婚し、最初のうち2人の関係は万事順調だった。シーンは水をワインに変えたり、シダから豚を作ったりするなど、超自然的な奇跡を起こした。しかしある日、王が2つの禁忌を破ってしまう（彼女の名前を口にし、家の中に学僧を入れた）。そして、妖精との約束に背いたために、王は命を落とした[5)]。

メリュジーヌの話は（その名前は出てこないが）、フランスではラテン語の文献によって早くも12世紀から知られていた。シトー会士ジョフロワ・ドーセール[6)]が1188年から1194年の時期に記した説教の中に、次のような話が見つかる。「ラングル司教区の貴族が、森の中でとても美しい娘と出会った。貴族はその娘に惚れこみ、出自が少しも分からないのに、さらって妻にした。この妻は夫との間に多くの子供をもうけた。妻はよく水浴びをしたが、裸の姿を見られるのを嫌がった。好奇心に負けた召使いの女が壁の穴から中を覗くと、実際に水浴びをしていたのは雌蛇だった。召使い女から話を聞いた夫が部屋へ入ると、雌蛇は消え去り、2度と姿を見せなかった」[7)]［この話は本書のコラムを参照］。ヴァンサン・ド・ボーヴェ（1200～1264年）は、後にこの物語を『自然の鏡』（II, 127）に再録した。しかし重要なモチーフ群がぼかされたり削除されたりしていて、物語は簡略化されている[8)]。

それから2世紀後の1393年、ジャン・ダラスが書き上げた物語［『メリュジーヌまたはリュジニャンの高貴な物語』］の中に、『古事記』のトヨタマヒメの話とまさに合致する（物語風になってはいるものの）神話の完全なバージョンが認められる。このバージョンは、同じ物語を土台としながら2とおりで表現している。そのため2つのエピソードに分解できるという特徴がある。

第1のエピソード　妖精プレジーヌは、後に夫となる男［エリナス］に出会い、条件つきで求婚を受け入れる（図102）。その条件とは、彼女が3人の娘（メリュジーヌ、メリヨール、パレスティーヌ）を産む間、彼女の姿を見ようとしてはいけないというものだった。夫はこの条件を受け入れるが、しばらくすると我慢できずに見てしまう。［プレジーヌは3人の娘を連れてアヴァロン島へ向かった。そこで育てられ、父が約束を破ったことを母から聞かされた］3姉妹は、罰として父を山に閉じこめる。

図102　エリナスとプレジーヌの出会い　ジャン・ダラス『メリュジーヌ物語』（パリ、アルスナル図書館蔵フランス語写本3353番・第3葉）

第2のエピソード　その後、（プレジーヌの長女）メリュジーヌは夫となるレイモンダンに出会った時、条件つきで結婚に同意する。その条件とは、毎週土曜日に彼女が浴室で行うことを見ようとしてはいけないというものだった。最初のうちレイモンダンは約束を守っていたが、しばらくして忘れてしまう。ある土曜日、彼が浴室のメリュジーヌを覗き見すると、水浴中だった彼女の両脚は蛇の尾に変わっていた（図103）。覗き見られたことを知ったメリュジーヌは、結局［有翼の蛇の姿になって］空へと飛び立ち、2度と姿を見せることはなかった（図104、図105、図106）。

図103　兄のフォレ伯にそそのかされ、メリュジーヌを覗き見するレイモンダン（テューリング・フォン・リンゴルティンゲン『メルジーナ』の挿絵、木版画）

これに対応する『古事記』のエピソードでは、ジャン・ダラスがフランス語で著した物語中の2つのエピソードのそれぞれで鍵となる2つのモチーフ、つまり秘密裡に行われる子供の出産のモチーフと母の変身のモチーフが、1つのエピソードにまとめられている。海神の娘トヨタマヒメは、出産前に夫に「他の国の人は、およそ子を産むにあたって、自分の国での姿をとって産みます。だから、私は今、本来の姿になって子を産もうと思います。お願いですから、

図104　ドラゴンの姿でメリュジーヌがリュジニャンを離れる（フランス国立図書館蔵フランス語写本12575番・第86葉）

図105　ポワティエの塔の上から飛び立つ蛇女（パリ、アルスナル図書館蔵フランス語写本3353番・第155葉）

図106　蛇の姿で窓から飛び立つメリュジーヌ（ジャン・ダラス『メリュジーヌ物語』、リヨン、15世紀末、木版画）

私を見ないでください」（山口佳紀・神野志隆光訳）と言った。この言葉を不思議に思った夫が妻の出産を覗き見すると、妻は巨大な「ワニ」（サメのことだろうか？）の姿で腹這いになって身をよじっていた。夫はすぐにその報いを受け、トヨタマヒメは《ただちに海坂［海の世界と葦原中国を区切る境界］を塞いで》、祖国のある海底へと帰ってしまった（図107）。

図107　竜の姿で描かれたトヨタマヒメ（葛飾北斎『和漢絵本魁　初編』）トヨタマヒメの正体は、『古事記』によると八尋ワニだったが、『日本書紀』第10段本文によると竜であったという。

3. エピソードの解釈

神話を文学的に書き換えた物語は怪異や驚異について語っているが、事実を提示するだけで満足して、こうした超自然的な女性がなぜ突然動物に変身するのか少しも説明していない。この場合、エピソード群をつなぐ因果関係の省略や、《動機づけのない》エピソード群からなる物語の部類だと考えられないこともない[9]。しかし『古事記』とジャン・ダラスのおかげで、解釈の手掛かりがつかめそうである。トヨタマヒメは海神の娘なので、『古事記』の解釈は単純かつ明解である。つまりトヨタマヒメは超自然的な女性であり、人間的な要素が1つもない。トヨタマヒメは超自然的な女性であるため人間の姿をしていないが、後に夫となる男（ヒコホホデミ）に接近して子供をもうけるためには人間の姿にならなければならない。日本のトヨタマヒメは夫に、みずから2重の性質を明かし、子供を産む時にだけもとの姿に戻ると伝えている。彼女が本来の性質、正確に言えば「女神」としての性質を隠さなければならないのはそのためである。

ジャン・ダラスも、より回りくどいが、同じような解釈をしている。メリュジーヌと2人の妹は母との約束に背いた父を罰したが、その後これを知った母が父を罰した娘たちを罰する。ここで、母が娘たちに、なかでも長女メリュジーヌに投げかけた呪いの言葉を、注意深く読み直す必要がある。

> さて今からお前には、毎週土曜日に臍から下が雌蛇の姿になる定めを与えます。それでもお前を妻に迎え、土曜日に決してお前の姿を見ることなく、その姿を暴こうとせず、そのことを誰にも話さないと約束してくれる男が見つかるなら、お前は普通の（naturelle）女のように、普通の（naturel）時の流れを経験し、自然に（naturelment）死を迎えることになるでしょう[10]。

ここで注目すべきは、母の話の中で《ナテュレル（naturel）》（「普通の」、「自然な」）という言葉が3度の繰り返しで強調されていることと、克服すべき障害を示唆する条件節（《もし（〜のような）男が見つかるなら》）だろう。つまりプレジーヌは、長女が試練を受け、変身するよう仕向けたのである。メリュジーヌは《超自然的な》女性から《普通の》、すなわち人間の女性になる可能性を手に入れた。母は長女に妖精の定めから逃れる方法を教えたが、それは人間の生活に慣れ親しみ、ひそかに人間になるための努力を重ねなければならないというものだった。

普通の人間女性のように暮らしたいという長女のひそかな夢を、プレジーヌは理解していた。メリュジーヌは人間の男性を好きになって恋愛を経験し、子供を産みたいと思っていた。しかしこれは、その本性上、普通の妖精には不可能なことだった。普通の妖精が恋愛しないのは、その出産や生殖が通常の原則に従っていないからである。そのため、普通の妖精に恋愛は必要ないと考えられる。しかし、メリュジーヌは人間と生死をともにすることを望んだ。人間の女性として普通の運命を経験するために、彼女は不死の定めを手放す必要があった。プレジーヌから教えられずとも、メリュジーヌは毎週土曜日に秘密裡に水浴びという儀礼を進んで行っていた。超自然的な存在が物語の中で《普通の（自然な）》と定義される姿になるための手段を理解するために、こうした水浴びの機能については後述しよう。その前にまず、1万キロ離れたところで生まれた日本とフランスの物語が、奇妙にも似ている理由について考えておくべきだろう[11)]。

4. 類似を説明するための3つの解釈

メリュジーヌ型の物語が、中世期に極東と極西という地理的に遠く隔たった場所で書かれていながらも似通っていることについては、3とおりの説明が可能である。

(1) 直接の模倣

ある作者が別の作者の作品を直接見て写し取ったか、あるいはそのまま模倣したテクストを入手したのだろうか。この解釈に従うなら、（712年に編纂された）『古事記』のほうが創作年代は古いため、ジャン・ダラスが日本の『古事記』を知り得たことになるが、そんなことが可能だろうか。もちろんこの仮説は完全に的外れである。16世紀以前に西ヨーロッパと日本の接触はなかったからである。したがって、それ以前にフランスの著作家と日本の著作家が直接接触したとは考えられない。

(2) 想像世界に内在する元型

カール・グスタフ・ユングによると、世界中どこでも、人間は同一の物語図式を創り出す《プログラム化された》頭脳を持っているという。人間の精神は、すべての文明において文化的な接触がまったくなくても、直感によりよく似た物語を生み出す。そのため、まさにこうした物語がごく自然に生まれると考えられる。つまり、集合的無意識が生み出す不変的な構造や、人類すべてに共通の先験的な心的構造が存在することになる[12]。このように、人間に備わる本能という遺伝的な性質や心的表象力により、我々は無意識によって先史時代の遠い祖先までつながっているのかもしれない。(プラトンの哲学まで遡る概念である)《元型》に内在するこうした性質については、哲学でも人文諸科学の間でも異議が申し立てられた。人文諸科学では前提として、諸文化や人間は特異なものであり、空間(地理)や時間(「歴史」)が異なる個々の歴史や生態系の中に、そのルーツがあると考えられてきたためである。現在は、自然と文化が常に対立するはずだという考え方は疑問視され、普遍的な元型の存在も全面的に見直されている[13]。つまり、考え方や想像の仕方には互換性がなく、それぞれの文化においてみずから生じたりしない。しかし、我々が自分たちの文化とは別の文化を理解できず、古い神話群で使われる象徴的な言語が理解不可能なままだというわけではない。こうした神話群を文化的に理解するためには、当然その神話群を開花させた諸言語や諸文化の成り立ちをまず知らねばならない。

(3) 文化面で共通するモデルの存在

以上のことから考えると、説得力のある唯一の仮説は、「ヨーロッパと日本の物語が互いに似ているのは、いずれもユーラシア全域に共通の文化的遺産に属す古いモデルに遡る」というものである。歴史的に見ると、こうした文明の《中心》地はインド亜大陸にあり、その後、極西と極東へ同時に伝播していったと考えられる。これが最も蓋然性の高い仮説なのはなぜだろうか？

19世紀以降の比較言語学研究[14]により、ヨーロッパのほぼすべての言語が(慣例で《インド＝ヨーロッパ語》と呼ばれる)共通言語まで遡ることが証明されている。サンスクリット語がこの共通言語に近いモデルだろう。インドの諸言語に関する学説が初めて出され、インド＝ヨーロッパ語族を主な研究対象にした比較言語学が誕生したのは、18世紀になってからである。このように、サンスクリット語に基づく比較言語学は、ドイツ人フリードリッヒ・フォン・

シュレーゲル（1772～1829年）とその兄アウグスト・ヴィルヘルム（1767～1845年）によって始められた[15]。インド＝ヨーロッパ語の比較研究と史的研究の確立は特にドイツの文法学者の功績によるものであり、彼らは後に《ライプツィヒ学派》[16]と総称された。原初の言語についての神話は現在批判の的となっているが、こうした研究動向はいまだ存在している[17]。

しかしさらに考慮すべき点は、諸言語に当てはまることが、諸言語の伝える諸神話にも当てはまるということである。ジョルジュ・デュメジルが進めた比較神話学研究により、こうした見方は深められた。デュメジルはヨーロッパのいくつかの神話をインドの神話と比較する際、ヨーロッパの神話群とそれに対応するインドの神話群とのつながりを証明する、言語学的な特徴を示して強調した。デュメジルが特に拾い上げたのは、よく似た神話群を伝える言語間の類似した固有名詞である。ヴェーダ神話のアパーム・ナパート（Apam napat、《水の子》）の名がこれに当てはまり、類例としてはアイルランド神話のネフタン（Nechtan）やローマ神話のネプトゥヌス（Neptunus）がある[18]。

これとは逆に極東では、アジアの太平洋沿岸地域に至るまで、言語よりも宗教が古いヒンドゥー（ヴェーダ）神話の伝播を直接仲介した。ヒンドゥー教の影響が色濃く残った仏教は、インドで生まれた後に朝鮮半島を経由して、538年に日本へ伝わった。朝鮮半島には、その2世紀前にカシミールとタリム盆地経由で伝来していた。仏教とともに数多くのヒンドゥー教の物語も伝わり、仏陀の教えにならって瞑想を行うための例話となった。日本ではこれらの物語が素材となったため、数多くの民話にこうした仏教の影響の痕跡がたびたび認められる。鹿児島（奄美大島）で採集された鶴女房の民話では、小町という名の鳥女は、別れる前に夫とその両親とともに4人でお寺へお参りに行ったが、坊主が読経すると、鳥になり飛び去ったという[19]。メリュジーヌの場合、ヨーロッパと日本に共通する（母体となる）物語が、古代のヴェーダ文学で最も重要なテクストである『シャタパタ・ブラーフマナ』（「百の道からなるブラーフマナ」）に見つかる。これはプルーラヴァス王

図108　髪をくしけずる天女（アプサラス）（ギメ東洋美術館・クメール文化コレクション）

と天女ウルヴァシーの恋物語である（図108)。このように、インド起源の伝承が、ヨーロッパと南東アジアに共通する物語のモデルとなっている。

5. 変身のための水浴び

残された問題は、神話の伝承において《不死であること》が何を意味しているかということである。この疑問について考えるには、「漁夫とその不思議な妻」と題された朝鮮版メリュジーヌの民話を読む必要がある。この民話によって、ヨーロッパと日本で暗に示されている解釈の鍵が手に入るだろう。

> ある漁夫が、大きな鯉を１匹釣り上げて手桶の中に入れる。ところが鯉が助けてほしいと訴えたので、漁夫は食欲が失せた。翌日、漁夫が釣りを終えて家に戻ると、美味しそうな食事が膳の上に準備されていた。翌朝早起きした漁夫がこっそり台所を覗いてみると、美しい女が漁夫のためにこっそりと飯を炊いていた。女は姿を見られたことに気づき、「私は龍王の娘で、あなたと暮らす定めにあります。もう３日待って下されば、私は完全に人間になることができます。どうか我慢して下さい」と訴えた。漁夫が同意すると、鯉は美しい女に変身して、食べるものも着るものも望みどおりに出してくれたばかりか、立派な家も建ててくれた。鯉女は浴室をこしらえ、そこで毎月１、２回水浴びをした。そして夫には決して覗き見をしないよう頼み、もし覗いたら不幸が起こると釘を刺した。しかしある日、好奇心を抑えられなくなった夫が、浴室で鯉の姿になって悠々と泳ぐ妻を覗いてしまう。覗き見られたことを知った妻は、こう言った。「あなたは約束を守ってくれませんでした。もう１年辛抱して下さったなら、私は完全に人間になることができたのです。私たちの地上での縁は、もう永久に切れてしまいました」。そう言って妻が海へ帰ると、夫婦の富はすべて消え失せた。３年後、空中にある声が響きわたった。それは鯉が夫を呼ぶ声だった。鯉は天から降りてきて夫を連れて昇天し、その後２人は楽しく暮らしたという[20)]。

毎月行う水浴びの目的を、鯉ははっきりと説明している。それは鯉が完全に人間女性へ変身し、魚の性質をなくすことだった。この説明は同様にフランスのメリュジーヌにも当てはまるが、フランスの物語には朝鮮の民話には見られない補足的な説明が含まれている。メリュジーヌの蛇のような尾に触れたジャン・ダラスは、その尾が（保存用に）鰊（にしん）を塩漬けするための樽と同じくらい大きいと述べている[21]。この細部は示唆的であり、この魚の尾が（海の）塩に包まれていることを表している（図109）。実際によく知られているとおり、塩を使えば食べ物（たとえばジャン・ダラスがあげている鰊などの魚）が腐るのを防ぎ、保存しておくことができる。つまり塩は、不死を弱めた形である長寿の力を食べ物に与える。

図109　水浴中のメリュジーヌを覗き見るレイモンダン（パリ・アルスナル図書館蔵フランス語写本3353番・第130葉表）

昔の考え方では、海の神々を不死にしていたのは塩の力だった。（鰊のような）塩漬けの魚と同様の蛇の尾があることを神話的に言い換えるなら、海の塩水でできた世界に属する性質を持ち、稀有の特権を手にしていると考えられる。肉体が腐敗しないという特権を持つことが、神々の特徴なのある。

6. 不死の住処としての海

以上のことは、実はもともと海中で暮らすメリュジーヌとトヨタマヒメのいずれにも当てはまる性質である。メリュジーヌはアヴァロン島で幼少期を過ごしたと記されており、朝鮮の民話に出てくる王女の父はトヨタマヒメの父と同じ海神である。フランスの妖精と朝鮮の王女は自分の超自然的で神的な性質をなくそうとしたが、そのためには自分を包む塩を消す、つまり（海水ではなく）淡水を浴びて塩抜きをする必要があった。トヨタマヒメが淡水で水浴びをしたとは記されていないが、出産のために本来の姿を持ち続け、塩水に棲息する海の生き物の姿に戻らねばならなかった。これは、生まれてくる子供が人間よりも優れた存在になるための必須条件でもあった。そのため、トヨタマヒメの話では、塩のモチーフが別の形を取っている。そもそもフランスのメリュジーヌとその朝鮮版と同じように、父が海神であるため、トヨタマヒメの故郷も海である。後に夫となるヒコホホデミは、シオツチの神（潮流をつかさどる神）の介入により助けられ、トヨタマヒメと出会う[22]。しかし、トヨタマヒメが定期的に淡水で水浴びをすることで、塩の性質をなくそうとしたとは記されていない。反対に、彼女は塩の性質を保持し続け、それを子供に伝えようとしている。こうすることで彼女の子供は素晴らしい運命を享受し、人間界にありながら神となることができた。このように塩の性質が子供に遺伝したのは、トヨタマヒメが本来の神的な姿に戻り、その姿で出産したためである。さらに、出産時の姿を夫に見られたことを恥じたトヨタマヒメについて、松本信広［1897～1981年、神話学者・民俗学者］はこう説明している。「［トヨタマヒメは］子供をイグサで包み、岸辺に置いた。こうした子供の海岸への遺棄が、偶然のはずはない。実際、『古語拾遺』に次の一節が見られる。《天祖であるヒコホ（＝ヒコホホデミ）は、海神の娘であるトヨタマヒメを妻としてお迎えになって、ヒコナギサ（＝ウガヤフキアエズ）をお生みになる。育て養い申し上げる日に、海辺に御殿をお建てになった。その時に、掃守(かにもり)の連(むらじ)の遠祖であるアメノオシヒトがお仕え申し上げ、お側に控えている。箒を作って、蟹を払い除ける。そのようなわけで、敷物関係の仕事を担当し、ついには家職とする。名づけて、蟹守という》。伊波普猷(いはふゆう)［1876～1947年、沖縄出身の民俗学者］は、このエピソードを琉球の習俗と関連づけた。沖縄では子供が生まれると、《川下り》という儀礼を行う。最初に赤子に初浴をさせた後、着物を被せ、その上から小さい蟹を数匹這わせる。この儀礼の名前は、生まれた子供を浜辺へ運ぶ古い習俗を連想させるように思われる。日本では、ヒコホホデミの神話により、この習俗の存在が証明されている」[23]。

7. おわりに

16世紀の医師・錬金術師パラケルススはメリュジーヌ神話を検討して、人間には2つの生命力があり、1つは自然の生命力で、もう1つは《肉体的なものは一切含まない》霊的な生命力だと主張した［『長寿論』第5巻第2章］。パラケルススはその後、この霊的な生命力の世界の分析に取り組み、根源的（楽園的）な水の精が住む領域を「ニンフィディーダ」（《ニンフの国》）と呼んだ。パラケルススはその書物で、サラマンドラ［火の精］とメリュジーヌを他のカテゴリーとは別に扱った。彼はメリュジーヌが《水の国と人間界の間にいる存在》であるという定義を提案し、神話的存在を混成体、すなわち霊肉分離（目に見えない純粋な精霊）と受肉（肉体を持つ存在）の中間にある存在だと明確に結論づけた。メリュジーヌとトヨタマヒメは、海と陸との間、人間と神々の間に道を開くという同じ理想を持っていたが、人間の強欲さがこうした理想を打ち砕いてしまう。［異類の姿を見てはならないという］禁忌は、肉体の中での魂の受肉という秘密を目撃した者が、必ず罰せられることを示すためだったのかもしれない。魂の受肉は神々だけに与えられた特権である。プレジーヌは夫に、産褥中、つまり出産後から母体が回復するまでの間、彼女の姿を見ないよう頼んだ。しかし、プレジーヌが出産した娘たちの身体を洗っていた時、夫はこの禁忌を破った。実際にプレジーヌは、ワニの姿で出産したトヨタマヒメと同様、魚のように水中で娘たちを出産しているところだった。レイモンダンが水浴中のメリュジーヌを覗き見した時、女神の属性を持つ彼女は人間女性になろうとして、海底にある（塩水の、つまり永遠の）神の世界と彼女を結びつけたままの雌蛇（またはウナギ）の尾をなくそうとしていた（図110）。このように、メリュジーヌとトヨタマヒメの話は、受肉（肉体への魂の注入）の秘密をすべて明らかにしている。メリュジーヌとトヨタマヒメだけが、受肉を経験し、達成している。彼女たちだけが、言い表せないうえに、口に出すこともできない受肉の秘密を握っている。神聖な出来事の序幕すら、人間は目にすることが許されていないのである。

図110　メリュジーヌの秘密を暴くレイモンダン（『麗わしのメルジーナの物語』ニュルンベルク国立博物館蔵）

注

1) ジャン・ダラス『メリュジーヌまたはリュジニャンの高貴な物語』のテクストは、ジャン＝ジャック・ヴァンサンジニの校訂本による（Jean d'Arras, *Mélusine ou la noble histoire de Lusignan, roman du XIVe siècle*. Nouvelle édition critique d'après le manuscrit de la bibliothèque de l'Arsenal avec les variantes de tous les manuscrits, traduction, présentation et notes par J.-J. Vincensini, Paris, Librairie générale française（Le livre de poche, 4566. Lettres gothiques）, 2003）。

2) Shinoda, C.（2001）および Shinoda, C.（2012）を参照。

3) Lecouteux, C.（1978）.

4) メリュジーヌのアイルランド版については、Boivin, J.-M. et Mac Cana, P.（éd.）（1999）, p. 247−279 および Mac Cana, P.（1994）を参照。

5) *Aided Muirchertaig Meic Erca,* édition de Lil Nic Dhonnchadha, Dublin Institute for advanced studies, 1984. フランス語訳は Guyonvarc'h, C.（1983）を参照。

6) ジョフロワ・ドーセール『黙示録注釈』の 15 番目の説教による。

7) Harf-Lancner, L.（1984）, p. 143−147.

8) Lecouteux, C.（1998b）.

9) ジェラール・ジュネットが提案した定義による（Genette, G.（1969）, p. 71−99）〔邦訳は花輪光監訳『フィギュールⅡ』風の薔薇、1989 年、pp. 83−112「真実らしさと動機づけ」〕

10) 前掲書・ヴァンサンジニ版『メリュジーヌ』XXXX, p. 134−136.

11) 日本の類話については、Bihan-Faou, F. et Shinoda, C.（1992）および Shinoda, C.（2012）を参照。

12) ジャン＝ロイック・ルケレックはこの説に異論を唱えている（Le Quellec, J.-L.（2013））。

13) Sahlins, M.（2008）. Descola, Ph.（2005）も参照。

14) Malmberg, B.（1991）.

15) *Ibid.*, p. 281−308.

16) *Ibid.*, p. 309−345.

17) Demoule, J.-P.（2014）. この著者は、インド＝ヨーロッパ語族の存在については異論を唱えていないが、すべてのインド＝ヨーロッパ諸語を生んだとされる唯一の祖語からの系統樹のモデルを再検討している。著者はインドに由来する諸語と前インド＝ヨーロッパ諸語（広大なユーラシア全体に属する諸言語も含む）との間でより複雑な相互作用が起きたと主張している。

18）Dumézil, G.（1981）, p. 21−89.

19）関敬吾『日本昔話大成』第2巻（本格昔話1）、角川書店、1978年、pp. 201−204（115「鶴女房」）。

20）Park Yung-Joon, *Hankuk Əi cɔnsɔl,* t. 2, p. 234−235. フランス語訳はCoyaud, M. et Li, J.-M.（1979）, p. 168−169。

21）「そして彼（＝レイモンダン）は桶の中にメリュジーヌを見つけた。彼女は臍までは女性の姿をしており、自分の髪をといていた。しかし臍から下は蛇の尾の形をしており、その尾は鰊を入れる樽と同じほど大きかった（aussi grosse comme une tonne［un tonneau］ou on met harenc）」（*Mélusine,* éd. J. J. Vincensini, *op. cit.*, p. 660）。

22）シオツチは日本のすべての塩職人の守護神である。バジル・ホール・チェンバレンによる英訳『古事記』の注（*The Kojiki,* éd. B. H. Chamberlain, Boston, Tuttle, 1981, p.144, note 1）を参照。

23）Matsumoto, N.（1928）, p. 109−110.

日本語で読める原典

（各章での登場順による）

第1章

ペロー『眠れる森の美女』［新倉朗子訳『完訳　ペロー童話集』（岩波文庫、1982年）所収］

マリー・ド・フランス『ランヴァルの短詩』［森本英夫・本田忠雄訳『レ』（東洋文化社、1980年）所収「ランヴァル」；月村辰雄訳『12の恋の物語』（岩波書店、1988年）所収「ランヴァル」；新倉俊一訳「ランヴァル」『フランス中世文学集2』（白水社、1991年）所収］

クレティアン・ド・トロワ『ライオンを連れた騎士』［菊池淑子『クレティアン・ド・トロワ『獅子の騎士』　フランスのアーサー王物語』平凡社、1994年］

ギヨーム・ド・ロリス／ジャン・ド・マン『薔薇物語』［篠田勝英訳『薔薇物語』（上）（下）、ちくま文庫、2007年］

第2章

『薔薇物語』［前掲（第1章）］

オースン・スコット・カード『7番目の息子』［小西敦子訳『奇跡の少年』角川文庫、1998年］

ジョゼフ・ディレーニー『魔法使いの弟子』［金原瑞人・田中亜希子訳『魔使いの弟子』創元推理文庫、2013年］

「魚の王さま」［シャルル・ジョイステン編（渡邉浩司訳）『ドーフィネ地方の民話』所収、『フランス民話集Ⅱ』（中央大学出版部、2013年）pp. 30−40］

クレティアン・ド・トロワ『グラアルの物語』［クレチアン・ド・トロワ（天沢退二郎訳）『ペルスヴァルまたは聖杯の物語』、『フランス中世文学集2』（白水社、1991年）所収］

マリー・ド・フランス『ビスクラヴレットの短詩』［森本英夫・本田忠雄訳『レ』（東洋文化社、1980年）所収「ビスクラヴレ」；月村辰雄訳『12の恋の物語』（岩波書店、1988年）所収「狼男」］

『ヴェルンドの歌』［松谷健二訳『エッダ　グレティルのサガ（中世文学集Ⅲ）』（ちくま文庫、1986年）所収］

『グラアランの短詩』［川口陽子訳「グラエラント」、『中世ブルターニュ妖精譚』（関西古フランス語研究会、1998年）所収］

マリー・ド・フランス『ヨネックの短詩』[森本英夫・本田忠雄訳『レ』(東洋文化社、1980年) 所収「ヨネック」; 月村辰雄訳『12の恋の物語』(岩波書店、1988年) 所収「ヨネック」]

第3章

ペロー [新倉朗子訳『完訳 ペロー童話集』岩波文庫、1982年]

ラブレー『第4の書』[宮下志朗訳『第4の書(ガルガンチュアとパンタグリュエル4)』ちくま文庫、2009年]

ラブレー『第3の書』[宮下志朗訳『第3の書(ガルガンチュアとパンタグリュエル3)』ちくま文庫、2007年]

ギヨーム・アポリネール『アルコール』所収「白い雪」[飯島耕一訳、『アポリネール全集I』(青土社、1979年) pp. 138–139]

アナトール・フランス『鳥料理「ペドーク女王」亭』[朝倉季雄訳『鳥料理レエヌ・ペドオク亭』(アナトオル・フランス長編小説全集第2巻) 白水社、1940年]

クレティアン・ド・トロワ『グラアルの物語』[前掲(第2章)]

第4章

『エイルの人々のサガ』[谷口幸男訳『アイスランドサガ』(新潮社、1979年) 所収『エイルの人びとのサガ』]

『ラックサー谷の人々のサガ』[谷口幸男訳『アイスランドサガ』(新潮社、1979年) 所収『ラックサー谷の人びとのサガ』]

『ヴェルンドの歌』[前掲(第2章)]

ヘロドトス『歴史』巻4–105(ネウロイ人)[松平千秋訳『歴史(中)』(岩波文庫、1972年) pp. 62–63]

第5章

リョンロット編『カレワラ』[小泉保訳『カレワラ(上)(下)』岩波文庫、1976年]

ウォルター・マップ『宮廷人の閑話』[瀬谷幸男訳、論創社、2014年]

マリー・ド・フランス『ランヴァルの短詩』[前掲(第1章)]

『ブランの航海』[松村賢一『ケルトの古歌『ブランの航海』序説』中央大学出版部、1997年]

オウィディウス『悲しみの歌』[木村健治訳『悲しみの歌/黒海からの手紙』京都大学学術出版会、1998年]

第6章
ヘロドトス『歴史』［松平千秋訳『歴史（上）（中）（下）』岩波文庫、1971年～1972年］
『古事記』［山口佳紀・神野志隆光校注・訳『古事記』、小学館（新編日本古典文学全集1)、1997年］
ウォルター・マップ『宮廷人の閑話』［前掲（第5章)］
『グラアランの短詩』［前掲（第2章)］
『ガンガモールの短詩』［傳田久仁子訳「ガンガモール」、『中世ブルターニュ妖精譚』（関西古フランス語研究会、1998年）所収］
「タパティー物語」［上村勝彦訳『原典訳マハーバーラタ2』（ちくま学芸文庫、2002年）pp. 64–71］
アンドレ・ブルトン『秘法17』［入沢康夫訳、人文書院、1993年］

第7章
クレティアン・ド・トロワ『グラアルの物語』［前掲（第2章)］
『ヴェルンドの歌』［前掲（第2章)］
『ニャールのサガ』［谷口幸男訳『アイスランドサガ』（新潮社、1979年）所収］
『グリームニルの歌』［谷口幸男訳『エッダ　古代北欧歌謡集』（新潮社、1973年）所収］
ホメロス『オデュッセイア』［松平千秋訳『オデュッセイア（上）（下)』岩波文庫、1994年］
『古事記』［前掲（第6章)］
『日本書紀』神代［小島憲之ほか校注・訳『日本書紀1』、小学館（新編日本古典文学全集2)、1994年］

第8章
『ガンガモールの短詩』［前掲（第6章)］
『万葉集』巻第9の1740–1741「水江の浦島子を詠む一首」［小島憲之・木下正俊・東野治之校注『萬葉集2（巻第5～巻第9)』（小学館、新編日本古典文学全集7、1995年）pp. 414–417］
マリー・ド・フランス『ランヴァルの短詩』［前掲（第1章)］
ジェフリー・オヴ・モンマス『メルリヌス伝』［瀬谷幸男訳『マーリンの生涯』、南雲堂フェニックス、2009年］
ソーマデーヴァ『屍鬼25話』［上村勝彦訳、平凡社、東洋文庫323、1978年］

第9章

『グラアランの短詩』［前掲（第2章）］

能楽『羽衣』［横道萬里雄・表章校注『謡曲集　下』（岩波書店、日本古典文学大系 41、1963年）pp. 326−329］

『近江国風土記』の天女の話　［植垣節也校注『風土記』（小学館、新編日本古典文学全集 5、1997年）pp. 578−579；吉野裕訳『風土記』（平凡社、東洋文庫 145）p. 304］

マリー・ド・フランス『ギジュマールの短詩』［森本英夫・本田忠雄訳『レ』（東洋文化社、1980年）所収「ギジュマール」；月村辰雄訳『12の恋の物語』（岩波書店、1988年）所収「ギジュマール」；新倉俊一訳「ギジュマール」『フランス中世文学集 2』（白水社、1991年）所収］

『ガンガモールの短詩』［前掲（第6章）］

『クアルンゲの牛捕り』［キアラン・カーソン（栩木伸明訳）『トーイン　クアルンゲの牛捕り』東京創元社、2011年］

クレティアン・ド・トロワ『ライオンを連れた騎士』［前掲（第1章）］

第10章

アファナーシエフ「笑わぬ王女」［アファナーシエフ（中村喜和編訳）『ロシア民話集（下）』（岩波文庫、1987年）pp. 275−279］

ゴーゴリ『イワン・イワーノヴィチとイワン・ニキーフォロヴィチが喧嘩をした話』［服部典三・小平武訳『ゴーゴリ全集 2』（河出書房新社、1977年）pp. 300−374；原久一郎訳『イワーン・イワーノウィッチとイワーン・ニキーフォロウィチとが喧嘩をした話』岩波文庫、1928年］

ゴーゴリ『外套』［平井肇訳『外套・鼻』岩波文庫、2006年（改版）；浦雅春訳『鼻 / 外套 / 査察官』光文社古典新訳文庫、2006年］

『古事記』［前掲（第6章）］

クレティアン・ド・トロワ『グラアルの物語』［前掲（第2章）］

第11章

ギュスターヴ・フローベール『ブヴァールとペキュシェ』［菅谷憲興訳、作品社、2019年］

ヤコブス・デ・ウォラギネ『黄金伝説』所収「大天使聖ミカエル」［前田敬作・西井武訳『黄金伝説 3』（人文書院、1986年）pp. 490−511］

マリー・ド・フランス『ギジュマールの短詩』［前掲（第9章）］

マリー・ド・フランス『トネリコの短詩』［森本英夫・本田忠雄訳『レ』（東洋文化社、

1980年）所収「とねりこ」；月村辰雄訳『12の恋の物語』（岩波書店、1988年）所収「とねりこ」]

第12章

『古事記』[前掲（第6章)]

「鶴女房」[関敬吾『日本昔話大成　第2巻（本格昔話1)』(角川書店、1978年）pp. 201-218]

『古語拾遺』[中村幸弘・遠藤和夫『「古語拾遺」を読む』右文書院、2004年]

参考文献

1. 辞典・事典

Brunel, P. (dir.) (2002), *Dictionnaire des mythes féminins,* Monaco, Éditions du Rocher.

Clébert, J. P. (1971), *Dictionnaire du symbolisme animal,* Paris, Albin Michel. [ジャン＝ポール・クレベール（竹内信夫、柳谷巖、西村哲一、瀬戸直彦、アラン・ロシェ訳）『動物シンボル事典』大修館書店、1989年]

Du Cange (1883-1887), *Glossarium mediae et infimae latinitatis,* Niort, Favre. Version en ligne : ducange.enc.sorbonne. fr.

Ernout, A. et Meillet, A. (1967), *Dictionnaire étymologique de la langue latine,* Paris, Klincksieck.

Gaffiot, F. (1934), *Dictionnaire illustré latin-français,* Hachette.

Greimas, A. J. (1989), *Dictionnaire de l'ancien-français,* Paris, Larousse.

Grimal, P. (1969), *Dictionnaire de la mythologie grecque et romaine,* Paris, P. U. F..

Huet, G. (2015), *Héritage du sanskrit. Dictionnaire sanskrit-français,* version en ligne : http://sanskrit.inria.fr.

Kluge (2002), *Etymologisches Wörterbuch der deutschen Sprache,* Berlin, New York.

Mozzani, E. (1995), *Le Livre des superstitions. Mythes, croyances et légendes,* Paris, Laffont.

Pauly, A. et Wissowa, G. (1930), *Realencyclopädie der classischen Altertumswissenschaft,* t. XIV, 2.

Pauly, A. et Wissowa, G. (1933-1935), *Realencyclopädie der classischen Altertumswissenschaft,* t. XVI.

Pokorny, J. (1959), *Indogermanisches Etymologisches Wörterbuch,* Berne, Francke.

Talos, I. (2002), *Dictionnaire de la mythologie roumaine,* Grenoble, ELLUG.

Tobler, A. et Lommatzsch, E. (1925), *Altfranzösisches Wörterbuch,* Berlin, Weidmannsche Buchhandlung, t. 1.

Walter, Ph. (2014a), *Dictionnaire de mythologie arthurienne,* Paris, Imago. [フィリップ・ヴァルテール（渡邉浩司・渡邉裕美子訳）『アーサー王神話大事典』原書房、2018年]

2. 研究・批評

Aarne, A. et Thompson, S. (1928), *The types of folktale. A Classification and Bibliography,* Helsinki, Folklore Fellows Communications, n° 74.

Abbé Bullet (1771), *Dissertation sur la mythologie françoise et sur plusieurs points curieux de l'histoire de France,* Paris, Moutard.

Agrimi, J. (1993), « Savoir médical et anthropologie religieuse. Les représentations et les fonctions de la vetula (XIIIe-XVe siècle) », *Annales E. S. C.*, 48, p. 1281–1308.

Alexandre-Bidon, D. et Berlioz, J. (dir.) (1998), *Les croquemitaines. Faire peur et éduquer* (*Le monde alpin et rhodanien,* n. 2–4).

Badel, P.-Y. (1970), « Raison "fille de Dieu" et le rationalisme de Jean de Meun », in : *Mélanges de langue et de littérature du Moyen Âge et de la Renaissance offerts à Jean Frappier, professeur à la Sorbonne, par ses collègues, ses élèves et ses amis,* éd. J. C. Payen et C. Régnier, Genève, Droz (Publications romanes et françaises, 112), t. 1, p. 41–52.

Bader, F. (2004), « Le Vieux de la Mer et ses phoques », *General Linguistics,* 4, p. 1–20.

Belmont, N. (1970), « Les croyances populaires comme récit mythologique », *L'Homme,* 10, p. 94–108.

Belmont, N. (1971), *Les signes de la naissance. Étude des représentations symboliques associées aux naissances singulières,* Paris, Plon.

Berezkin, Y. (2010), « Sky-maiden and world mythology », *Iris,* 31, pp. 27–39.

Berger, A. (1990), « Le noble jeu de l'oie », *Atlantis,* 363, p. 60.

Bihan-Faou, F. et Shinoda, Ch. (trad.) (1992), *De serpents galants et d'autres,* Paris, Gallimard.

Bloch, M. (1983), *Les rois thaumaturges. Étude sur le caractère surnaturel attribué à la puissance royale particulièrement en France et en Angleterre,* Paris, Gallimard (1ère édition, Strasbourg, Publications de la Faculté des Lettres, 1924). [マルク・ブロック（井上泰男・渡邊昌美訳）『王の奇跡　王権の超自然的性格に関する研究、特にフランスとイギリスの場合』刀水書房、1998 年]

Boivin, J. M. et Mac Cana, P. (éd.) (1999), *Mélusines continentales et insulaires,* Paris, Champion.

Bolte, J. et Polivka, G. (1913 – 1932), *Anmerkungen zu den Kinder- und Hausmärchen der Brüder Grimm,* Leipzig.

Bouchy, A.-M. (1984), « Le renard, élément de la conception du monde dans la tradition japonaise », *Études mongoles et sibériennes,* 15, p. 17–20.

Boyer, R. (1980), « Les valkyries et leurs noms », dans : *Mythe et personnification,* Paris, Les Belles Lettres, p. 39–54.

Boyer, R. (1986), *Le monde du double. La magie chez les anciens Scandinaves,* Paris, Berg

International.

Boyer, R. (1994), *La mort chez les anciens Scandinaves,* Belles Lettres.

Boyer, R. et Lot-Falck, E. (1974), *Les religions de l'Europe du Nord,* Fayard.

Brasseur, M. (1998), *Provence, terre de mythes et de légendes,* Rennes, Terre de brume.

Bremond, C. et Verrier, J. (1982), « Afanassiev et Propp », *Littérature,* 45, p. 61–78.

Bromwich, R. (1961a), *Trioedd Ynys Prydein. The Welsh Triads,* Cardiff, University of Wales Press.

Bromwich, R. (1961b), « Celtic dynastic themes and the Breton lays », *Études celtiques,* 9, pp. 439–474.

Brossard-Dandré, M. et Besson, G. (1989), *Richard Cœur de Lion,* Paris, Bourgois.

Caillois, R. (1950), *L'Homme et le sacré,* Paris, Gallimard (réédition : 1988). [ロジェ・カイヨワ（小苅米晛訳）『人間と聖なるもの』せりか書房、1969 年]

Carle, P. et Minel, J. L. (1972), *L'homme et l'hiver en Nouvelle France,* Montréal, Hurtubise, H. M. H..

Cassagnes-Brouquet, S. (2000), *Les Vierges Noires,* Rodez, Éditions du Rouergue.

Chastel, A. (1939), « La légende de la Reine de Saba », *Revue de l'histoire des religions,* 119, p. 204–225 et 120, p. 160–174.

Chotzen, Th. M. (1948), « Emain Ablach. Ynys Avallach. Insula Avallonis. Ile d'Avalon », *Études celtiques,* 4, p. 255–274.

Coomaraswamy, A. (1949), *Hindouisme et Bouddhisme,* Paris, Gallimard (nouvelle édition : 1995).

Coomaraswamy, A. (1997), *La doctrine du sacrifice,* Paris, Dervy.

Coussée, B. (1994), *Légendes et croyances en Boulonnais et pays de Montreuil,* Raimbeaucourt.

Coyaud, M. et Li, J.-M. (1979), *La tortue qui parle et autres contes et légendes de Corée,* Lyon, Fédérop.

Coyaud, M. (1984), *Contes, devinettes et proverbes du Japon,* Paris, PAF.

Cranga, F. et Y. (1991), *L'escargot. Zoologie, symbolique, imaginaire,* Dijon, Éditions du Bien Public.

Crofton Croker, T. (1834), *Fairy legends and traditions of the south of Ireland,* London.

Cross, T. P. (1952), *Motif-Index of early irish literature,* Bloomington, Indiana University.

Cunliffe, B. (1993), *Univers des Celtes,* Lucerne, Bibliothèque de l'image.

Déchelette, J. (1910), *Manuel d'archéologie préhistorique, celtique et gallo-romaine,* Paris, Picard, tome 2 (Archéologie celtique et préhistorique).

De Gubernatis, A. (1878), *La Mythologie des plantes,* t. 1, Paris, Reinwald.

De Gubernatis, A. (1882), *La Mythologie des plantes,* t. 2, Paris, Reinwald.

Delarue, P. et Ténèze, M. L. (1977), *Le conte populaire français,* t. 2, Paris, Maisonneuve et Larose.

Delattre, C. (2007), « La statue sur le rivage : récits de pêche miraculeuse », dans : C. Delattre dir., *Objets sacrés, objets magiques de l'Antiquité au Moyen Âge.* Éditions Picard, p. 65-82.

Demoule, J.-P. (2014), *Mais où sont passés les Indo-européens ?,* Paris, Seuil.

Deschaux, R. (1983), « Oui ou non, les sorcières volent-elles ? », *Recherches et travaux* (Université de Grenoble), 24, p. 5-11.

Descola, Ph. (2005), *Par-delà nature et culture,* Paris, Gallimard. ［フィリップ・デスコラ（小林徹訳）『自然と文化を越えて』水声社、2020 年］

Desroches Noblecourt, C. (2004), *Le fabuleux héritage de l'Egypte,* Paris, SW-Télémaque.

Détienne, M. et Vernant, J. P. (1974), *Les ruses de l'intelligence. La Métis des grecs,* Paris, Flammarion.

Devereux, G. (2011), *Baubo, la vulve mythique,* Paris, Payot.

Dillon, M. et Chadwick, N. (1979), *Les royaumes celtiques,* Marabout.

Dontenville, H. (1966), *La France mythologique,* Paris, Tchou.

Dulaure, J.-A. (1974), *Le culte du phallus chez les anciens et les modernes,* Verviers, Marabout.

Dumézil, G. (1953), « Albati, rvssati, virides », dans : *Rituels indo-européens à Rome,* Paris, Klincksieck, p. 45-61.

Dumézil, G. (1965), *Le Livre des héros. Légendes sur les Nartes,* Paris, Gallimard.

Dumézil, G. (1967), « Les transformations du troisième du triple », *Cahiers pour l'analyse,* 7, p. 39-42.

Dumézil, G. (1968), *Mythe et épopée I,* Paris, Gallimard.

Dumézil, G. (1975), *Fêtes romaines d'été et d'automne,* Paris, Gallimard. ［ジョルジュ・デュメジル（大橋寿美子訳）『ローマの祭　夏と秋』法政大学出版局、1994 年］

Dumézil, G. (1981), *Mythe et épopée III,* Paris, Gallimard (3e édition).

Dumézil, G. (1983), *Romans de Scythie et d'alentour,* Paris, Payot.

Dumézil, G. (1984), *La courtisane et les seigneurs colorés,* Paris, Gallimard.

Dumézil, G. (1987), *La religion romaine archaïque,* Paris, Payot.

Dumézil, G. (1994), *Le roman des jumeaux. Esquisses de mythologie,* Paris, Gallimard.

Dumézil, G. (2000), *Mythes et dieux de la Scandinavie ancienne,* Paris, Gallimard.

Dunn-Lardeau, B. (dir.) (1986), *Legenda Aurea : sept siècles de diffusion,* Actes du colloque international sur la *Legenda aurea* : texte latin et branches vernaculaires, *Cahiers* d'études médiévales, Bellarmin, Montréal.

Durand, G. (1969), *Structures anthropologiques de l'imaginaire,* Paris, Bordas, (rééd. 1984).

Duval, P.-M. (1976), *Les dieux de la Gaule,* Paris, Payot.

Eliade, M. (1949), *Traité d'histoire des religions,* Paris, Payot.

Eliade, M. (1965), *Le sacré et le profane,* Paris, Gallimard. [ミルチャ・エリアーデ（風間敏夫訳）『聖と俗　宗教的なるものの本質について』法政大学出版局、1969年]

Eliade, M. (1968), *Le chamanisme et les techniques archaïques de l'extase,* Paris, Payot, 2e éd. [ミルチャ・エリアーデ（堀一郎訳）『シャーマニズム　古代的エクスタシー技術（上）（下）』ちくま学芸文庫、2004年]

Eliade, M. (1969), *Le mythe de l'éternel retour,* Paris, Gallimard. [ミルチャ・エリアーデ（堀一郎訳）『永遠回帰の神話―祖型と反復』未來社、1963年]

Esperandieu, E. (1908), *Recueil général des bas-reliefs de la Gaule romaine,* Paris, Imprimerie nationale, t, IV.

Fayard, A. (dir.) (2009), *L'Oracle d'Ifa. Rituel divinatoire africain,* Grenoble, Museum d'histoire naturelle.

Frank, B. (2000), *Dieux et Bouddhas au Japon,* Paris, Odile Jacob.

Frappier, J. (1972), *Chrétien de Troyes et le mythe du Graal. Étude sur Perceval ou Le Conte du Graal,* Paris, SEDES. [ジャン・フラピエ（天沢退二郎訳）『聖杯の神話』筑摩書房、1990年]

Frazer, J. (1984), *Le Rameau d'or. Balder le magnifique,* tome 4, Paris, Laffont (1ère édition française, 1934).

Fromage, H. (1967), « Sainte Enimie et le Drac », *Bulletin de la Société de Mythologie Française,* 65, p. 1–18.

Frontisi-Ducroux, F. (2009), *Ouvrages de dames. Ariane, Hélène, Pénélope,* Seuil.

Gaidoz, H. (1881–1883), « L'origine de l'Hymne de Colman », *Revue celtique,* 5, p. 94–103.

Gaidoz, H. (1901), « La réquisition d'amour et le symbolisme de la pomme », *Annuaire de l'Ecole pratique des hautes études,* p. 5–33.

Gaignebet, C. (1976), « Véronique ou l'image vraie », *Anagrom,* 7 et 8, p. 45–70.

Gaignebet, C. (1979), « Les contes de la Lune rousse sur la Montagne verte », préface au *Cœur mangé, récits érotiques et courtois des 12e et 13e siècles,* Paris, Stock, p. 11–25.

Gaignebet, C. (1981), « Homère, Porphyre, Saintyves et l'antre des nymphes », Postface à la réédition de P. Saintyves, *L'antre des Nymphes,* Neuilly-sur-Seine, Arma Artis, p. I–

XX.

Gaignebet, C. (1985), « L'origine indo-européenne du Carnaval », dans : *Le carnaval, la fête et la communication* (Actes des rencontres internationales de Nice, mars 1984), Nice, Serre.

Gaignebet, C. (1986), *À plus hault sens. L'ésotérisme spirituel et charnel de Rabelais,* t. 1, Paris, Maisonneuve et Larose.

Gaignebet, C. et Florentin, M.C. (1974), *Le Carnaval,* Paris, Payot.

Gaignebet, C. et Lajoux, J. D. (1985), *Art profane et religion populaire au Moyen Âge,* Paris, P. U. F..

Gallais, P. (1992), *La fée à la fontaine et à l'arbre. Un archétype du conte merveilleux et du récit courtois,* Amsterdam, Rodopi.

Genette, G. (1969), *Figures II,* Paris, Seuil.［ジェラール・ジュネット（花輪光監訳）『フィギュールⅡ』風の薔薇、1989年］

Gimbutas, M. (1974), *The Gods and Goddesses of old Europe, 7000-3500 BC. Myths, legends, cults, images,* London, Berkeley-Thames and Hudson, University of Califorinia Press.

Gimbutas, M. (1982), *The Goddesses and Gods of old Europe, 6500-3500 BC.,* London, Berkeley-Thames and Hudson, University of Califorinia Press.［マリヤ・ギンブタス（鶴岡真弓訳）『古ヨーロッパの神々』言叢社、1989年］

Ginzburg, C. (1980), *Les batailles nocturnes. Sorcellerie et rituels agraires aux XVI*[e] *et XVII*[e] *siècles,* Flammarion.［カルロ・ギンズブルグ（上村忠男訳）『夜の合戦　16−17世紀の魔術と農耕信仰』みすず書房、1986年］

Ginzburg, C. (1992), *Le sabbat des sorcières,* Paris, Gallimard, 1992.［イタリア語による原著 *Storia notturna. Una decifrazione del Sabba,* Turin, Einaudi, 1989. カルロ・ギンズブルグ（竹山博英訳）『闇の歴史　サバトの解読』せりか書房、1992年］

Giraud, J.-P. (2012), « Une lecture palimpseste d'une séquence du *Kojiki*. Et si le dieu Susanoo no mikoto n'était pas le vilain petit canard de la mythologie japonaise ? », dans : F. Vigneron et K. Watanabe (dir.), *Voix des mythes, science des civilisations. Hommage à Philippe Walter,* Peter Lang, Berne, p. 17−30.

Gordon, P. (2003), *Les Vierges Noires. L'origine et le sens des contes de fées. Mélusine,* Paris, Signatura.

Grange, I. (1981), *Essai d'interprétation de certains personnages ornithomorphes du folklore français (Textes médiévaux et folklore contemporain),* Paris (doctorat de 3e cycle en ethnologie), thèse non publiée.

Grange, I. (1983), « Métamorphoses chrétiennes des femmes-cygnes. Du folklore à l'hagiographie », *Ethnologie Française,* 13, p. 139–150.

Graves, R. (1948), *The White Goddess,* Faber and Faber.

Greimas, A. (1985), *Des dieux et des hommes,* Paris, P. U. F..

Grimm, J. (1878), *Deutsche Mythologie* (4e éd.), Berlin, Harrovitz et Grossman, t. 1.

Grzimek, B et Fontaine, M. (1971–1975), *Le Monde animal en treize volumes, Encyclopédie de la vie des bêtes,* Zurich, Stauffacher S. A..

Guibert de la Vaissière, V. (2003), *Les quatre fêtes d'ouverture de saison de l'Irlande ancienne,* Crozon, Armeline.

Guinguand, M. (1991), *Le berceau des cathédrales,* Veyrier.

Guyonvarc'h, C. (1958), « La maladie de Cuchulainn », *Ogam,* 10, p. 285–310.

Guyonvarc'h, C. (1980), *Textes mythologiques irlandais I,* Volume I, Rennes, Ogam-Celticvm.

Guyonvarc'h, C. (1983), « La mort de Muirchertach, fils d'Erc. Texte irlandais du très haut Moyen Âge », *Annales E. S. C.*, p. 985–1015.

Guyonvarc'h, C. (1997), *Magie, médecine et divination chez les Celtes,* Paris, Payot.

Harf-Lancner, L. (1978), « Une Mélusine galloise : la dame du lac de Brecknock », dans : *Mélanges J. Lods,* Paris, École Normale Sup. de J. Filles, p. 323–338.

Harf-Lancner, L. (1984), *Les fées au Moyen Âge. Morgane et Mélusine. La naissance des fées,* Paris, Champion.

Hartland, E. (1891), *The science of fairy tales,* London.

Hartog, F. (1980), *Le miroir d'Hérodote. Essai sur la représentation de l'autre,* Paris, Gallimard.

Hennessy, W. M. (1870), « The ancient irish goddess of war », *Revue celtique,* 1, pp. 32–55.

Hily, G. (2008), « À l'assaut de la neuvième vague », dans : G. Buron, H. Bihan et B. Merdrignac éd., *À travers les îles celtiques. A-dreuz an inizi keltiek. Per insulas scottica, Mélanges en mémoire de Gwénaël Le Duc,* Presses universitaires de Rennes, p. 39–42.

Imperiali, O. (2008), « La Vierge Noire de Montserrat, mythe d'origine, mythe catalan », *Cahiers de la Méditerranée,* 77, p. 121–132.

Jacques-Chaquin, N. et Préaud, M. (1996), *Les sorciers du Carroi de Marlou. Un procès de sorcellerie en Berry (1582-1583),* Grenoble, Millon.

James, E. O. (1989), *Le culte de la déesse-mère dans l'histoire des religions,* Paris, Le Mail (pour la traduction française). Titre original : *The cult of the Mother-Goddess* (London, Thames and Hudson, 1959).

Jodogne, O. (1960), « L'autre monde celtique dans la littérature française du XIIe siècle »,

Bulletin de l'Académie royale de langue et de littérature françaises de Belgique, 46, p. 584–597.

Lecouteux, C. (1978), « La structure des légendes mélusiniennes », *Annales E. S. C.*, , p. 294–306.

Lecouteux, C. (1982), *Mélusine et le Chevalier au cygne,* Paris, Payot.

Lecouteux, C. (1986), *Fantômes et revenants au Moyen Âge,* Paris, Imago.

Lecouteux, C. (1990), *Les esprits et les morts. Croyances médiévales,* Paris, Champion (en collaboration avec Ph. Marcq).

Lecouteux, C. (1992), *Fées, sorcières et loups-garous : histoire du double au Moyen Âge,* Paris, Imago.

Lecouteux, C. (1994), *Mondes parallèles. L'univers des croyances du Moyen Âge,* Paris, Champion.

Lecouteux, C. (1995), *Au-delà du merveilleux. Des croyances au Moyen Âge,* Paris, Presses de l'Université de Paris-Sorbonne.

Lecouteux, C. (1998a), *Au-delà du merveilleux. Essai sur les mentalités du Moyen Âge,* Paris, Presses de l'Université de Paris-Sorbonne (2e édition revue et augmentée).

Lecouteux, C. (1998b), « Melusine », dans : K. Ranke et alii, *Enzyklopädie des Märchens,* Berlin/New York, Band 9, col. 556–561.

Lecouteux, C. (1999a), *Chasses fantastiques et cohortes de la nuit au Moyen Âge,* Paris, Imago.

Lecouteux, C. (1999b), « Mélusine. Bilan et perspectives », dans : J. M. Boivin et P. Mac Cana (éd.), *Mélusines continentales et insulaires,* Paris, Champion, p. 11–26.

Le Goff, J. (1977), « Mélusine maternelle et défricheuse », dans : *Pour un autre Moyen Âge,* Paris, Gallimard, p. 307–331. [ジャック・ル・ゴフ（加納修訳）『もうひとつの中世のために　西洋における時間、労働、そして文化』（白水社、2006 年）第 3 部第 16 章「母と開拓者としてのメリュジーヌ」]

Le Quellec, J.-L. (2013), *Jung et les archétypes. Un mythe contemporain,* Paris, Éditions sciences humaines.

Le Roux, F. et Guyonvarc'h, C. (1983), *Morrigan, Bodb, Macha. La souveraineté guerrière de l'Irlande,* Rennes, Ogam-Celticum.

Le Roux, F. et Guyonvarc'h, C. (1986), *Les Druides,* Rennes, Ouest-France.

Le Roux, F. et Guyonvarc'h, C. (1990), *La civilisation celtique,* Paris, Payot.

Le Roux, F. et Guyonvarc'h, C. (1991), *La société celtique,* Rennes, Ouest-France.

Le Roux, F. et Guyonvarc'h, C. (2000), *La légende de la ville d'Is,* Rennes, Ouest-France.

Leroy, J. (1985), *Sainte Marie de Boulogne,* Montreuil-sur-Mer, chez l'auteur.

Le Scouezec, G. (1976), *La médecine en Gaule,* Guipavas, Kelenn.

Le Scouezec, G. (1989), *Le guide de la Bretagne,* Brasparts, Beltan.

Letellier, M. (1969), *Histoire d'une Vierge Noire,* Les Hautes Plaines de Mane, Robert Morel.

Lévêque, P. (1988), *Colère, sexe, rire. Le Japon des mythes anciens,* Paris, Les Belles Lettres.

Lévi-Strauss, C. (1960), « La structure et la forme. Réflexions sur un ouvrage de V. Propp », *Cahiers de l'Institut de science économique appliquée,* repris dans : *Anthropologie structurale deux,* Paris, Plon/Agora, 1996, p. 139–173.

Mac Cana, P. (1994), « Notes sur les analogues insulaires de la légende de Mélusine », dans : *Mélanges Kerlouégan,* Besançon, Annales littéraires de l'Université, p. 419–437.

Maillet, G. (1980), « Sur différents types de Pédauques », dans : *Mélanges Dontenville,* Paris, Maisonneuve et Larose, p. 183–192.

Malmberg, B. (1991), *Histoire de la linguistique de Sumer à Saussure,* Paris, P. U. F..

Marigny, J. (2009), *La fascination des vampires,* Paris, Klincksieck.

Marinval, P. (1988), *L'alimentation végétale en France du Mésolithique jusqu'à l'Âge du Fer,* Paris, CNRS.

Markale, J. (1983), *Mélusine ou l'androgyne,* Paris, Retz.［ジャン・マルカル（中村栄子・末永京子訳）『メリュジーヌ――蛇女＝両性具有の神話』大修館書店、1997年］

Markey, T. L. (1988), "Eurasian 'Apple' as Arboreal Unit and Item of Culture", *Journal of Indo-European Studies,* 16/1–2, pp. 60–61.

Mathieu, R. (1984), « Aux origines de la femme-renarde en Chine », *Études mongoles et sibériennes,* 15, p. 83–110.

Matsumae, T. (1998), « Origin and Development of the Worship of Amaterasu », dans : *Collected Works of Takeshi Matsumae,* vo. 13 (separate volume), Tokyo, Ôfû, pp. 1–23.

Matsumoto, N. (1928), *Essai sur la mythologie japonaise,* Paris, Geuthner.

Matsumura, K. (2014), « Alone among women. A comparative mythological analysis of the development of Amaterasu Theology », dans : *Mythical Thinkings : What Can We Learn from Comparative Mythology ?* , Countershock Press, pp. 26–46.

Michel, F. (1847), *Histoire des races maudites de la France et de l'Espagne,* Paris, Franck, t.1.

Newstead, H. (1950), "Kaherdin and the enchanted pillow : an episode in the Tristan legend", *Publications of the modern language association of America,* 65, pp. 290–312.

Pannet, R. (1982), *Marie au buisson ardent,* Paris, S. O. S..

Poirion, D. (1973), *Le Roman de la Rose,* Paris, Hatier.

Poirion, D. (1982), *Le merveilleux dans la littérature française du Moyen Âge,* P. U. F..

Poly, J.-P. (1990), « Le capétien thaumaturge : genèse populaire d'un miracle royal », dans : Robert Delort (dir.), *La France de l'an Mil,* Paris, Seuil, p. 282-308.

Propp, V. (1970), *Morphologie du conte* (traduction française), Seuil. [ウラジーミル・プロップ（北岡誠司・福田美智代訳）『昔話の形態学』白馬書房、1987年]

Propp, V. (1983), *Racines historiques du conte merveilleux* (traduction française), Gallimard. [ウラジーミル・プロップ（斎藤君子訳）『魔法昔話の起源』せりか書房、1985年]

Propp, V. (1983), *Les Fêtes agraires russes* (traduction française), Maisonneuve et Larose. [ベ・ヤ・プロップ（大木伸一訳）『ロシアの祭り』岩崎美術社、1966年（7章からなる原著の第6章までの邦訳)]

Propp, V. (1999), *Problemi komizma i smekha. Ritual'nyi smekh v fol'klore* ("Les problèmes du comique et du rire" suivi de "Le rire rituel dans le folklore"), Moscou, Labirint. [プロップの論文「口承文芸における儀礼的笑い」は、ウラジーミル・プロップ（斎藤君子訳）『魔法昔話の研究　口承文芸学とは何か』（講談社学術文庫、2009年）に収録]

Przyluski, J. (1950), *La Grande Déesse,* Paris, Payot.

Réau, L. (1958), *Iconographie de l'art chrétien,* Paris, P. U. F., Ⅲ, 1.

Réau, L. (1959), *Iconographie de l'art chrétien,* Paris, P. U. F., Ⅲ, 3.

Renaud, J. (1992), *Les Vikings et les Celtes,* Rennes, Ouest-France.

Renaud, J. (1996), *Les dieux des Vikings,* Rennes, Ouest-France.

Rio, M. (2008), *Avallon et l'Autre monde,* Fouesnant, Yoran Embanner.

Robreau, B. (1994), *Les Miracles de Notre-Dame de Chartres. Recherches sur la structure,* Chartres, Société archéologique d'Eure-et-Loir.

Rotermund, H. (1998), *« La sieste sous l'aile du cormoran » et autres poèmes magiques. Prolégomènes à l'étude des concepts religieux du Japon,* Paris, L'Harmattan.

Rumpf, M. (1987), *Perchten-Populäre Glaubensgestalten zwischen Mythos und Katechese,* Würzburg, Königshausen & Neumann.

Sahlins, M. (2008), *The western illusion of human nature,* Chicago, Prickly Paradigm Press, 2008 (traduction française : *La nature humaine, une illusion occidentale. Réflexions sur l'histoire des concepts de hiérarchie et d'égalité, sur la sublimation de l'anarchie en Occident, et essais de comparaison avec d'autres conceptions de la condition humaine,* Paris, Éditions de l'éclat, 2009).

Saillens, E. (1945), *Nos Vierges Noires. Leurs origines,* Paris, Éditions universelles.

Saintyves, P. (1918), *Porphyre. L'antre des nymphes suivi d'un essai sur les cultes magico-*

religieux dans la symbolique primitive, Paris, Émile Nourry éditeur (réimpression : Neuilly-sur-Seine, Éditions Arma Artis, 1981).

Saintyves, P. (1924), « Des contes de ma mère l'Oye et des rapports supposés de cette expression avec les fables où figurent la reine Pédauque, la reine Berthe et la fée Berchta », *Revue d'ethnographie et des traditions populaires,* 17, p. 62–79.

Saintyves, P. (1987), *Les Contes de Perrault et les récits parallèles,* Paris, Laffont (réimpression de l'édition de 1923).

Scheftelowitz, I. (1912), *Das Schlingen- und Netzmotiv im Glauben und Brauch der Völker,* Giessen, Töpelmann.

Schiltz, V. (1975), À propos de l'exposition « Or des Scythes », *Comptes rendus des séances de l'Académie des Inscriptions et Belles-Lettres,* t. 119–3, p. 443–453.

Sébillot, P. (1968), *Le Folklore de France,* t. III, Paris, Maisonneuve et Larose, rééd..

Shinoda, Ch. (1994), *La métamorphose des fées. Étude comparative des contes populaires français et japonais,* Nagoya, Presses de l'Université.

Shinoda, Ch. (2001), « Mélusine japonaise ou la métamorphose de la fée-serpente au Japon », dans : A. Bouloumié éd., *Mélusine moderne et contemporaine,* Paris, L'âge d'homme, p. 267–276.

Shinoda, C. (2012), « Autour des Mélusine japonaises », dans : A. Caiozzo et N. Ernout éd., *Femmes médiatrices et ambivalentes. Mythes et imaginaires,* Paris, Armand Colin, p. 93–98.

Siffert, R. (trad.) (1979), *Nô et Kyôgen. : Printemps et été,* Paris, Publications orientalistes de France.

Sigurdsson, G. (2000), *Gaelic influence in Iceland. Historical and literary contacts. A survey of research,* Reykjavik, University of Iceland Press.

Sorlin, I. (1990), « Aux origines de l'étude typologique et historique du folklore », L'Institut de linguistique de N. Ja. Marr et le jeune Propp, *Cahiers du monde russe et soviétique.* Regards sur l'anthropologie soviétique, 31, p. 273–284.

Sterckx, C. (1994), *Les dieux protéens des Celtes et des Indo-européens,* Bruxelles, Société belge d'études celtiques.

Sterckx, C. (1998), *Sangliers père et fils. Rites, dieux et mythes celtes du porc et du sanglier,* Bruxelles, Société belge d'études celtiques.

Sterckx, C. (1999), « Mère laie dans la mythologie celte », dans : Ph. Walter éd., *Mythologies du porc,* Grenoble, Millon, p. 73–92.

Summers, M. (1933), *The werewolf,* London.

Sveinsson, E. O. (1957), "Celtic elements in Icelandic tradition", *Béaloideas,* 25, pp. 3–24.

Ueltschi, K. (2008), *La Mesnie Hellequin en conte et en rime. Mémoire mythique et poétique de la recomposition,* Paris, Champion.

Ueltschi, K. (2012), *Histoire véridique du Père Noël,* Paris, Imago.

Ueltschi, K. et White-Le Goff, M. (éd.), (2009), *Les Entre-Mondes, les vivants, les morts,* Paris, Klincksieck.

Uther, H.-J. (2011), *The Types of International Folktales : A Classification and Bibliography,* Parts I – III. Suomalainen Tiedeakatemia (Academia Scientiarum Fennica), Helsinki. Part I : Animal Tales, Tales of Magic, Religious Tales, and Realistic Tales, with an Introduction. Part II : Tales of the Stupid Ogre, Anecdotes and Jokes, and Formula Tales. Part III : Appendices. ［ハンス＝イェルク・ウター（加藤耕義訳）『国際昔話話型カタログ　分類と文献目録』小澤昔ばなし研究所、2016 年］

Van Gennep, A. (1988), *Manuel de folklore français contemporain,* Paris, A. et J. Picard, t. I.

Van Gennep, A. (1999), *Le folklore français. t. 3. Cycle des Douze Jours. De Noël aux Rois,* Paris, Laffont (Bouquins).

Van Steenberghen, F. (1955), *Aristote in the West,* Louvain.

Vincenot, H. (1982), *Les Étoiles de Compostelle,* Paris, Denoël.

Wadier, R. (2004), *Légendes lorraines de mémoire celte,* Sarreguemines, Pierron.

Walter, Ph. (1989), *La Mémoire du temps,* Paris, Champion.

Walter, Ph. (1990), *Le Gant de verre,* La Gacilly, Artus.

Walter, Ph. (1996), Le Bel Inconnu de *Renaut de Beaujeu. Rite, mythe et roman.* Paris, P. U. F..

Walter, Ph. (1997), « Le fil du temps et le temps des fées. De quelques figures du temps alternatif dans le folklore médiéval », dans : L. Couloubaritsis et J. J. Wunenburger, (éd.), *Les figures du temps,* Strasbourg, Presses universitaires, p. 153–165.

Walter, Ph. (1998), « La mythologie eurasiatique : définition et problèmes théoriques » (conférence donnée à l'Université de Nagoya le 11 février 1998) ［フィリップ・ヴァルテール（渡邉浩司訳）「ユーラシア神話――定義と理論上の諸問題」（中央大学『仏語仏文学研究』第 51 号、2019 年、pp. 77–85］

Walter, Ph. (1999), « Yonec, fils de l'ogre », dans : D. Boutet éd., *Plaist vos oïr bone cançon vaillant ? Mélanges de langue et de littérature médiévales offerts à F. Suard,* Lille, Éditions du Septentrion, t. 2, p. 993–1000.

Walter, Ph. (2000), *Merlin ou le savoir du monde,* Paris, Imago.

Walter, Ph. (2001), « European Forests, Fairies and Witches in Medieval Folklore », in : Y.

Yasuda éd., *Forest and civilizations,* New Delhi, Roli Books, 2001, pp. 129–141.

Walter, Ph. (2002a), *Arthur, l'ours et le roi,* Paris, Imago.

Walter, Ph. (2002b), article « Mélusine » dans : P. Brunel éd., *Dictionnaire des mythes féminins,* Monaco, Éditions du Rocher, p. 1311–1319.

Walter, Ph. (2003a), *Mythologie chrétienne. Fêtes, rites et mythes du Moyen Âge,* Paris, Imago. [フィリップ・ヴァルテール（渡邉浩司・渡邉裕美子訳）『中世の祝祭——伝説・神話・起源』原書房、初版 2007 年 ; 第 2 版 2012 年]

Walter, Ph. (2003b), « Mélsuine et Toyotamahime : aux sources de la mythologie eurasiatique » (conférence donnée à l'Université de Tottori le 22 juillet 2003) [フィリップ・ヴァルテール（門田眞知子訳）「メリュジーヌとトヨタマヒメ——ユーラシア神話に起源を求めて」（講演要旨）『鳥取大学境域地域科学部紀要』第 5 巻・第 2 号、2004 年、pp. 1–7]

Walter, Ph. (2004), *Perceval, le pêcheur et le Graal,* Paris, Imago.

Walter, Ph. (2007), « Récipients ouverts et découverts. Mythe et vaisselle au XIIIe siècle d'après Guillaume d'Auvergne », dans : D. James-Raoul et C. Thomasset, éd., *De l'écrin au cercueil. Essai sur les contenants,* Presses de l'Université de Paris-Sorbonne, p. 173–188.

Walter, Ph. (2008), *La fée Mélusine. Le serpent et l'oiseau,* Paris, Imago.

Walter, Ph. (2014b), « Âmes errantes, citrouilles et revenants. L'imaginaire de Halloween ». [フィリップ・ヴァルテール（渡邉浩司・渡邉裕美子訳）「さまよう霊魂、カボチャと幽霊——ハロウィンのイマジネール」『中央評論』（中央大学）66 巻 3 号（通巻第 289 号）、pp. 126–131]

Walter, Ph. (2020), « Regards croisés sur une Vierge « Noire » du pays messin : Notre-Dame de Rabas (XIVe siècle), *Mémoires de l'Académie nationale de Metz,* 200e année – série VII – tome XXXII, p. 73–84.

Wasserman, H. et alii (1990), *La pomme. Histoire, symbolique et cuisine,* Paris, Sang de la terre.

Watanabe, K. (2003), « Croquemitaine et namahage. La peur comme moyen éducatif et initiatique », *Iris,* 25, p. 137–145.

Watanabe, K. (2012), « Le séjour dans l'Autre Monde et la durée miraculeuse du temps : essai de rapprochement entre le *Lai de Guingamor* et la légende d'Urashima », dans : F. Vigneron et K. Watanabe (dir.), *Voix des mythes, science des civilisations. Hommage à Philippe Walter,* Peter Lang, Berne, p. 43–55.

Yoshida, A. (1961-1963), « La mythologie japonaise. Essai d'interprétation structurale »,

Revue de l'Histoire des religions, 160, 1961, p. 47－66 (premier article) ; 161, 1962, p. 25－44 (deuxième article) ; 163, 1963, p. 225－248 (troisième article).

Yoshida, A. (1966), « Les excrétions de la déesse et les origines de l'agriculture », *Annales E. S. C.*, 21, p. 717－728.

3.『ユーラシアの女性神話』の収録素材

本書への収録にあたり、少なからぬ加筆や改訂を施した。なお本書第2章、第3章、第6章、第8章、第10章、第12章の拙訳は初出である。

第1章　「豊穣の女神――ケルトの母神から中世の妖精まで」(渡邉浩司・渡邉裕美子訳)、中央大学『中央評論』72巻2号（通巻第312号)、2020年7月、pp. 123−131；「ガロ＝ローマ期の2つの3母神像」(渡邉浩司・渡邉裕美子訳)、青山社『流域』第86号、2020年5月、pp. 46−50.

第4章　「ソルグンナ――アイルランドから来たアザラシ女」(渡邉浩司・渡邉裕美子訳)、中央大学『中央評論』72巻3号（通巻第313号)、2020年10月、pp. 140−150.

第5章　「鮭女と9番目の波（『カレワラ』第5章)」(渡邉浩司・渡邉裕美子訳)、中央大学『中央評論』72巻4号（通巻第314号)、2021年1月、pp. 124−136.

第7章　「神聖な機織り場の神話（ホメロス、『古事記』、クレチアン・ド・トロワ)」(渡邉浩司訳)、『比較神話学シンポジウム　異界と常世（2012年9月、千葉文化センター）原稿集』、2012年9月、pp. 90−96.

第9章　「白い女神――動物の姿で示現するケルトの大女神（アーサー王物語を例に)」(渡邉浩司訳)、『比較神話学シンポジウム　冥界の大女神（1999年、名古屋大学）報告書』、1999年2月、pp. 53−59.

第11章　「発見された観音像とマリア――ユーラシアの聖殿建立説話」(渡邉浩司・渡邉裕美子訳)、青山社『流域』第70号、2012年5月、pp. 55−59.

図版出典

図1　Graham, L. (1997), p. 39　図2　Graham, L. (1997), p. 15　図3　Husain, S. (1998), p. 10　図4　フィリップ・ヴァルテール氏提供　図5　Duval, P.-M. (1976), p. 153　図6　Harf-Lancner, L. (1984), p. 15　図7　フィリップ・ヴァルテール氏提供　図8　Duval, P.-M. (1976) , p. 153　図9　Duval, P.-M. (1976), p. 149　図10　フィリップ・ヴァルテール氏提供　図11　Duval, P.-M. (1976) , p. 157　図12　渡邉浩司撮影　図13　Lagarde, A. et Michard, L. (1968), pl. 43　図14　Lecouteux, C. (1999), p. 94　図15　Bloch, M. (1983), pl. Ⅲ　図16　Bloch, M. (1983), pl. Ⅳ　図17　Bloch, M. (1983), pl. I bis　図18　Milin, G. (1993), p. 121　図19　Villeneuve, R. (1991), p. 128-129　図20　ウィキペディア（フランス語版）「Sorcier」掲載図版（2020年8月4日閲覧）　図21　Lecouteux, C. (1999), p. 25　図22　Walter, Ph. (2017), p. 16　図23　Grange, I. (1983), p. 140　図24　Duval, P.-M. (1976), p. 153　図25　Walter, Ph. (2017), p. 57　図26　Grange, I. (1983), p. 145　図27　Walter, Ph. (2017), p. 159　図28　Grange, I. (1983), p. 143　図29　Gaignebet, C. (1986), p. 91　図30　Walter, Ph. (2017), p. 168　図31　Gaignebet, C. (1986), p. 90　図32　Gaignebet, C. (1986), p. 91　図33　Clébert, J.-P. (1971), p. 269　図34　Ferlampin-Acher, C. et Hüe, D. (2009), p. 126　図35　ウィキペディア（英語版）「Eyrbyggya saga」掲載図版（2020年8月4日閲覧）　図36　Lecouteux, C. (1999), p. 173　図37　ウィキペディア（英語版）「Eyrbyggya saga」掲載図版（2020年8月4日閲覧）　図38　Belmont, N. (1971), p. 25　図39　ウィキペディア（日本語版）「セルキー」掲載図版（2020年8月6日閲覧）　図40　Pentikäinen, J. Y. (1989), p. 2　図41　ウィキペディア（日本語版）「第九の波」掲載図版（2020年8月6日閲覧）　図42　Pentikäinen, J. Y. (1989), p. 44　図43　ウィキペディア（日本語版）「蛤女房」掲載図版（2020年8月6日閲覧）　図44　Boyer, R. (1997), pl. XVIII　図45　ウィキペディア（日本語版）「カレワラ」掲載図版（2020年8月6日閲覧）　図46　Boyer, R. (1997), p. 76　図47　Boyer, R. (1997), pl. X　図48　Gaignebet, C. et Lajoux, J. D. (1985) , p. 315　図49　ウィキペディア（フランス語版）「Nartes」掲載図版（2020年8月6日閲覧）　図50　ウィキペディア（日本語版）「ソスリコ」掲載図版（2020年8月6日閲覧）　図51　Lecouteux, C. (1995), p. 128　図52　Eygun, F. (1987), p. 9　図53　White-Le Goff, M. (2008), p. 155　図54　White-Le Goff, M. (2008), p. 137　図55　White-Le Goff, M. (2008), p. 139　図56　White-Le Goff, M. (2008), p. 144　図57　Clier-Colombani, F. (1991), pl. 46　図58　Eygun, F. (1987), p. 5　図59　Somony éditons d'art (2008), p. 27　図60　Busby, K. et al. (1993),

p. 511　図61　Walter, Ph. (2017), p. 196　図62　Frontisi-Ducroux, F. (2009), pl. 2　図63　Frontisi-Ducroux, F. (2009), pl. 8　図64　Simpson, J. (1987), p. 38　図65　Gaignebet, C. (1986), p. 140　図66　Gaignebet, C. (1986), p. 141　図67　Frontisi-Ducroux, F. (2009), pl. 2　図68　Frontisi-Ducroux, F. (2009), pl. 3　図69　Pigeot, J et Kosugi, K. (1993), p. 16　図70　渡邉浩司撮影　図71　Pigeot, J et Kosugi, K. (1993), p. 179　図72・図73　Pigeot, J et Kosugi, K. (1993), p. 180　図74　Strom, R. (2000), p. 71　図75　ウィキペディア（日本語版）「ポーモーナ」掲載図版（2020年8月10日閲覧）　図76　Wasserman, H. et al. (1990), p. 51　図77　WikiArc「阿磨勒果」掲載図版（2020年8月10日閲覧）　図78　Busby, K. et al. (1993), p. 346　図79　Glot, C. (2013), p. 16　図80　渡邉浩司撮影　図81　Aghion, I. et al. (1994), p. 14　図82　Puhvel, J. (1987), p. 184　図83　Walter, Ph. (2017), p. 131　図84　Walter, Ph. (2017), p. 131　図85　Simpson, J. (1987), p. 48　図86　Glot, C. (2013), p. 51　図87　ウィキペディア（日本語版）「ウラジーミル・プロップ」掲載図版（2020年8月8日閲覧）　図88　ウィキペディア（日本語版）「笑わない王女」掲載図版（2020年8月4日閲覧）　図89　Devereux, G. (2011), p. 71　図90　Devereux, G. (2011), p. 22　図91　ウィキペディア（日本語版）「ニコライ・ゴーゴリ」掲載図版（2020年8月8日閲覧）　図92　Strom, R. (2000), p. 15　図93　Shinoda, C. (2001) (dir.), p. 50　図94　Husain, S (1998), p. 64　図95　Stanley-Baker, J. (1990), p. 37　図96　Stanley-Baker, J. (1990), p. 43　図97　ウィキペディア（日本語版）「浅草寺」掲載図版（2020年8月8日閲覧）　図98　Cassagnes-Brouquet, S. (2000), p. 203　図99　Cassagnes-Brouquet, S. (2000), p. 46　図100　Cassagnes-Brouquet, S. (2000), p. 31　図101　Cassagnes-Brouquet, S. (2000), p. 145　図102　Clier-Colombani, F. (1991), pl. 1　図103　Eygun, F. (1987), p. 22　図104　Eygun, F. (1987), p. 28　図105　Eygun, F. (1987), p. 30　図106　Eygun, F. (1987), p. 34　図107　Glot, C. (2013), p. 23　図108　Graham, L. (1997), p. 182　図109　Eygun, F. (1987), p. 17　図110　Glot, C. (2013), p. 58

＊＊＊

出典略号

Aghion, I. et al. (1994), *Héros et dieux de l'Antiquité,* Paris, Flammarion.

Belmont, N. (1971), *Les signes de la naissance,* Paris, Plon.

Bloch, M. (1983), *Les rois thaumaturges,* Paris, Gallimard.

Boyer, R. (1997), *Héros et dieux du Nord,* Paris, Flammarion.

Busby, K. et al. (1993), *Les Manuscrits de Chrétien de Troyes,* tome Ⅱ, Rodopi.

Cassagnes-Brouquet, S. (2000), *Vierges noires,* Rodez, Éditions du Rouergue.

Clébert, J.-P. (1971), *Dictionnaire du symbolisme animal,* Albin Michel.

Clier-Colombani, F. (1991), *La fée Mélusine au Moyen Âge,* Paris, Le Léopard D'or.

Devereux, G. (2011), *Baubo, la vulve mythique,* Payot & Rivages.

Duval, P.-M. (1976), *Les dieux de la Gaule,* Payot.

Eygun, F. (1987), *Ce qu'on peut savoir de Mélusine et de son iconographie,* Pardès (réédition de l'édition de 1951).

Ferlampin-Acher, C. et Hüe, D. (2009), *Mythes et réalités, histoire du Roi Arthur,* Rennes, Ouest-France.

Frontisi-Ducroux, F. (2009), *Ouvrages de dames. Ariane, Hélène, Pénélope...,* Seuil.

Gaignebet, C. (1986), *À plus hault sens,* t. II, Paris, Maisonneuve et Larose.

Gaignebet, C. et Lajoux, J. D. (1985), *Art profane et religion populaire au Moyen Âge,* Paris, Presses Universitaires de France.

Glot, C. (2013), *Mélusine : fée, femme, dragon,* Ouest-France.

Graham, L. (1997), *Déesses,* Éditions Abbeville.

Grange, I. (1983), « Métamorphoses chrétiennes des femmes-cygnes. Du folklore à l'hagiographie », *Ethnologie Française,* 13, p. 139-150.

Harf-Lancner, L. (1984), *Les fées au Moyen Âge,* Paris, Honoré Champion.

Husain, S. (1998), *La Grande Déesse Mère,* Paris, Albin Michel.

Lagarde, A. et Michard, L. (1968), *Moyen Âge. Les grands auteurs français du programme, I,* Paris, Bordas.

Lecouteux, C. (1995), *Démons et Génies du terroir au Moyen Âge,* Paris, Imago.

Lecouteux, C. (1999), *Chasses fantastiques et cohortes de la nuit au Moyen Âge,* Paris, Imago.

Milin, G. (1993), *Les Chiens de Dieu,* Centre de Recherche Bretonne et Celtique.

Pentikäinen, J. Y. (1989), *Kalevala mythology,* translated and edited by R. Poom, Inidana University Press.

Pigeot, J et Kosugi, K. (1993) (traduits et commentés par), *Voyages en d'autres mondes. Récits japonais du XVIe siècle,* Philippe Picquier / Bibliothèque Nationale.

Puhvel, J. (1987), *Comparative Mythology,* The Johns Hopkins University Press.

Shinoda, C. (2001) (dir.), *Mythes, Symboles, Littérature,* Nagoya, Librairie Rakuro.

Simpson, J. (1987), *European Mythology,* Hamlyn.

Somony éditons d'art (2008), *Le roi Arthur. Une légende en devenir,* Somogy / Les Champs Libres.

Stanley-Baker, J. (1990), *L'Art japonais,* Thames & Hudson.

Strom, R. (2000), *Asian mythology,* Lorenz Books.

Villeneuve, R. (1991), *Loups-garous et vampires,* Pierre Bordas et fils.

Walter, Ph. (2017), *Ma mère l'Oie. Mythologie et folklore dans les contes de fées,* Paris, Imago.

Wasserman, H. et al. (1990), *La pomme. Histoire, symbolique et cuisine,* Paris, Sang de la terre.

White-Le Goff, M. (2008), *Envoûtante Mélusine,* Klincksieck.

訳者あとがき

本書『ユーラシアの女性神話』は、ヨーロッパの神話伝承やフォークロアに詳しい中世フランス文学の専門家フィリップ・ヴァルテール氏の論集、『ユーラシア神話試論』の第2巻にあたります。2019年7月に刊行された第1巻『英雄の神話的諸相』では、「インド＝ヨーロッパ神話」および「ユーラシア神話」の観点から「英雄」の諸相に迫り、「英雄」の懐胎・誕生から死と死後の行方に至るまでの9段階が、さまざまな実例とともに分析されています。「ユーラシア神話」とは、『英雄の神話的諸相』第8章で詳しく説明されているとおり、重要なモチーフ群を共有する類似した神話伝承が日本とヨーロッパに見つかる場合、その祖型をインド＝ヨーロッパ語族の時代以前にユーラシア大陸に存在したと思われる、神話的信仰または想像世界（イマジネール）の体系に求める考え方のことです。『英雄の神話的諸相』では事例研究として、生まれたばかりの赤子が箱舟に乗せられて波間を漂うという捨て子の神話物語群や、「ハクチョウを連れた騎士」ローエングリーンとヤマトタケルの比較検討が行われました。

これに対し、本書『ユーラシアの女性神話』は、主として中世期の文献に登場する「女神」や女神的存在の神話的諸相についての12編の論考をまとめたものです。これらの論考は分量に長短があり、発表された時期も異なっていますが、本書ではテーマ別に配列しました。本書は4部構成となっており、第1部でケルト文化圏の女神が取る3者1組の姿、第2部でヨーロッパの女神の動物への変身、第3部で「異界」に位置する女神の住処を取り上げ、第4部で日本とヨーロッパの女神および女神的存在を比較検討しました。本書を締めくくるメリュジーヌとトヨタマヒメの比較は、今後の「ユーラシア神話」研究の指針となることでしょう。

ヴァルテール氏はフランス・モゼル県メッスで1952年に生まれ、1987年に中世フランスの物語作品における祭りと暦をテーマにした研究により国家博士号を取得され、1990年から2013年までフランスのグルノーブル第3大学（現グルノーブル＝アルプ大学）で中世フランス文学を講じられました。このうち

1999年1月からご定年まで、同大学にあった想像世界（イマジネール）研究所（通称CRI）の所長を務められ、学際的な研究の成果を全世界へ発信するために尽力されました。ヴァルテール氏の経歴やこれまでの研究業績については、拙訳『中世の祝祭』（原書房、初版2007年；第2版2012年）および『アーサー王神話大事典』（原書房、2018年）の「訳者あとがき」の中で紹介しましたので、詳細はそちらをご参照下さい。

訳出にあたり固有名詞のカタカナ表記については、古代ギリシア・ローマの主要な神名や著作者名の長音を慣例にしたがって無視した他は、できる限り原音主義を尊重しました。なおアイルランド語については松岡利次氏、ウェールズ語については森野聡子氏、北欧語については林邦彦氏、ロシア語については伊賀上菜穂氏、ブルトン語については別役昌彦氏、サンスクリット語については沖田瑞穂氏からご教示いただきました。そのほかにも、多くの方々が協力して下さいました。ここに特記してお礼申しあげます。図版については訳者が選定にあたり、中には訳者自身が撮影した写真とヴァルテール氏から提供していただいた図版も含まれています。

翻訳作業の過程では、我々からの多くの質問にヴァルテール氏はいつも迅速かつ丁寧に返答して下さいました。訳文中、［ ］を挟んで補った注は、読者の便宜をはかって訳者が付け加えたものです。翻訳には最善を尽くしましたが、思わぬ誤記や間違いが残っているかもしれません。読者からの寛容なるご指摘をお待ちしたいと思います。出版事情が厳しいこの時代にこの論集の企画に賛同いただき、刊行まで我々を支えて下さった中央大学出版部の山田義行氏と、編集作業で我々と労苦をともにして下さった小島啓二氏には心からの感謝を捧げます。また、翻訳作業で奮闘する我々を激励してくれた娘と息子にも感謝しています。

Philippe Walter,

Mythes féminins d'Eurasie.
Essais de mythologie eurasiatique II
trad. par Kôji et Yumiko Watanabe

(Chuo University Press, 2021)

著者略歴

フィリップ・ヴァルテール（Philippe Walter）

1952年、フランス・モゼル県メッス生まれ。グルノーブル第3大学（現グルノーブル・アルプ大学）名誉教授。1999年から2013年まで同大学想像世界（イマジネール）研究所所長。文学博士。専攻は中世フランス文学・比較神話学。中世から現代までのヨーロッパの神話伝承・フォークロアに通じ、神話学的アプローチに基づいた研究成果を精力的に発表している。特に「アーサー王物語」関連の著作が多い。中世フランスの文学作品の校訂や現代フランス語訳も数多く手掛け、ガリマール出版のプレイヤッド叢書では、『クレティアン・ド・トロワ全集』（1994年）で『クリジェス』と『イヴァン』を担当したほか、『聖杯の書』全3巻（2001～2009年）と『中世の短詩』（2018年）では編集責任者を務めた。日仏共同研究にも継続的に参加し、篠田知和基・丸山顕徳編『世界神話伝説大事典』（勉誠出版、2016年）では、8つの大項目と214の小項目を担当した。

訳者略歴

渡邉浩司（わたなべ・こうじ）

中央大学経済学部教授。名古屋大学大学院文学研究科博士課程（仏文学）満期退学。フランス・グルノーブル第3大学大学院に学ぶ。文学博士（課程博士）。専攻は中世フランス文学。著書に『クレチアン・ド・トロワ研究序説』（中央大学出版部、2002年）、編著書に『アーサー王伝説研究』（中央大学出版部、2019年）、共著書に『神の文化史事典』（白水社、2013年）、『世界女神大事典』（原書房、2015年）、共訳書にJ・マルカル『ケルト文化事典』（大修館書店、2002年）、『フランス民話集Ⅰ～Ⅴ』（中央大学出版部、2012～2016年、第51回日本翻訳出版文化賞）などがある。

渡邉裕美子（わたなべ・ゆみこ）

翻訳家。名古屋大学大学院文学研究科修士課程（仏文学）修了、同博士課程中退。渡邉浩司との共訳書にC・スティール＝パーキンス『写真集アフガニスタン』（晶文社、2001年）、Ph・ヴァルテール『中世の祝祭─伝説・神話・起源』（原書房、2007年）および『アーサー王神話大事典』（原書房、2018年、日本翻訳家協会2018年度翻訳特別賞）などがある。

ユーラシアの女性神話　――ユーラシア神話試論Ⅱ――

2021年8月25日　初版第1刷発行

著　者　フィリップ・ヴァルテール
訳　者　渡邉浩司
　　　　渡邉裕美子

発行者　松本雄一郎
発行所　中央大学出版部
〒192-0393　東京都八王子市東中野742-1
電話 042(674)2351　FAX 042(674)2354
http://www2.chuo-u.ac.jp/up/

恵友印刷㈱

ISBN 978-4-8057-5183-1